1Q84

옮긴이 **양윤옥**
일본문학 전문번역가. 옮긴 책으로 『여자 없는 남자들』 『중국행 슬로보트』 『일식』 『장송』 『센
티멘털』 『소설 읽는 방법』 『가면의 고백』 『무지개여, 모독의 무지개여』 『납장미』 『철도원』 『칼
에 지다』 『슬프고 무섭고 아련한』 『장미 도둑』 『나미야 잡화점의 기적』 『붉은 손가락』 『유성의
인연』 등이 있다. 『일식』으로 2005년 일본 고단샤가 수여하는 노마문예번역상을 수상했다.

1Q84 BOOK 2 (VOL.2)
by Haruki Murakami

Copyright ⓒ 2009 by Haruki Murakami
All rights reserved.
Originally published in Japan by SHINCHOSHA Publishing Co., Ltd., Tokyo.
Korean translation rights arranged with Haruki Murakami, Japan
through THE SAKAI AGENCY and SHINWON AGENCY CO.

Korean translation copyright ⓒ 2016 MUNHAKDONGNE Publishing Corp.

문학동네 세계문학
1Q84 BOOK2 하

문고판 1쇄 2016년 6월 1일
문고판 14쇄 2024년 6월 20일

지은이 무라카미 하루키 | 옮긴이 양윤옥

펴낸곳 (주)문학동네 | 펴낸이 김소영
출판등록 1993년 10월 22일 제2003-000045호
주소 10881 경기도 파주시 회동길 210
전자우편 editor@munhak.com | 대표전화 031) 955-8888 | 팩스 031) 955-8855
문의전화 031) 955-1927(마케팅) 031) 955-1917(편집)
문학동네카페 http://cafe.naver.com/mhdn
인스타그램 @munhakdongne | 트위터 @munhakdongne
북클럽문학동네 http://bookclubmunhak.com

ISBN 978-89-546-4051-0 04830
      978-89-546-4047-3 (세트)

www.munhak.com

MURAKAMI
HARUKI

1Q84

BOOK 2
7月·9月

㊦

무라카미 하루키 장편소설
양윤옥 옮김

문학동네

일러두기

1. 본문 중의 주석은 모두 옮긴이주입니다.
2. 본문에 나오는 방점과 고딕체는 모두 원서의 표시에 따른 것입니다.

제13장 아오마메 Q 만일 너의 사랑이 없다면 _007

제14장 덴고 Q 건네받은 패키지 _030

제15장 아오마메 Q 드디어 요괴의 시간이 시작된다 _049

제16장 덴고 Q 마치 유령선처럼 _077

제17장 아오마메 Q 쥐를 끄집어내다 _097

제18장 덴고 Q 과묵한 외톨이 위성 _119

제19장 아오마메 Q 도터가 깨어날 때는 _137

제20장 덴고 Q 바다코끼리와 미치광이 모자 장수 _166

제21장 아오마메 Q 어떡하지? _174

제22장 덴고 Q 두 개의 달이 하늘에 떠 있는 한 _189

제23장 아오마메 Q 타이거를 당신 차에 _203

제24장 덴고 Q 아직 온기가 남아 있는 동안에 _220

제13장 아오마메
Q
만일 너의 사랑이 없다면

"1Q84년." 아오마메는 말했다. "내가 지금 살고 있는 곳은 1Q84 년이고 그건 진짜 1984년이 아니다. 그런 말인가요?"

"무엇이 진짜 세계냐 하는 건 지극히 어려운 문제야." 리더라고 불리는 사내는 엎드려 누운 채 그렇게 말했다. "그건 결국 형이상학적인 명제가 되지. 하지만 이곳은 진짜 세계야. 그건 틀림없어. 이 세계에서 맛보는 고통은 진짜 고통이야. 이 세계에 찾아오는 죽음은 진짜 죽음이지. 흐르는 건 진짜 피야. 이곳은 가짜 세계가 아니야. 가상의 세계도 아니지. 형이상학적인 세계도 아니야. 그건 내가 보증하지. 하지만 이곳은 자네가 알고 있는 1984년이 아니야."

"패럴렐 월드 같은 것?"

남자는 어깨를 슬그머니 흔들며 웃었다. "자네는 아무래도 사이언스 픽션을 너무 많이 읽은 모양이군. 아니, 그게 아니야. 이곳은 패럴렐 월드 같은 게 아니야. 저쪽에 1984년이 있고, 이쪽으로 갈라진 가지에 1Q84년이 있고, 그것이 병렬적으로 나란히 진행되고 있다는 이야기가 아니야. 1984년은 이미 어디에도 존재하지 않아. 자네에게도, 나에게도. 지금은 1Q84년이라는 시간 외에는 존재하지 않아."

"우리는 그 시간성 속에 들어왔다는 말인가요?"

"그렇지. 우리는 이곳에 들어왔어. 혹은 시간성이 우리 속에 들어왔거나. 그리고 내가 아는 한, 문은 한쪽 방향으로밖에는 열리지 않아. 돌아갈 길은 없어."

"수도고속도로의 비상계단을 내려왔을 때, 그 일이 일어난 거군요." 아오마메는 말했다.

"수도고속도로?"

"산겐자야 근처에서." 아오마메는 말했다.

"장소는 어디가 됐건 상관없어." 남자는 말했다. "자네에게는 그게 산겐자야였겠지. 하지만 구체적인 장소가 문제가 되는 건 아니야. 이곳에서는 어디까지나 시간이 문제지. 말하자면 레일 포인트가 그곳에서 전환되고, 세계는 1Q84년으로 변경되었어."

몇 명인가의 리틀 피플이 힘을 합쳐서 선로를 전환하는 장치를 작동시키고 있는 광경을 아오마메는 상상했다. 한밤중에, 푸른 달빛 아래서.

"그리고 이 1Q84년에는 하늘에 달이 두 개가 떠 있는 거죠?" 그녀는 물었다.

"그렇지. 달이 두 개 떠 있어. 그것이 선로가 바뀌었다는 징표야. 그것으로 두 개의 세계를 구별할 수 있어. 하지만 이곳에 있는 모든 사람에게 두 개의 달이 보이는 건 아니지. 아니, 오히려 대부분의 사람들은 그것을 깨닫지 못해. 말을 바꾸자면 지금이 1Q84년이라는 것을 아는 사람은 몇몇으로 한정되어 있다는 얘기야."

"이 세계에 있는 사람들 대부분은 시간성이 전환된 것을 깨닫지 못하고 있다구요?"

"그래, 대부분의 사람들에게 이곳은 이전과 하등 다를 바 없는 평소의 세계야. '이건 진짜 세계다'라고 내가 말하는 건 그런 의미에서야."

"레일 포인트가 전환되었다." 아오마메는 말했다. "만일 그 포인트가 전환되지 않았다면 나와 당신이 여기서 이렇게 만날 일도 없었다, 그런 말인가요?"

"그건 어느 누구도 알지 못해. 개연성의 문제야. 하지만 아마도 그랬겠지."

"당신이 말하는 건 엄정한 사실인가요, 아니면 그저 가설인가요?"

"좋은 질문이야. 하지만 그 두 가지를 분간하는 건 참으로 어려운 일이야. 오래된 노래가사에 이런 게 있지. Without your love, it a honky-tonk parade." 남자는 그 멜로디를 조그맣게 흥얼거렸다. "너의 사랑이 없다면 이건 그저 싸구려 연극에 지나지 않아. 이 노래를 알고 있나?"

"〈It Only a Paper Moon〉."

"그래, 1984년도, 1Q84년도 근본적으로는 같은 구성요소를 갖고 있어. 자네가 그 세계를 믿지 않는다면, 또한 그곳에 사랑이 없다면, 모든 건 가짜에 지나지 않아. 어느 세계에 있건, 어떠한 세계에 있건, 가설과 사실을 가르는 선은 대개의 경우 눈에는 보이지 않아. 그 선은 마음의 눈으로 보는 수밖에 없어."

"누가 레일 포인트를 바꾼 거죠?"

"누가 포인트를 바꿨는가? 그것도 어려운 질문이군. 원인과 결과라는 논법은 여기서는 별로 힘을 갖지 않아."

"아무튼 어떤 의지에 따라 나는 이 1Q84년의 세계로 옮겨졌군요?" 아오마메는 말했다. "나 자신의 의지가 아닌 것에 의해."

"그렇지. 자네가 탄 열차의 레일 포인트가 전환되면서 이 세계로 옮겨왔어."

"거기에 리틀 피플이 관여한 건가요?"

"이 세계에는 리틀 피플이라고 하는 것이 있어. 적어도 이 세계에서는 리틀 피플이라고 불리고 있지. 하지만 그것이 언제나 형태를 갖고 이름을 갖는다고는 할 수 없어."

아오마메는 입술을 깨물며 그것에 대해 생각해보았다. 그리고 말했다. "당신의 말은 내게는 모순된 것으로 들려요. 가령 리틀 피플이라는 것이 선로를 전환해서 내가 1Q84년으로 옮겨졌다고 하자구요. 하지만 내가 이곳에서 당신에게 하려고 한 것을 리틀 피플이 바라지 않는다면, 그들은 왜 굳이 나를 이곳으로 옮겨온 거죠? 나를 배제하는 편이 그들의 이익에 부합했을 텐데."

"그걸 설명하는 건 간단한 일이 아니야." 남자는 억양 없는 목소리로 말했다. "하지만 자네는 두뇌 회전이 상당히 빠르군. 내가 말하고자 하는 것을 막연하게나마 이해했는지도 모르겠어. 앞서도 말했듯이 우리가 살고 있는 세계에서 가장 중요한 것은 선과 악의 비율이 균형을 잡고 유지되는 것이야. 리틀 피플은, 혹은 그곳에 있는 어떤 의지는 분명 강력한 힘을 갖고 있어. 하지만 그들이 힘을 쓰면 쓸수록, 그 힘에 대항하는 힘도 저절로 강해져. 그렇게 해서 세계는 미묘한 균형을 유지해나가지. 어떤 세계에서도 그 원리는 변하지 않아. 우리가 지금 이렇게 들어와 있는 1Q84년이라는 세계에 대해서도 완전히 똑같은 말을 할 수 있어. 리틀 피플이 강력한 힘을 발휘하기 시작했을 때, 반 리틀 피플적인 힘도 저절로 생겨나게 되었어. 그리고 그 대항 모멘트가 자네를 이 1Q84년에 끌어들였을 게야."

바닷가에 끌어올려진 고래처럼 거대한 몸을 요가 매트 위에 눕힌 채, 남자는 큰 숨을 내쉬었다.

"조금 전의 철도라는 비유를 들어 이야기해보면 이렇게 되겠지. 그들은 레일 포인트를 전환할 수 있다. 그 결과, 열차는 이쪽 라인으로 들어왔다. 1Q84년이라는 라인이지. 하지만 그들은 그 열차에 탑승하고 있는 승객 한 사람 한 사람을 식별하거나 나눠서 선택하는 것까지는 하지 못해. 즉, 거기에는 그들로서는 바람직하지 않은 사람들도 함께 타고 있을 수 있다는 말이지."

"초대받지 못한 승객." 아오마메는 말했다.

"그렇지."

천둥 소리가 우르릉거렸다. 소리는 조금 전보다 훨씬 커져 있었다. 하지만 번갯불은 없었다. 소리가 들려올 뿐이다. 기묘한 일이라고 아오마메는 생각했다. 이토록 가까이에서 천둥 소리가 울리는데 번개가 번쩍이지 않는다. 비도 내리지 않았다.

"여기까지는 이해가 되었나?"

"잘 듣고 있어요." 그녀는 바늘 끝을 목덜미의 포인트에서 이미 떼어놓고 있었다. 그녀는 바늘 끝부분을 주의 깊게 허공을 향해 들고 있었다. 지금은 상대의 말을 따라잡는 데 신경을 집중해야 한다.

"빛이 있는 곳에는 그림자가 없어서는 안 되고, 그림자가 있는 곳에는 빛이 없어서는 안 되지. 빛이 없는 그림자는 없고, 또한 그림자가 없는 빛은 없어. 카를 융은 어느 책에서 이런 말을 하고 있어.

'그림자는 우리 인간이 전향적인 존재인 것과 똑같은 만큼 비뚤어진 존재이다. 우리가 선량하고 우수하며 완벽한 인간이 되려고 노력하면 할수록, 그림자 쪽에서는 어둡고 비뚤어지고 파괴적으로 되어가려는 의지가 뚜렷해진다. 인간이 스스로의 용량을 뛰어넘어 완전해지고자 할 때, 그림자는 지옥에 내려가 악마가 된다. 왜냐하면 이 자연계에서 인간이 자기 자신 이상의 존재가 된다는 것은 자기 자신 이하의 존재가 된다는 것과 똑같은 만큼의 깊은 죄악이기 때문이다.'

리틀 피플이라 불리는 자가 선인지 악인지, 그건 모르겠네. 그건 어떤 의미에서는 우리의 이해나 정의를 뛰어넘는 존재야. 우리는 오랜 옛날부터 그들과 함께 살아왔어. 아직 선악 따위가 제대로 존재하지 않았던 무렵부터. 사람들의 의식이 아직 미명의 것이었던 시절부터. 하지만 중요한 건 그들이 선이건 악이건, 빛이건 그림자건, 그 힘을 행사할 때, 그곳에는 반드시 보상작용이 생겨난다는 거야. 이번의 경우, 내가 리틀 피플이라는 존재의 대리인이 되는 것과 거의 동시에 내 딸이 반 리틀 피플 작용의 대리인 같은 존재가 되었어. 그렇게 해서 균형이 유지되었지."

"당신 딸?"

"그래. 처음에 리틀 피플이라는 것을 이끌고 온 건 내 딸아이야.

그 아이는 그때 열 살이었어. 지금은 열일곱이 되었지. 그들은 어느 순간 암흑 속에서 나타나 딸아이를 통해 이쪽으로 건너왔어. 그리고 나를 대리인으로 삼았지. 딸아이가 퍼시버=지각하는 자이고, 내가 리시버=받아들이는 자가 되었어. 우리에게는 우연히 그런 자질이 갖춰져 있었던 모양이야. 어쨌든 그들이 우리를 찾아냈어. 우리가 그들을 찾아낸 게 아니야."

"그리고 당신은 자신의 딸을 성폭행했다는 거군요."

"교접했어." 그는 말했다. "그 말이 좀더 실상에 가까워. 그리고 내가 교접한 것은 어디까지나 관념으로서의 딸아이야. 교접한다는 것은 다의적인 언어야. 요점은 우리가 하나가 되는 것이었어. 퍼시버와 리시버로서."

아오마메는 고개를 저었다. "당신 말은 이해할 수 없어요. 딸과 성교를 했다는 거예요, 하지 않았다는 거예요?"

"그 대답은 어디까지나 예스이자 노야."

"쓰바사도 똑같은 건가요?"

"똑같은 일이야. 원리로서는."

"하지만 쓰바사의 자궁은 실제로 파괴되었어요."

남자는 고개를 저었다. "자네가 목격한 것은 관념의 모습이야. 실체가 아니야."

대화의 흐름이 빨라 아오마메는 따라갈 수가 없었다. 그녀는 잠시 시간을 두고 호흡을 가다듬었다. 그리고 말했다.

"관념이 사람의 모습을 하고 걸어서 도망쳐나왔다는 건가요?"

"간단히 말하자면."

"내가 목격한 쓰바사는 실체가 아니었다?"

"그래서 그녀는 회수되었어."

"회수되었다?" 아오마메는 말했다.

"회수되어서 치유하고 있어. 필요한 치료를 받고 있지."

"나는 당신 말을 믿지 않아." 아오마메는 단호히 말했다.

"자네를 나무랄 수는 없겠지." 남자는 감정을 담지 않은 목소리로 말했다.

아오마메는 잠시 할말을 잃었다. 그리고 다른 질문을 했다. "자기 딸을 관념적으로, 다의적으로 범하는 행위를 통해 당신은 리틀 피플의 대리인이 되었다. 하지만 당신이 리틀 피플의 대리인이 되는 것과 동시에 딸은 그 보상작용으로서 당신의 영역에서 떠나 이른바 적대하는 존재가 되었다. 당신이 주장하는 게 그런 건가요?"

"그렇지. 그녀는 그것 때문에 자신의 도터를 버렸어." 남자는 말했다. "하지만 이렇게 말해도 무슨 이야기인지 잘 알아듣지 못할 게야."

"도터?" 아오마메는 말했다.

"살아 있는 그림자 같은 것이야. 그리고 거기에 또 하나의 인물이 관여하게 되지. 나의 오랜 친구야. 신뢰하기에 족한 사람이지. 나는 내 딸을 그 친구에게 부탁했어. 또한 그리 오래된 일은 아니지만, 자네도 잘 알고 있는 가와나 덴고가 거기에 새롭게 관여하게 되었지. 덴고와 내 딸은 우연의 인도에 의해 서로 만나서 한 팀을 이루게 되었어."

시간이 그 순간 갑자기 멈춰버린 것 같았다. 아오마메는 할말을 찾을 수가 없었다. 그녀는 몸이 굳은 채 시간이 다시 움직이기를 가만히 기다렸다.

　남자는 말을 이었다. "두 사람은 상대를 보완하는 자질을 갖고 있어. 덴고에게 결여된 것을 에리코가 갖고 있고, 에리코에게 결여된 것을 덴고가 갖고 있지. 그들은 서로를 보완하고 힘을 합쳐 하나의 작업을 완성했어. 그리고 그 성과는 큰 영향력을 발휘하게 되었지. 반 리틀 피플의 모멘트를 확립한다는 맥락에서."

　"팀을 이뤘다구요?"

　"두 사람 사이에 연애관계나 육체관계가 있는 건 아니야. 따라서 걱정할 일은 없어. 만일 자네가 그런 쪽으로 생각한다면 말이지만. 에리코는 어느 누구와도 연애를 하지는 않아. 그 아이는…… 그런 입장을 뛰어넘은 자리에 있어."

　"두 사람의 공동작업의 성과라는 건 어떤 것이죠? 구체적으로 말한다면."

　"그것을 설명하기 위해서는 또 하나의 다른 비유를 꺼내들어야 해. 말하자면 두 사람은 바이러스에 대한 항체 같은 것을 가동시켰어. 리틀 피플의 작용을 바이러스라고 한다면, 그들은 거기에 대한 항체를 만들어 퍼뜨린 셈이야. 물론 이건 한쪽 편에서 일방적으로 바라본 비유이고, 리틀 피플 쪽에서 보자면 거꾸로 두 사람이 바이러스의 캐리어라는 얘기가 되지. 모든 일은 서로 마주보는 거울이니까."

　"그것이 당신이 말하는 보상행위군요?"

　"그런 얘기야. 자네가 사랑하는 사람과 내 딸이 힘을 합쳐서 그런 작업을 해냈어. 즉 자네와 덴고는 이 세계에서 아주 밀접하게 맞물려 있다고 할 수 있지."

"하지만 그건 우연한 일이 아니다, 라고 당신은 말했어요. 즉 나는 어떤 분명한 의지에 이끌려 이 세계로 왔다. 그런 얘기인가요?"

"맞아. 자네는 분명한 의지에 이끌려 목적을 품고 이곳에 왔어. 여기 이 1Q84년의 세계에. 자네와 덴고가 어떤 형태로든 이곳에서 서로 관련을 갖게 된 건 결코 우연이 아니야."

"그건 어떤 의지이고 어떤 목적이에요?"

"그걸 설명하는 건 내가 할 일이 아니야." 남자는 말했다. "미안하네만."

"어째서 설명을 못 하죠?"

"의미를 설명하지 못한다는 건 아니야. 하지만 언어로 설명되는 순간에 상실되고 마는 의미도 있어."

"그럼 다른 질문을 하죠." 아오마메는 말했다. "어째서 꼭 나였어야 했어요?"

"그 이유를 자네는 아직 알지 못하는 모양이군."

아오마메는 몇 번이나 강하게 고개를 저었다. "어째서인지 나는 모르겠어요. 전혀."

"지극히 간단한 일이야. 그건 자네와 덴고가 서로를 강하게 끌어당기고 있기 때문이야."

아오마메는 그대로 오랫동안 침묵을 지키고 있었다. 이마에 땀이 솟는 것을 그녀는 어렴풋이 느꼈다. 얼굴 전체가 눈에 보이지 않는 얇은 막으로 뒤덮인 듯한 느낌이었다.

"끌어당기고 있다." 그녀는 말했다.

"서로가, 몹시 강하게."

분노와도 같은 감정이 이유 없이 그녀 안에 끓어올랐다. 속이 메스꺼리기까지 했다. "그런 말은 도저히 믿을 수 없어요. 그 사람이 나 같은 걸 기억하고 있을 이유가 없어."

"아니, 덴고는 자네가 이 세계에 존재한다는 것을 분명하게 기억하고 있고, 자네를 원하고 있기도 해. 그리고 지금까지 자네 이외의 여자를 사랑한 일이 한 번도 없어."

아오마메는 잠시 말을 잃었다. 그러는 사이, 격렬한 낙뢰가 짧은 간격을 두고 이어졌다. 마침내 비도 쏟아지는 모양이었다. 커다란 빗방울이 호텔 방의 창유리를 세차게 두드리기 시작했다. 하지만 그런 소리는 아오마메의 귀에 거의 들어오지 않았다.

남자는 말했다. "믿고 안 믿고는 자네의 자유야. 하지만 믿는 게 좋아. 틀림없는 진실이니까."

"만나지 못한 지 벌써 이십 년이 지났는데, 그 사람이 나를 아직 기억하고 있다는 거예요? 변변히 말을 나눠본 일조차 없는데."

"아무도 없는 초등학교 교실에서 자네는 덴고의 손을 꼭 잡았지. 열 살 때. 그렇게 하기까지 자네는 온 힘을 다해 모든 용기를 끌어내야 했을 게야."

아오마메는 거칠게 얼굴을 일그러뜨렸다. "어떻게 당신이 그런 걸 알고 있는 거예요?"

남자는 그 질문에는 대답하지 않았다. "덴고는 그 일을 결코 잊지 않아. 그리고 자네를 줄곧 생각해왔어. 지금도 자네를 계속 생각하고 있어. 믿는 게 좋아. 나는 많은 것을 알고 있어. 이를테면 자네는 지금도 자위를 할 때면 덴고를 생각하지. 그의 모습을 머릿속에 떠올려. 그렇지 않은가?"

아오마메는 입을 조금 벌린 채, 할말을 완전히 잃었다. 그저 가쁜 숨을 내쉴 뿐이었다.

남자는 말을 계속했다. "부끄러워할 건 없어. 인간의 자연스러운 삶의 모습이야. 그도 똑같은 일을 하고 있어. 그걸 할 때마다 자네를 생각해. 지금도."

"어떻게 당신이 그런 걸……"

"어떻게 내가 그런 것을 아느냐고? 귀를 기울이면 알아. 소리를 듣는 것이 내 일이니까."

그녀는 큰 소리로 웃음을 터뜨리고 싶기도 하고, 울음을 터뜨리고도 싶었다. 하지만 그 어느 쪽도 할 수 없었다. 그녀는 그 중간에 우두커니 선 채, 어느 쪽으로도 중심을 옮기지 못하고 그저 할말을 잃고 있었다.

"두려워할 건 없어." 남자는 말했다.

"두려워한다?"

"자네는 두려워하고 있어. 예전에 바티칸 사람들이 지동설을 받아들이기를 두려워했던 것처럼. 그들 역시 천동설에 절대로 오류가 없다고 믿었던 건 아니야. 지동설을 받아들이는 것이 몰고 올 새로운 상황이 두려웠을 뿐이지. 거기에 맞춰 자신들의 의식을 재편성해야 한다는 게 두려웠던 것뿐이야. 정확히 말하자면 가톨릭 교회는 아직도 공식적으로는 지동설을 받아들이지 않고 있어. 자네도 마찬가지야. 지금까지 오랫동안 몸에 걸쳐온 단단한 방어의 갑옷을 벗어던지는 걸 두려워하고 있어."

아오마메는 두 손으로 얼굴을 가린 채, 몇 번인가 흐느꼈다. 그딴 건 하고 싶지 않았지만 한참 동안 자신을 억누를 수가 없었다. 그녀는 그것을 웃음처럼 보이게 하고 싶었다. 하지만 그건 애초에 가능한 일이 아니었다.

"자네와 덴고는 말하자면 같은 기차로 이 세계에 옮겨져 왔어." 남자는 조용한 목소리로 말했다. "덴고는 내 딸과 한 팀이 되는 것으로 반 리틀 피플 모멘트를 가동했고, 자네는 다른 이유에서 나를 말살하려 하고 있어. 바꿔 말하자면 자네들은 각각 대단히 위험한 장소에서 대단히 위험한 일을 하고 있는 거야."

"어떤 의지인가가 그렇게 할 것을 우리에게 요구했다는 얘기인가요?"

"아마도."

"대체 무엇 때문에?" 입 밖에 내고서야 그것이 쓸데없는 질문이라는 것을 아오마메는 깨달았다. 대답이 돌아올 가망이 없는 질문이다.

"가장 환영할 만한 해결방법은 자네들이 어딘가에서 만나 손에 손을 잡고 이 세계를 나가는 것이야." 남자는 질문에는 대답하지 않고 말했다. "하지만 그건 쉬운 일이 아니지."

"쉬운 일이 아니다." 아오마메는 무의식중에 상대의 말을 되풀이하고 있었다.

"극히 조심스럽게 표현해서, 유감스럽게도 쉬운 일이 아니야. 솔직히 말한다면 거의 불가능한 일이지. 자네들이 상대하는 건, 그것을 어떤 이름으로 부르건 간에 그야말로 통렬한 힘이야."

"거기에서……" 아오마메는 메마른 목소리로 말했다. 그리고 헛기침을 했다. 그녀의 혼란은 이제 가라앉아 있었다. 아직은 울 때가 아니다, 아오마메는 생각했다. "거기에서 당신의 제안이 나오는 거군요. 내가 당신에게 고통 없는 죽음을 부여하는 데 대한 보답으로 당신은 뭔가를 내게 줄 수 있다. 또다른 선택의 길 같은 것을?"

"자네는 이해력이 매우 뛰어나." 남자는 엎드려 누운 채로 말했다. "그렇다네. 내 제안은 자네와 덴고가 관련된 선택의 길이야. 유쾌한 것은 아닐 수도 있어. 하지만 적어도 거기에는 선택의 여지가 있어."

"리틀 피플은 나를 잃게 될까봐 두려워하고 있어." 남자는 말했다. "왜냐하면 그들에게는 나라는 존재가 아직 필요하기 때문이야. 나는 그들의 대리인으로서 지극히 유용한 인간이지. 나를 대신할 자를 찾아내는 건 쉬운 일이 아니야. 그리고 지금 시점에서는 내 후계자가 아직 준비되어 있지 않아. 그들의 대리인이 되자면 온갖 까다로운 조건을 갖출 필요가 있고, 나는 그 조건을 완벽하게 갖춘 드문 존재였어. 그들은 나를 잃는 것을 두려워하고 있어. 지금 여기에서 나를 잃는다면 일시적인 공백이 생겨. 그래서 그들은 자네가 내 목숨을 빼앗는 것을 막으려 하고 있어. 아직 한참 동안은 나를 살려두고 싶은 거야. 지금 밖에서 울리는 천둥 소리는 그들의 노여움의 표시야. 하지만 그들은 자네에게 직접 손을 댈 수가 없어. 그저 분노의 경고를 보내고 있을 뿐이야. 똑같은 이유에서 그들은 자네 친구를, 아마도 교묘한 방식으로 죽음에 몰아넣었어. 그리고 그들은 이대로 간다면 덴고에게도 어떤 형태로든 위해를 가하게 될 거야."

"위해를 가한다구요?"

"덴고는 리틀 피플과 그들이 행하는 일에 대한 이야기를 썼어. 에리코가 이야기를 제공했고, 덴고는 그것을 적절한 문장으로 바꾸었지. 그것이 두 사람의 공동 작업이었어. 그 이야기는 리틀 피플이 끼치는 모멘트에 대항하는 항체 역할을 했어. 책으로 출판되어 베스트셀러가 되었지. 그것 때문에 리틀 피플은 일시적이나마 여러 가지 가능성이 무너지고 몇몇 행동을 제한받게 되었어. 「공기 번데기」라는 제목은 들어본 적이 있을 거야."

아오마메는 고개를 끄덕였다. "신문에서 그 책에 대한 기사를 봤어요. 책 광고도. 아직 읽지는 못했지만."

"「공기 번데기」를 실제로 집필한 것은 덴고야. 그리고 지금 그는 자신의 새로운 이야기를 쓰고 있어. 그는 거기에서, 달이 두 개가 있는 세계 속에서 자신의 이야기를 발견했어. 에리코라는 뛰어난 퍼시버가 그의 내면에 항체로서의 이야기를 떠오르게 한 것이지. 덴고는 리시버로서 뛰어난 능력을 갖추고 있었던 모양이야. 자네를 이곳에 데려온 것도, 말을 바꾸자면 그 기차에 자네를 타게 한 것도 그의 그런 능력인지도 모르지."

아오마메는 옅은 어둠 속에서 격렬하게 얼굴을 찌푸렸다. 어떻게든 이야기를 따라잡지 않으면 안 된다. "그러니까 나는 이야기를 하는 덴고의 능력에 의해, 당신 말을 빌리자면 리시버로서의 능력에 의해, 1Q84라는 다른 세계로 옮겨왔다는 건가요?"

"적어도 내가 추측하는 바로는 그래." 남자는 말했다.

아오마메는 자신의 양손을 응시했다. 그 손가락은 눈물에 젖어 있었다.

"이대로 간다면 덴고가 말살될 확률은 상당히 높아. 그는 현재 리틀 피플이라는 존재에게 가장 위험한 인물이 되었어. 그리고 이곳은 어디까지나 진짜 세계야. 진짜 피가 흐르고 진짜 죽음이 찾아오지. 죽음은 물론 영구적인 것이야."

아오마메는 입술을 깨물었다.

"이렇게 생각해보면 어떨까." 남자는 말했다. "자네가 만일 여기서 나를 죽이고 이 세계에서 삭제한다고 하면. 그러면 리틀 피플이 덴고에게 위해를 가할 이유가 없어지지. 나라는 채널이 소멸되어버리면 덴고와 내 딸이 아무리 그 채널을 방해해도 그들에게는 더이상 위협이 되지 않기 때문이야. 리틀 피플은 그런 건 내버려두고 다른 곳에서 또다른 채널을 찾겠지. 다른 구성요소를 가진 채널을. 그것이 그들에게는 최우선 사항이야. 여기까진 알아듣겠나?"

"이론적으로는." 아오마메는 말했다.

"하지만 다른 한편, 내가 살해되면 내가 만든 조직이 자네를 가만두지 않을 거야. 자네를 찾아내기까지 얼마간 시간이 걸릴지도 모르지. 자네는 분명 이름을 바꾸고, 사는 곳을 바꾸고, 아마 얼굴도 바꿀 테니까. 그래도 언젠가 그들은 자네를 기어코 찾아내 삼엄하게 징벌할 거야. 그런 긴밀하고도 폭력적이고 돌이킬 수 없는 시스템을 우리는 만들어냈어. 자, 그것이 한 가지 선택이야."

아오마메는 그가 한 말을 머릿속에서 정리했다. 남자는 그 논리가 아오마메의 머릿속에 스며들기를 기다렸다.

남자는 말을 이었다. "반대로 만일 자네가 여기서 나를 죽이지 않는다면 어떨까. 자네는 이대로 얌전히 물러간다. 나는 목숨을 연장한다. 그렇게 되면 리틀 피플은 나라는 대리인을 지키기 위해 온 힘을 다해 덴고를 배제하려고 노력할 게야. 그가 가진 부적은 아직 그다지 강력하지 않아. 그들은 약점을 찾아내서 어떤 방법으로든 덴고를 파괴하려고 하겠지. 항체의 유포를 더이상 허용할 수 없을 테니까. 그 대신 자네를 향한 위협은 사라지고, 따라서 자네가 처벌될 이유는 없어져. 그것이 또 하나의 선택이야."

"그럴 경우 덴고는 죽고, 나는 살아남는다. 이 1Q84년의 세계에." 아오마메는 남자가 한 말을 요약했다.

"필시." 남자는 말했다.

"하지만 덴고가 존재하지 않는 세계에서는 내가 살아갈 의미도 사라진다. 우리가 만날 가능성은 영원히 상실되므로."

"자네의 관점에서 보자면 그런 얘기가 될 수 있겠지."

아오마메는 입술을 깨물고 그 상황을 머릿속에서 상상했다.

"하지만 그건 단지 당신이 그렇다고 말하는 것에 불과해요." 그녀는 지적했다. "내가 당신의 이론을 그대로 믿어야 할 근거나 증거 같은 게 어디 있죠?"

남자는 고개를 저었다. "맞는 말이야. 근거나 증거는 어디에도 없어. 다만 내가 그렇다고 말할 뿐이야. 하지만 내가 가진 특별한 능력은 조금 전에 목격했지 않은가. 저 탁상시계에는 실 같은 게 묶여 있지 않아. 그리고 상당히 무거운 물건이지. 가서 살펴보면 좋을 거야. 내가 하는 말을 받아들이느냐 마느냐, 둘 중 하나야. 그리고 우리에게는 이제 시간이 그리 많지 않아."

아오마메는 서랍장 위의 탁상시계에 시선을 던졌다. 시곗바늘은 아홉시 직전을 가리키고 있었다. 시계가 놓인 위치는 틀어져서 애매한 각도로 어긋나 있었다. 아까 공중에 떴다가 떨어진 탓이다.

남자는 말했다. "이 1Q84년에서 자네들 두 사람을 동시에 구해주는 건 현재로서는 도저히 불가능해. 선택의 길은 두 가지. 하나는, 아마도 자네가 죽고 덴고가 살아남는다. 또 하나는, 아마도 그가 죽고 자네가 살아남는다. 그중 하나야. 유쾌한 선택은 아니라고 처음에 양해를 구했을 거야."

"하지만 그것 이외의 선택의 길은 없다."

남자는 고개를 저었다. "지금으로서는 그 두 가지 중에서 한 가지를 선택하는 수밖에 없어."

아오마메는 폐 속의 공기를 모아 천천히 토해냈다.

"딱하다고는 생각하네." 남자는 말했다. "만일 자네가 그대로 1984년에 머물러 있었더라면 이런 힘든 선택을 하는 일은 없었을 거야. 하지만 만일 1984년에 그대로 머물렀다면, 덴고가 자네를 아직까지도 그리워한다는 사실을 알 도리도 없었겠지. 이렇게 1Q84년으로 옮겨왔기 때문에 어찌 됐건 자네는 그 사실을 알게 되었어. 두 사람의 마음이 어떤 의미에서는 하나로 이어져 있다는 것을."

아오마메는 눈을 감았다. 울지 말자고 그녀는 생각했다. 아직 울 때가 아니다.

"덴고는 정말로 나를 원하고 있어요? 당신은 아무 거짓 없이 그렇게 단언할 수 있어요?" 아오마메는 그렇게 물었다.

"덴고는 지금 이 순간까지 자네 이외의 여자는 단 한 사람도 진심으로 사랑한 일이 없어. 그건 의심의 여지가 없는 사실이야."

"그래도 나를 찾지는 않았어요."

"자네 역시 그의 행방을 찾으려고는 하지 않았지. 그렇지 않은가?"

아오마메는 눈을 감고 한순간에, 기나긴 세월을 돌아보고 샅샅이 둘러보았다. 높은 언덕에 올라 깎아지른 절벽에 서서 눈 아래 해협을 내려다보듯이. 그녀는 바다 냄새를 느낄 수 있었다. 깊은 바람 소리를 들을 수 있었다.

그녀는 말했다. "우리는 좀더 일찍 용기를 내어 서로를 찾아야 했어요. 그랬다면 우리는 본래의 세계에서 하나가 될 수도 있었을 텐데."

"가설로서는 그렇지." 남자는 말했다. "하지만 1984년의 세계에서는 자네는 찾아나서겠다는 그런 생각을 해보지도 않았을 게야. 그처럼 원인과 결과가 뒤틀린 형태로 이어져 있어. 그 뒤틀림은 아무리 세계가 거듭된다 해도 풀리지 않아."

아오마메의 눈에서 눈물이 흘렀다. 그녀는 지금까지 자신이 잃어버린 것을 위해 울었다. 이제부터 자신이 잃으려 하는 것을 위해 울었다. 그러고는 이윽고―얼마나 울고 있었던 걸까―이제 더이상 울 수 없는 포인트가 찾아왔다. 감정이 눈에 보이지 않는 벽에 부딪친 것처럼 눈물이 거기에서 말라버렸다.

"좋아요." 아오마메는 말했다. "확실한 근거는 없어요. 아무것도 증명되지도 않았어요. 세세한 건 잘 이해도 못 하겠어요. 하지만 그래도 나는 당신의 제안을 받아들여야 할 것 같군요. 당신이 바라는 대로 당신을 이 세계에서 소멸시키죠. 고통 없는 한순간의 죽음을 주겠어요. 덴고가 살아남게 하기 위해."

"나와 거래를 하겠다는 건가?"

"그래요. 우리는 거래를 합니다."

"자네는 아마 죽게 될 텐데도?" 남자는 말했다. "자네는 끝끝내 추적당한 끝에 징벌을 받게 될 거야. 그 징벌은 어쩌면 가혹한 것일 수도 있어. 그들은 광신적인 자들이야."

"상관없어요."

"자네에게는 사랑이 있으니까."

아오마메는 고개를 끄덕였다.

"사랑이 없다면 모든 것은 그저 싸구려 연극일 뿐이다." 남자는 말했다. "노래가사하고 똑같군."

"내가 당신을 죽이면 정말로 덴고는 살아남는 거죠?"

남자는 잠시 침묵하고 있었다. 그리고 말했다. "덴고는 살아남아. 내 말을 그대로 믿으면 돼. 그건 내 목숨과 바꾸어 틀림없이 해줄 수 있는 일이야."

"내 목숨과도." 아오마메는 말했다.

"목숨과 바꾸지 않고서는 할 수 없는 일이지." 남자는 말했다.

아오마메는 양손을 단단히 움켜쥐었다. "하지만 진짜 내 마음은, 살아서 덴고와 하나가 되고 싶어."

침묵이 잠시 방 안에 내려앉았다. 천둥 소리도 그동안은 울리지 않았다. 모든 것이 고요히 가라앉았다.

"할 수만 있다면 그렇게 해주고 싶네." 남자는 조용한 소리로 말했다. "나도 그렇게 해주고 싶어. 하지만 가엾게도 그런 선택의 길은 없어. 1984년에서도 없었고, 1Q84년에서도 그런 선택은 없어. 각기 다른 의미에서."

"1984년에서는 나와 덴고가 걸어가는 길이 교차되는 일조차 없었다. 그런 얘기인가요?"

"그래. 자네들 두 사람은 전혀 관련을 갖지 못한 채, 서로를 생각하면서 각자 고독하게 늙어갔을 거야."

"하지만 1Q84년에서는 적어도 나는 내가 그를 위해 죽는다는 건 알 수 있군요."

남자는 아무 말 없이 크게 호흡했다.

"한 가지 가르쳐줬으면 하는 게 있어요." 아오마메는 말했다.

"내가 가르쳐줄 수 있는 것이라면." 남자는 엎드려 누운 채 말했다.

"덴고는 내가 그를 위해 죽었다는 것을 어떤 형태로든 알게 되나요? 아니면 끝까지 아무것도 모르게 될까요?"

남자는 오랫동안 그 질문에 대해 생각하고 있었다. "그건 아마도 자네 할 나름이야."

"내가 할 나름." 아오마메는 말했다. 그리고 아주 조금 얼굴을 일그러뜨렸다. "그건 무슨 뜻이죠?"

남자는 조용히 고개를 저었다. "자네는 무거운 시련을 뚫고 나가지 않으면 안 돼. 그것을 뚫고 나갔을 때, 있어야 할 곳에 있는 것들을 목격할 게야. 그 이상의 말은 나도 할 수 없어. 실제로 죽어보기 전까지는 죽는다는 것이 어떤 것인지, 정확한 건 어느 누구도 알지 못하듯이."

아오마메는 타월을 들어 얼굴의 눈물을 꼼꼼히 훔쳐낸 다음, 바닥에 놓인 가느다란 아이스픽을 손에 들고, 섬세한 끝부분을 다시 한번 점검했다. 그리고 오른손 손끝으로 아까 더듬어 탐색했던 목 뒤의 치명적인 포인트를 찾았다. 그녀는 그 위치를 머리에 새겨두었기 때문에 금세 찾아낼 수 있었다. 아오마메는 손끝으로 그 포인트를 가만히 눌러 손가락이 느끼는 반응을 가늠하여 자신의 직감에 오류가 없다는 것을 다시 확인했다. 그러고는 몇 차례 천천히 심호흡을 하며 심장의 박동을 가다듬고 신경을 가라앉혔다. 머릿속을 깨끗이 비우지 않으면 안 된다. 일시적이나마 그녀는 덴고에 대한 그리움을 머리에서 말끔히 털어냈다. 미움이나 분노, 망설임이나 자비의 마음을 어딘가 다른 곳에 봉인했다. 실수는 허용되지 않는다. 의식을 죽음 그 자체에 집중하지 않으면 안 된다. 광선의 초점을 정확히 한 점에 맺듯이.

"일을 끝내도록 하죠." 아오마메는 차분하게 말했다. "나는 이 세계에서 당신을 제거해야 해요."

"그리고 나는 내게 주어진 모든 고통에서 벗어날 수 있어."

"모든 고통이며 리틀 피플, 모습이 바뀌어버린 세계며 온갖 가설…… 그리고 사랑에서."

"그리고 사랑에서. 맞는 말이야." 남자는 스스로에게 이야기하듯 말했다. "내게도 사랑하는 사람들이 있었지. 자, 각자 할 일을 끝내세. 아오마메, 자네는 무섭도록 유능한 사람이야. 나는 그걸 알아."

"당신도." 아오마메는 말했다. 그녀의 목소리는 이미 죽음을 몰고 오는 자의 신비한 투명성을 띠고 있었다. "당신도 아마 대단히 유능하고 우수한 사람이겠죠. 당신을 죽이지 않아도 되는 세계가 분명 있었을 텐데."

"그 세계는 이미 없어." 남자는 말했다. 그것이 그가 입에 올린 최후의 말이었다.

그 세계는 이미 없다.

아오마메는 뾰족한 바늘 끝을 목덜미의 그 미묘한 포인트에 댔다. 의식을 집중하여 각도를 정확하게 조정했다. 그리고 오른손을 들어올렸다. 그녀는 숨을 죽이고 지그시 신호를 기다렸다. 더이상 아무것도 생각하지 말자고 그녀는 생각했다. 우리는 각자 할 일을 끝낸다, 그저 그것뿐이다. 아무것도 생각할 필요 없다. 설명될 필요도 없다. 그저 신호가 오기를 기다릴 뿐. 그 주먹은 바위처럼 단단하고 어떤 마음도 담고 있지 않았다.

번개 없는 천둥이 창밖에서 한층 격렬하게 우르릉 울렸다. 빗줄기가 투두둑 창을 때렸다. 그때 그들은 태고의 동굴에 있었다. 어둡고 축축한, 천장이 낮은 동굴이다. 음울한 짐승들과 정령이 그 입구를 에워싸고 있었다. 일순 그녀 주위에서 빛과 그림자가 하나가 되었다. 먼 곳의 해협을 이름 없는 바람이 단숨에 건너갔다. 그것이 신호였다. 신호에 맞춰 아오마메는 주먹을 짧고 정확하게 내리쳤다.

모든 것은 소리 없이 끝났다. 짐승들과 정령은 깊은 숨을 토해내고, 포위를 풀고, 마음을 잃은 숲의 깊은 속으로 돌아갔다.

제*14*장 덴고

Q

건네받은 패키지

"이리 와서 나를 안아요." 후카에리는 말했다. "둘이서 함께 고양이 마을에 가야 해요."

"너를 안아?" 덴고는 말했다.

"나를 안고 싶지 않아요." 후카에리는 물음표 없이 물었다.

"아니, 그런 게 아니라, 그래도…… 그게 무슨 뜻인지 잘 모르겠어서."

"액막이를 해요." 그녀는 억양이 없는 목소리로 말했다. "이쪽으로 와서 나를 안아요. 당신도 파자마로 갈아입고 불을 *끄고.*"

덴고는 하라는 대로 침실 천장의 불을 껐다. 옷을 벗고 자신의 파자마를 꺼내 갈아입었다. 이 파자마를 언제 세탁했더라. 덴고는 옷을 갈아입으며 생각했다. 생각이 나지 않는 걸 보면 상당히 오래된 모양이다. 하지만 고맙게도 땀냄새는 나지 않았다. 덴고는 원래 땀을 별로 흘리지 않는다. 체취도 강한 편이 아니다. 그렇기는 해도 파자마는 좀더 자주 빨았어야 했다고 덴고는 반성했다. 이 불확실한 인생에서는 언제 무슨 일이 일어날지 모르는 것이다. 파자마를 자주 빨아두는 것도 그에 대한 대책 중 하나다.

그는 침대 안으로 들어가 후카에리의 몸에 머뭇머뭇 팔을 둘렀다. 후카에리는 머리를 덴고의 오른팔에 얹었다. 그리고 그대로, 마치 겨울잠을 자려는 동물처럼 가만히, 조용히 있었다. 그녀의 몸은 따스하고 무방비라고 할 만큼 부드러웠다. 하지만 땀은 흘리지 않았다.

천둥 소리는 다시 거칠어져갔다. 이제는 비도 뿌리기 시작했다. 빗줄기는 분노로 미쳐 날뛰듯이 유리창을 사선으로 후려쳤다. 대기는 흠뻑 젖었고 세계가 암울한 종말을 향해 철썩철썩 다가가는 듯한 기척이 느껴졌다. 노아의 홍수가 일어났을 때도 어쩌면 이런 느낌이었는지 모른다. 만일 그렇다면 이토록 거센 뇌우 속에 코뿔소 한 쌍이랑 사자 한 쌍이랑 비단뱀 한 쌍이랑 좁은 방주에 함께 타고 있다는 건 상당히 우울한 일이었을 게 틀림없다. 각자의 생활방식이 어지간히 다르기도 하고, 소통할 방법도 거의 없었을 테고, 체취 역시 상당히 지독했을 것이다.

한 쌍이라는 말은 덴고에게 소니와 셰어를 연상시켰다. 하지만 노아의 방주에 인간 한 쌍의 대표로서 소니와 셰어를 태우는 건 타당한 선택이라고는 할 수 없을지도 모른다. 부적절하다고까지는 할 수 없어도, 샘플로는 보다 적절한 커플이 따로 있을 터다.

자신의 파자마를 입은 후카에리를 이렇게 침대 안에서 안고 있는 것은 어딘지 묘한 기분이 드는 일이었다. 마치 자신의 일부를 안고 있는 듯한 마음까지 들었다. 피와 살을 나누고 체취를 공유하고 의식이 하나로 이어진 것을 안고 있는 것 같다.

소니와 셰어 대신 자신들이 한 쌍으로 선택되어 노아의 방주에 타게 되는 장면을 덴고는 상상했다. 하지만 그것 역시 인류의 적절한 샘플이라고는 도저히 말 못 한다. 애초에 우리가 침대에서 이렇게 서로를 안고 있는 것 자체가 아무리 생각해도 적절하다고 하기는 어렵다. 그걸 생각하면 덴고는 마음이 차분할 수가 없었다. 그는 생각을 전환하여 소니와 셰어가 방주 안에서 비단뱀 한 쌍과 사이좋게 지내는 장면을 상상했다. 완전히 의미 없는 상상이었지만, 그것으로 몸의 긴장을 조금이나마 누그러뜨릴 수 있었다.

후카에리는 덴고에게 안긴 채 아무 말도 하지 않았다. 꿈적도 하지 않고 입도 열지 않았다. 덴고 역시 아무 말도 하지 않았다. 침대에서 후카에리를 안고 있어도 덴고는 성욕을 거의 느끼지 않았다. 덴고에게 성욕이란 기본적으로는 커뮤니케이션의 연장선상에 있는 것이다. 그래서 커뮤니케이션 가능성이 없는 데에서 성욕을 추구하는 건 그에게는 적절하다고 하기 어려운 행위였다. 그리고 후카에리가 원하는 것이 그의 성욕이 아니라는 것도 대략 이해하고 있었다. 덴고에게는 다른 무언가가 요구되고 있는 것이다. 그것이 대체 무엇인지는 모르겠지만.

하지만 목적이 무엇이건, 열일곱 살 아름다운 소녀의 몸을 안고 있는 것은 그리 기분 나쁜 일은 아니었다. 이따금 그녀의 귀가 그의 뺨에 닿았다. 그녀가 내쉬는 따스한 숨결이 그의 목덜미에 끼쳤다. 그녀의 젖가슴은 그 가녀린 몸매에 비하면 놀랄 만큼 크고 탱탱했다. 그 긴밀한 감촉을 덴고는 자신의 위장 바로 윗부분쯤에서 느낄 수 있었다. 그리고 그녀의 피부에서는 멋진 냄새가 났다. 성장기의 육체가 아니면 발할 수 없는, 특별한 생명의 냄새다. 아침 이슬이 맺힌, 제철을 만난 한여름 꽃 같은 냄새. 초등학생 때, 아침 일찍 맨손체조를 하러 나가는 길에 그런 냄새를 자주 맡곤 했다.

발기하지 않았으면 좋겠다. 고 덴고는 생각했다. 만일 발기한다면 위치상 그녀는 금세 눈치를 챌 터였다. 그런 꼴이 되었다가는 적잖이 거북스러운 상황이 벌어지게 된다. 이를테면 직접적인 성욕이 없더라도 때로는 발기가 일어난다는 사실을 열일곱 살 소녀에게 어떤 말과 맥락으로 설명해야 하는가. 하지만 고맙게도 아직까지 발기는 되지 않았다. 그럴 징후도 없다. 냄새에 대한 생각은 접어두자. 되도록 섹스와 관계없는 일 쪽으로 생각을 돌려야 한다.

소니와 셰어와 비단뱀 한 쌍의 교류에 대해 다시 한참 생각을 굴렸다. 그들은 공통된 화제를 갖고 있을까. 만일 있다면 그건 어떤 것일까. 거기에서 노래들은 부를까. 이윽고 태풍 속의 방주에 관한 상상력이 소진되자, 머릿속으로 세 자릿수와 세 자릿수의 곱셈을 했다. 그는 연상의 걸프렌드와 섹스를 할 때 곧잘 그 방법을 썼다. 그렇게 하면 사정하는 순간을 늦출 수 있었다(그녀는 사정하는 순간에 대해서는 지극히 엄격했다). 그것이 발기를 가라앉히는 데도 효과를 발휘할지, 그것까지는 덴고도 알지 못한다. 하지만 아무것도 안 하는 것보다는 낫다. 뭐든 해야만 한다.

"단단해져도 괜찮아요." 후카에리는 그의 마음을 꿰뚫어본 듯이 말했다.

"괜찮아?"

"그건 나쁜 일이 아니에요."

"나쁜 일이 아니다." 덴고는 그녀의 말을 따라했다. 마치 성교육을 받는 초등학생 같네, 덴고는 생각했다. 발기하는 건 결코 부끄러운 일이 아니며 나쁜 일도 아닙니다. 하지만 물론 때와 장소를 가리지 않으면 안 됩니다.

"그래서, 그러니까 액막이는 시작된 거야?" 덴고는 화제를 바꾸기 위해 질문을 던졌다.

후카에리는 대답하지 않았다. 그녀의 작고 아름다운 귀는 여전히 우르릉거리는 천둥 소리 속에서 뭔가를 들으려 하는 것 같았다. 덴고는 그것이 느껴졌다. 그래서 더이상 아무 말도 하지 않기로 했다. 덴고는 세 자릿수와 세 자릿수의 곱셈을 멈췄다. 단단해져도 후카에리가 괜찮다고 한다면 단단해져도 상관없지 뭐, 덴고는 생각했다. 하지만 어쨌건 그의 페니스는 발기할 조짐을 보이지 않았다. 그것은 아직까지는 안녕의 진창 속에 조용히 몸을 누이고 있었다.

"자기 고추가 너무 좋아." 연상의 걸프렌드가 말했다. "생긴 것도 색깔도 크기도."

"나는 그닥 좋지 않은데." 덴고는 말했다.

"왜?" 그녀는 덴고의 발기하지 않은 페니스를 깊이 잠든 애완동물을 다루듯이 손바닥에 얹고 그 무게를 가늠하며 물었다.

"모르겠어." 덴고는 말했다. "아마 내가 고른 게 아니라서 그렇겠지."

"괴상하기는." 그녀는 말했다. "생각도 괴상하게 한다니까."

그건 이제 옛날 옛적 이야기다. 노아의 홍수가 일어나기 이전의 일. 아마도.

후카에리는 일정한 리듬을 유지하면서 조용하고 따스한 숨을 덴고의 목덜미에 불어넣고 있었다. 덴고는 전자시계의 희미한 초록빛으로, 혹은 드디어 번쩍이기 시작한 번갯불 빛으로 그녀의 귀를 볼 수 있었다. 그 귀는 부드러운 비밀의 동굴처럼 보였다. 만일 이 소녀가 자신의 연인이라면 질리지도 않고 몇 번이고 그 귀에 입맞춤을 할 거라고 덴고는 생각했다. 섹스를 하고, 그녀 안에 들어가면서 그 귀에 입술을 대고 가볍게 깨물고 혀로 핥고 숨을 훅 불어넣고 냄새를 맡을 것이다. 지금 그렇게 하고 싶다는 게 아니다. 그건 어디까지나 만일 그녀가 나의 연인이라면 분명 그렇게 할 것이라는 순수한 가정에 바탕을 둔 상상이다. 윤리적으로 부끄러워할 일은 아니다…… 아마도.

하지만 윤리적으로 문제가 있건 없건, 그는 그런 생각을 하지 말았어야 했다. 덴고의 페니스는 등을 쿡쿡 찔려 진창 속의 평온한 잠에서 눈을 뜬 듯했다. 그것은 한 차례 하품을 하고 슬금슬금 머리를 쳐들고 서서히 경도를 높여갔다. 그리고 이윽고 마치 요트가 북서 방향에서 불어오는 순풍을 제대로 받아 캔버스 돛폭을 펼치듯이 유보 없는 완전한 발기에 이르렀다. 그 결과, 덴고의 단단해진 페니스는 꼼짝없이 후카에리의 허리 언저리에 닿았다. 덴고는 속으로 깊은 한숨을 내쉬었다. 연상의 걸프렌드가 사라져버린 뒤로 그는 벌써 한 달 넘게 섹스를 하지 못했다. 아마도 그 탓일 것이다. 세 자릿수 곱셈을 계속했어야 했는데.

"걱정하지 않아도 돼요." 후카에리는 말했다. "단단해지는 건 자연스러운 일이에요."

"고마워." 덴고는 말했다. "하지만 리틀 피플이 어디선가 보고 있을지도 모르는데."

"보기만 하고 아무것도 못 해요."

"그건 다행이다." 덴고는 침착하지 못한 목소리로 말했다. "하지만 보고 있을 거라고 생각하면 어쩐지 신경이 쓰여."

다시 번개가 낡은 커튼이라도 찢을 듯이 하늘을 둘로 가르고, 천둥소리가 창유리를 거칠게 뒤흔들었다. 그들은 정말로 유리를 깨부수려고 하는 것 같았다. 어쩌면 조금 뒤에 유리가 실제로 깨져버릴지도 모른다. 알루미늄 새시의 꽤 튼튼한 창문이지만 그런 식으로 사납게 계속 흔들어대면 오래 버티지 못할지도 모른다. 크고 단단한 빗방울이 사슴을 쏘아 잡는 산탄처럼 창유리를 따다다닥 두드리고 있었다.

"번개가 아까부터 거의 이동도 안 하는 거 같아." 덴고는 말했다. "보통은 이렇게 오래 번개가 치는 일은 없는데."

후카에리는 천장을 올려다보았다. "한동안은 어디로도 가지 않아요."

"한동안이라니, 얼마나?"

후카에리는 대답하지 않았다. 덴고는 대답이 주어지지 않는 질문과, 갈 곳 없는 발기를 떠안은 채 후카에리의 몸을 머뭇머뭇 계속 안고 있었다.

"또 한번 고양이 마을에 가요." 후카에리는 말했다. "그러니까 잠을 자야 해."

"하지만 제대로 잠이 올까. 이렇게 천둥도 치고, 이제 겨우 아홉시를 지난 시간인데." 덴고는 불안스레 말했다.

그는 머릿속에 수식을 세웠다. 길고 복잡한 수식에 관한 문제였지만 그 정답은 이미 알고 있었다. 얼마나 빨리, 얼마나 짧은 루트로 그 정답에 가 닿을 수 있는가, 그것이 주어진 과제였다. 그는 머리를 재빨리 회전시켰다. 그건 순수한 두뇌 혹사였다. 그래도 그의 발기는 가라앉지 않았다. 도리어 점점 더 경도가 높아진 듯한 느낌마저 들었다.

"잘 수 있어요." 후카에리가 말했다.

그녀의 말대로였다. 격렬하게 쏟아지는 호우와 건물을 뒤흔드는 천둥 소리에 포위되고, 불안한 마음과 강고한 발기를 떠안은 채, 덴고는 모르는 사이에 잠이 들었다. 그게 가능하리라고는 전혀 생각지 못했는데……

모든 것이 혼란스럽다, 고 그는 잠에 빠져들면서 생각했다. 정답으로 가는 최단거리를 어떻게든 찾아내야 한다. 시간 제약이 있다. 그리고 주어진 답안용지의 공간은 너무도 좁다. 재깍재깍재깍. 시계가 규칙적으로 시간을 새기고 있다.

정신이 들었을 때, 그는 알몸이 되어 있었다. 그리고 후카에리도 알몸이었다. 완전한 벌거숭이였다. 아무것도 몸에 걸치지 않았다. 그녀의 유방은 기막히도록 완전한 반구를 이루고 있었다. 어떤 흠도 잡을 수 없는 반구. 유두는 그다지 크지 않다. 그건 아직 부드럽게, 다가올 완성형을 조용히 모색하고 있었다. 유방만 큼직하게 이미 성숙을 완료했다. 그리고 왠지 중력의 영향을 거의 받지 않는 것처럼 보였다. 두 개의 유두는 반듯하게 위를 향하고 있다. 햇볕을 찾는 넝쿨식물의 새싹처럼. 그다음에 덴고가 깨달은 것은 그녀에게 음모가 없다는 것이었다. 음모가 있어야 할 자리에는 매끈하게 드러난 하얀 피부가 있을 뿐이었다. 피부의 흰빛이 그 무방비를 더욱더 강조하고 있었다. 그녀가 다리를 벌리고 있었기 때문에 그 깊숙한 곳의 성기를 볼 수 있었다. 귀와 마찬가지로, 그것은 이제 갓 만들어진 것처럼 보였다. 실제로 그것은 이제 갓 만들어졌는지도 모른다. 방금 만든 귀와 방금 만든 성기는 몹시 닮았다. 고 덴고는 생각했다. 그것들은 하늘을 향해 주의 깊게 뭔가를 들으려는 것처럼 보였다. 이를테면 아주 먼 곳에서 울리고 있는 희미한 벨소리 같은 것을.

그는 침대 위에 반듯하게 누워 얼굴을 천장으로 향하고 있었다. 후카에리는 그 위에 걸터앉듯이 올라가 있었다. 덴고의 발기는 아직 지속되고 있었다. 번개도 아직 치고 있었다. 천둥은 대체 언제까지 계속 울리려는 걸까. 이토록 오래 천둥번개가 치다니, 지금쯤 하늘이 갈기갈기 찢어져버린 건 아닐까. 이제 누구도 그것을 복구하는 건 불가능하지 않을까.

나는 잠들었었지, 덴고는 생각이 났다. 발기한 채로 잠이 들었다. 그리고 아직도 여전히 탄탄하게 발기하고 있다. 잠든 동안 내내 발기가 지속되었던 걸까. 아니면 한차례 가라앉았다가 다시 발기된 걸까. '제2차 아무개 내각'처럼? 아니. 그보다 얼마나 오래 잠을 잤을까. 아니, 그런 건 아무려나 상관없다고 덴고는 생각했다. 어쨌든(중단이 있었건 없었건) 지금도 이렇게 발기가 이어지고 있고, 그것이 가라앉을 조짐은 어디에도 보이지 않는다. 소니와 셰어도, 세 자릿수 곱셈도, 복잡한 수식도 그것을 가라앉히는 데 도움이 되지 않는다.

"괜찮아요." 후카에리가 말했다. 그녀는 다리를 벌리고 방금 만든 그 성기를 그의 배에 밀착시키고 있었다. 부끄러워하는 기색은 찾아볼 수 없었다. "단단해지는 건 나쁜 일이 아니야." 그녀는 말했다.

"몸이 제대로 움직여지지 않아." 덴고는 말했다. 그건 사실이었다. 일어나려고 애를 쓰고 있는데 손가락 하나 들어올릴 수 없었다. 몸의 감각은 있다. 후카에리의 몸의 무게를 감지할 수 있다. 자신이 단단하게 발기하고 있다는 감각도 있었다. 하지만 그의 몸은 뭔가에 고정되어버린 것처럼 무겁게 굳어 있었다.

"움직일 필요는 없어요." 후카에리는 말했다.

"움직일 필요가 있어. 이건 내 몸이니까." 덴고는 말했다.

후카에리는 거기에 대해 아무 말도 하지 않았다.

애초에 자신이 하는 말이 정상적인 음성으로서 공기를 떨리게 하고 있기는 한지, 덴고는 그것조차 확신할 수 없었다. 입 주위의 근육이 의도한 대로 움직이고 거기서 말이 형성되고 있다는 실감이 없는 것이다. 그가 하고 싶은 말이 후카에리에게 일단 전해지기는 하는 모양이었다. 하지만 두 사람의 커뮤니케이션에는 접속이 잘 안 되는 장거리 통화 같은 모호함이 있었다. 적어도 후카에리는 들을 필요가 없는 것을 듣지 않고 지나가는 것이 가능했다. 덴고는 그게 가능하지 않았다.

"걱정하지 않아도 돼요." 후카에리는 말했다. 그리고 몸을 천천히 아래로 물러갔다. 그 동작이 의미하는 바는 명백했다. 그녀의 눈에는 지금까지 본 적도 없는 색감의 빛이 깃들어 있었다.

방금 만든 조그만 성기에 성인인 그의 페니스가 들어가리라고는 도저히 생각할 수 없었다. 너무 크고 또 너무 딱딱하다. 통증이 클 터였다. 하지만 문득 깨달았을 때, 그는 이미 송두리째 후카에리 안에 들어가 있었다. 저항다운 저항은 없었다. 그것을 삽입할 때, 후카에리는 얼굴색 하나 변하지 않았다. 호흡이 조금 흐트러지고 오르내리는 유방의 리듬이 오륙 초 동안 미묘하게 달라졌을 뿐이다. 그것을 빼고는 모든 것이 자연스럽고 당연한 일이며 일상의 일부였다.

후카에리는 덴고를 깊이 받아들이고, 덴고는 후카에리에게 깊이 받아들여진 채, 그곳에 가만히 있었다. 덴고는 여전히 몸을 움직일 수가 없었다. 후카에리는 눈을 감고 덴고 위에서 피뢰침처럼 몸을 직립시킨 채 움직임을 멈추고 있었다. 입은 반쯤 가볍게 벌어졌고, 입술은 잔물결처럼 희미하게 움직이는 것이 보였다. 입술은 어떤 말을 만들어내려고 허공을 모색하고 있었다. 그뿐, 그 외에 움직임다운 움직임은 없었다. 그녀는 그 자세 그대로 뭔가가 일어나기를 기다리고 있는 듯했다.

깊은 무력감이 덴고를 사로잡았다. 이제부터 무슨 일이 일어나려고 하는데 그것이 무엇인지도 알지 못하고, 자신의 의지대로 그것을 조정할 수도 없었다. 몸에는 감각이 없다. 꿈쩍도 할 수 없다. 하지만 페니스에는 감각이 있다. 아니, 그것은 감각이라기보다 오히려 관념에 가까운 것인지도 모른다. 어쨌건 그것은 그가 후카에리 안에 들어가 있다는 것을 알리고 있었다. 발기가 완전하다는 것을 알리고 있였다. 콘돔을 쓰지 않아도 괜찮을까, 덴고는 불안해졌다. 임신이라도 하게 되면 일이 귀찮아진다. 연상의 걸프렌드는 피임에 대해 지극히 엄격했다. 덴고도 그 엄격함에 익숙해져 있었다.

뭔가 다른 것을 생각하려고 열심히 시도해봤지만 실제로는 아무것도 생각할 수 없었다. 그는 혼돈 속에 있었다. 그 혼돈 속에서는 시간이 멈춰버린 것 같았다. 하지만 시간이 멈출 리는 없다. 그런 일은 근본적으로 있을 수 없다. 아마도 그저 불균일해졌을 뿐이리라. 긴 기간을 통해 보면, 시간은 일정한 속도로 앞으로 나아간다. 그건 틀림없는 사실이다. 하지만 특정한 시간대를 집어내어 보면, 시간은 균일함을 잃을 가능성을 갖고 있다. 시간의 그런 부분적인 이완 속에서는 어떤 일의 순서나 개연성 따위는 거의 아무런 가치도 갖지 못한다.

"덴고." 후카에리가 말했다. 그녀가 그런 식으로 자신을 부르는 건 처음이었다. "덴고." 그녀는 되풀이해서 불렀다. 외국어 단어의 발음을 연습하듯이. 어째서 갑자기 나를 이름으로 부르는 걸까. 덴고는 신기했다. 그리고 후카에리는 천천히 몸을 앞으로 숙여, 그의 얼굴에 얼굴을 가까이 대고 덴고의 입술에 입술을 댔다. 반쯤 벌어진 입술이 크게 열리고 그녀의 부드러운 혀가 덴고의 입 속으로 들어왔다. 좋은 향기가 나는 혀였다. 말이 되지 않는 말을, 그곳에 새겨진 비밀코드를, 그 혀는 집요하게 찾아다녔다. 덴고의 혀도 무의식중에 그 움직임에 응하고 있었다. 마치 동면에서 이제 막 깨어난 두 마리 젊은 뱀이 서로의 냄새에 이끌려 봄의 초원에서 뒤엉켜 서로를 탐하듯이.

그리고 후카에리는 오른손을 내밀어 덴고의 왼손을 쥐었다. 강하고 단단하게 감싸듯이 그녀는 덴고의 손을 쥐었다. 작은 손톱이 그의 손바닥에 파고들었다. 그리고 격렬한 입맞춤을 마치고 몸을 일으켰다. "눈을 감아."

덴고는 이르는 대로 두 눈을 감았다. 눈을 감자 그곳에는 깊이가 있는, 어슴푸레한 공간이 있었다. 안길이가 몹시 깊다. 지구의 중심까지 이어진 것처럼 보인다. 그 공간에는 저물녘의 어스름을 연상시키는 암시적인 빛이 비쳐들고 있었다. 기나긴 하루의 끝에 찾아온 온화하고 다정한 어스름이다. 가느다란 조각 같은 것이 수없이 그 빛 속에 떠 있는 것이 보였다. 먼지인지도 모른다. 꽃가루인지도 모른다. 어쩌면 다른 무엇인지도 모른다. 그러고는 이윽고 그 안길이가 서서히 줄어들었다. 빛이 환해지고 주위가 점점 눈에 들어왔다.

문득 깨닫고 보니 그는 열 살이고 초등학교 교실에 있었다. 그것은 진짜 시간이고 진짜 장소였다. 진짜 빛이고 진짜 열 살의 그 자신이었다. 그는 그곳에 있는 공기를 실제로 들이쉬고 니스가 칠해진 목재의 냄새며 칠판지우개에 묻은 분필 냄새를 맡을 수 있었다. 교실에 있는 것은 그와 그 소녀, 둘뿐이었다. 다른 아이들의 모습은 보이지 않았다. 그녀는 그런 우연한 기회를 재빠르고도 대담하게 포착한 것이다. 어쩌면 그녀는 내내 그런 기회를 기다리고 있었는지도 모른다. 어쨌든 소녀는 그곳에 서서 오른손을 내밀어 덴고의 왼손을 꽉 잡았다. 그녀의 눈동자는 덴고의 눈을 지그시 들여다보았다.

입 안이 바짝 말라갔다. 모든 물기가 입 안에서 사라졌다. 그것은 너무도 돌연한 일이었기 때문에 무엇을 해야 좋을지, 무슨 말을 해야 할지, 그는 짐작도 가지 않았다. 다만 그곳에서 소녀에게 손을 잡

흰 채 서 있었다. 이윽고 허리 안쪽에 희미한, 하지만 깊은 통증이 느껴졌다. 지금까지 경험한 적이 없는 감각이었다. 먼 곳에서 들려오는 바다울음 같은 욱신거림이다. 그와 동시에 현실의 소리도 귀에 들어왔다. 열린 창문으로 아이들의 외침이 들려왔다. 축구공을 뻥 차는 소리, 야구방망이로 소프트볼을 치는 소리, 뭐라고 외치는 하급생 여자애의 날카로운 부르짖음도 들렸다. 리코더로 더듬더듬 〈한 떨기 장미꽃〉의 합주 연습을 하는 소리도 들렸다. 방과후였다.

그는 소녀의 손을 똑같이 꼭 마주 잡고 싶다고 생각했다. 하지만 손에 힘을 줄 수가 없다. 소녀의 힘이 너무 강하기 때문이기도 했다. 하지만 그와 동시에 덴고의 몸은 마음대로 움직여지지 않았다. 어째서일까, 손가락 하나 움직일 수 없다. 마치 온몸이 꽁꽁 묶인 것처럼.

시간이 멈춰버린 것 같다, 고 덴고는 생각했다. 덴고는 조용히 숨을 쉬고, 자신의 숨소리에 귀를 기울였다. 바다울음은 계속되고 있었다. 문득 깨닫자, 현실의 모든 소리는 사라지고 없었다. 그리고 허리 깊은 곳의 욱신거림은 보다 한정된 다른 형태로 옮겨가고 있었다. 그 속에는 독특한 마비가 섞여 있었다. 그 마비는 고운 가루가 되고, 붉고 뜨거운 혈액에 섞여 부지런한 심장이 제공하는 풀무질의 힘에 실려 혈관을 타고 온몸으로 착실하게 보내졌다. 가슴속에 긴밀한 작은 구름 같은 것이 만들어져갔다. 그것은 호흡의 리듬을 바꾸고 심장의 박동을 보다 탄탄한 것으로 만들었다.

언젠가는 틀림없이, 한참 시간이 흐른 후에, 나는 지금 이 일의 의미나 목적을 이해할 수 있을 것이다, 덴고는 생각했다. 그러기 위해서는 이 순간을 최대한 정확하게, 명료하게 의식에 새겨둘 필요가 있다. 지금의 그는 그저 수학을 잘하는 열 살짜리 소년에 지나지 않는다. 새로운 문을 눈앞에 두고 있지만, 그 너머에서 무엇이 자신을 기다리고 있는지 알지 못한다. 무력하고 무지하고 감정적으로 혼란스럽고 적잖이 겁에 질려 있다. 스스로도 그건 알고 있었다. 그리고 소녀도, 지금 여기서 모든 걸 이해받기를 기대하지는 않는다. 그녀가 바라는 것은 자신의 감정을 덴고에게 똑똑히 전달한다는, 그저 그것뿐이었다. 그것은 작고 단단한 상자에 채워져 청결한 포장지로 감싸이고 가느다란 끈으로 묶여 있다. 그 패키지를 그녀는 덴고에게 건네주고 있었다.

지금 여기서 열어볼 필요는 없어, 소녀는 소리 없이 말하고 있었다. 언젠가 때가 되면, 그때 열어보면 돼. 너는 지금 이것을 그저 받기만 하면 되는 거야.

그녀는 많은 것을 이미 알고 있다, 덴고는 생각했다. 그는 아직 그것을 알지 못한다. 그 새로운 필드에서는 그녀가 주도권을 쥐고 있었다. 그곳에는 새로운 룰이 있고, 새로운 골(goal)과 새로운 역학(力學)이 있었다. 덴고는 아무것도 알지 못한다. 그녀는 알고 있다.

이윽고 소녀는 덴고의 왼손을 잡고 있던 자신의 오른손을 놓고 아무 말 없이, 뒤를 돌아보는 일도 없이 빠른 걸음으로 교실을 나갔다. 덴고는 넓은 교실에 혼자 남겨졌다. 열린 창으로 아이들의 목소리가 들려왔다.

다음 순간, 덴고는 자신이 사정을 하고 있다는 것을 깨달았다. 격렬한 사정이 한바탕 이어졌다. 많은 정액이 강하게 방출되었다. 대체 어디에 사정을 하고 있는 거지, 덴고는 혼란스러운 머리로 생각했다.

초등학교의 방과후 교실에서 이렇게 사정을 하는 건 적절한 일이 아니다. 누가 보기라도 하면 정말 난처하다. 하지만 그곳은 이미 초등학교 교실이 아니었다. 문득 깨달았을 때, 덴고는 후카에리 안에 있었고 그녀의 자궁을 향해 사정하고 있었다. 그런 건 하고 싶지 않았다. 하지만 그걸 막을 수는 없었다. 모든 것은 그의 손이 닿지 않는 곳에서 이루어지고 있었다.

"걱정할 거 없어요." 후카에리는 잠시 뒤에 늘 그렇듯이 밋밋한 목소리로 말했다. "나는 임신하지 않아요. 내게는 생리가 없으니까."

덴고는 눈을 뜨고 후카에리를 보았다. 그녀는 덴고 위에 걸터앉은 채 그를 내려다보고 있었다. 이상적인 모양을 한 그녀의 유방 한 쌍이 그의 눈앞에 있었다. 유방은 온화하고 규칙적인 호흡을 거듭하고 있었다.

이것이 고양이 마을에 가는 거냐고 덴고는 묻고 싶었다. 고양이 마을이란 대체 어떤 곳을 말하는 거냐고. 실제로 말을 해보려고 시도했다. 하지만 입 근육은 털끝만큼도 움직이지 않았다.

"필요한 일이었어요." 후카에리는 덴고의 마음을 읽은 듯이 말했다. 그것은 간결한 대답이었다. 그리고 아무런 대답도 되지 못했다. 늘 그랬듯이.

덴고는 다시 눈을 감았다. 그는 그곳에 갔고, 사정을 했고, 그리고 다시 이곳으로 돌아왔다. 그것은 진짜 사정이고, 방출된 것은 진짜 정액이었다. 그것이 필요한 일이었다고 후카에리가 말한다면 그건 아마도 필요한 일이었으리라. 덴고의 몸은 아직도 마비되어 감각을 잃은 채였다. 그리고 사정 뒤의 나른함이 그의 몸을 엷은 막처럼 감싸고 있었다.

오랫동안 후카에리는 그 자세 그대로, 꿀을 마시는 벌레처럼 덴고의 정액을 마지막까지 효과적으로 빨아들였다. 문자 그대로, 한 방울도 남기지 않고. 그리고 덴고의 페니스를 조용히 뽑아내고 아무 말 없이 침대를 내려가 욕실로 갔다. 깨닫고 보니 천둥은 멎어 있었다. 세찬 비도 어느새 그쳐 있었다. 그토록 집요하게 아파트 머리 위에 머물러 있던 먹장구름은 흔적도 없이 사라졌다. 주위는 비현실적일 정도로 고요했다. 욕실에서 후카에리가 샤워하는 소리가 나지막이 들려올 뿐이다. 덴고는 천장을 바라본 채, 몸에 본래의 감각이 돌아오기를 기다렸다. 발기는 사정한 뒤에도 여전히 지속되고 있었지만, 경도는 줄어드는 것 같았다.

그의 마음의 일부는 아직 초등학교 교실에 있었다. 그의 왼손에는 소녀의 손가락 감촉이 선명하게 남아 있었다. 자신의 손을 들어 바라볼 순 없지만, 왼쪽 손바닥에는 아마도 손톱자국이 빨갛게 찍혀 있을 터였다. 심장 박동은 얼마간 흥분의 흔적을 남기고 있었다. 가슴속의 긴밀한 구름은 사라졌지만, 그 대신 심장 바로 가까이에 있는 가상의 부분이 기분 좋을 정도의 희미한 통증을 호소하고 있다.

아오마메. 덴고는 생각했다.

아오마메를 만나야 한다, 덴고는 생각했다. 그녀를 찾아야 한다. 이렇듯 뻔히 알 일을 어째서 지금 이 순간까지 생각하지 못했을까. 그녀는 그 소중한 패키지를 내게 준 것이다. 어째서 나는 그걸 열어보지도 않고 그대로 내던져두었을까. 그는 고개를 저으려 했다. 하지만 고개를 젓는 건 불가능했다. 몸은 아직 마비에서 회복되지 않았다.

잠시 후에 후카에리가 침실로 돌아왔다. 그녀는 목욕타월을 두르고 침대 끝에 걸터앉았다.

"리틀 피플은 이제 날뛰지 않아요." 그녀는 말했다. 마치 전선 상황을 보고하는 쿨하고 유능한 척후병처럼. 그리고 허공에 손끝으로 작은 원을 그렸다. 르네상스 시대 이탈리아 화가가 교회 벽에 그릴 법한 아름답고 완벽한 원이다. 시작도 없고 끝도 없는 원. 그것은 잠시 동안 허공에 떠 있었다. "이제 끝났어요."

그렇게 말하더니 소녀는 몸에 두르고 있던 목욕타월을 내리고 알몸이 되어, 아무것도 걸치지 않은 그대로 잠시 그곳에 서 있었다. 움직임 없는 공기 속에서 물기가 남은 몸을 순순히 자연에 맡겨 건조시키려는 듯이. 그것은 무척 아름다운 풍경이었다. 매끈한 유방과 음모 없는 하복부.

그리고 몸을 숙여 바닥에 떨어진 파자마를 주워 속옷을 입지 않은 채 몸에 걸쳤다. 단추를 채우고 허리띠를 묶었다. 덴고는 그 모습을 어슴푸레한 가운데 멍하니 바라보고 있었다. 마치 곤충이 변신해가는 과정을 목격하고 있는 것 같았다. 덴고의 파자마는 그녀에게는 너무 컸지만, 그녀는 그 큰 옷이 잘 어울렸다. 그리고 후카에리는 침대 안으로 스르륵 미끄러져들어와 좁은 침대에서 자리를 잡고 머리를 덴고의 어깨에 얹었다. 그는 벗은 어깨 위로 그녀의 작은 귀를 감지할 수 있었다. 목젖 언저리에서 그녀의 따스한 호흡을 감지할 수 있었다. 거기에 맞추어 몸의 마비가, 이윽고 때가 되어 물결이 빠지듯이 조금씩 멀리 물러갔다.

공중에 습기가 남아 있었지만 더이상 끈적끈적하고 불쾌하지는 않았다. 창밖에서 벌레가 울기 시작했다. 발기는 이제 완전히 가라앉아 페니스는 다시 안녕의 진창 속에 몸을 담그려 하고 있었다. 모든 일은 합당한 단계를 밟아 순환하고, 마침내 하나의 사이클을 마친 듯했다. 공중에 완벽한 원이 하나 그려진 것이다. 동물들은 방주에서 내려와 그리운 지상으로 흩어져갔다. 모든 한 쌍들은 저마다 있어야 할 자리로 돌아갔다.

"자는 게 좋아요." 그녀는 말했다. "아주 깊이."

아주 깊이 잔다. 덴고는 생각했다. 잠, 그리고 깨어남. 내일이 되었을 때, 그곳에 과연 어떤 세계가 있을까.

"그건 아무도 알지 못해요." 후카에리가 그의 마음속을 읽고 말했다.

제15장 아오마메

Q

드디어 요괴의 시간이 시작된다

아오마메는 옷장에서 여벌 담요를 꺼내 남자의 커다란 몸을덮었다. 그리고 다시 한번 목덜미에 손을 대고 동맥의 박동이 완전히 상실된 것을 확인했다. '리더'라 불리던 인물은 이미 다른 세계로 이동했다. 그것이 어떤 세계인지는 모른다. 하지만 1Q84년이 아니라는건 분명하다. 그리고 이쪽 편의 세계에서 그는 이미 '죽은 자'라고 불리는 존재로 바뀌어 있었다. 미세한 소리 하나 내지 않고, 마치 한기를 느낀 듯 한순간 몸을 파르르 떠는 것으로 그는 삶과 죽음을 가르는 분수령을 넘어갔다. 한 방울의 출혈도 없었다. 이제는 모든 고통에서 해방되어 푸른 요가 매트 위에 엎드려 소리 없이 죽어 있다. 그녀의 작업은 여느 때와 마찬가지로 빠르고 적확했다.

아오마메는 바늘 끝에 코르크 마개를 꽂아 하드케이스에 끼웠다. 그것을 스포츠백에 넣었다. 비닐 파우치에서 헤클러&코흐를 꺼내 땀복 바지의 허리 밴드에 꽂아넣었다. 안전장치는 해제되고 약실에는 탄환이 들어 있다. 등뼈에 와 닿는 견고한 금속의 감촉은 그녀에게 안도감을 주었다. 창가로 가서 두툼한 커튼을 치고 방을 다시 어둡게 했다.

그리고 스포츠백을 손에 들고 문으로 향했다. 문 손잡이를 잡고 고개를 돌려, 어둠 속에 엎드려 있는 거대한 남자의 모습을 잠시 바라보았다. 그저 숙면을 취하는 것처럼 보인다. 처음 이 방에 들어와 그를 보았을 때처럼. 그가 숨이 끊긴 것을 아는 사람은 이 세계에 아오마메밖에 없다. 아니, 아마도 리틀 피플은 알고 있으리라. 그래서 그들은 천둥 치는 걸 중단한 것이다. 이제는 그런 경고를 보내봤자 아무 쓸모도 없다는 것을 알고 있기 때문이다. 그들이 선택했던 대리인은 이미 생명이 끊어졌다.

아오마메는 문을 열고 불빛 환한 방에 발을 들였다. 눈이 부셔 잠시 고개를 옆으로 돌리며, 소리가 나지 않게 가만히 문을 닫았다. 스킨헤드는 소파에 앉아 커피를 마시고 있었다. 테이블 위에는 룸서비스로 배달시킨 커피포트와 샌드위치를 담은 큰 쟁반이 있었다. 샌드위치는 반쯤 줄어 있었다. 사용하지 않은 커피 잔이 두 개, 그 옆에 놓였다. 포니테일은 문 옆에서 로코코 풍 의자에 아까와 똑같이 등을 곧추세우고 앉아 있었다. 두 사람 모두 오래도록 같은 자세로 말없이 시간을 보낸 모양이었다. 방 안에는 그런 정체된 공기가 감돌고 있었다.

아오마메가 그 방에 들어서자, 스킨헤드는 손에 든 커피 잔을 받침접시에 내려놓고 조용히 일어섰다.

"끝났어요." 아오마메는 말했다. "지금은 주무세요. 시간이 상당히 걸렸습니다. 근육의 부담도 크셨을 거예요. 한참 주무시게 해드리세요."

"주무신다고요?"

"네, 아주 깊이." 아오마메는 말했다.

스킨헤드는 아오마메의 얼굴을 똑바로 바라보았다. 그녀의 눈을 깊은 곳까지 들여다보았다. 그러고는 달라진 데가 없는지 검사하듯 시선을 천천히 발끝까지 내리고, 다시 눈을 들어 얼굴을 보았다.

"원래 그러는 겁니까?"

"근육의 심한 스트레스가 풀리면 깊이 잠드시는 분들이 많아요. 특이한 일이 아니에요."

스킨헤드는 거실과 침실을 가르는 문까지 걸어가 조용히 손잡이를 돌려 문을 조금 열고 안을 들여다보았다. 뭔가 일이 벌어지면 즉시 권총을 뽑을 수 있도록 아오마메는 오른손을 땀복 바지 허리께에 짚고 있었다. 남자는 십여 초쯤 방 안의 상황을 살피더니 이윽고 고개를 빼고 문을 닫았다.

"얼마나 주무실까요?" 그는 아오마메에게 물었다. "저대로 계속 바닥에 계시게 할 수는 없는데."

"두 시간쯤 후면 눈을 뜨실 거예요. 그때까지는 되도록 그 자세 그대로 쉬시게 해드리세요."

스킨헤드는 손목시계를 보며 시간을 확인했다. 그러고는 가볍게 고개를 끄덕였다.

"알겠습니다. 잠시 그대로 계시도록 하지요." 스킨헤드는 말했다. "샤워실을 쓰시겠습니까?"

"샤워는 괜찮아요. 그냥 옷이나 갈아입게 해줘요."

"물론이죠. 욕실을 이용하십시오."

아오마메는 할 수만 있다면 옷 따위는 갈아입을 것 없이 한시바삐 이 방을 떠나고 싶었다. 하지만 이 사람들의 의심을 사는 건 좋지 않다. 처음 왔을 때도 옷을 갈아입었다. 돌아갈 때도 똑같이 갈아입어야 한다. 그녀는 욕실로 들어가 땀복 위아래를 벗었다. 땀에 젖은 속옷을 벗고 목욕타월로 땀을 훔쳐낸 뒤 새것으로 갈아입었다. 그리고 원래 입었던 면바지와 흰 블라우스를 걸쳤다. 권총은 면바지 벨트 아래, 겉으로는 보이지 않도록 꽂아넣었다. 몸을 이리저리 돌려 동작이 자연스럽게 보이는지 확인했다. 비누로 얼굴을 씻고 헤어브러시로 머리를 빗었다. 그러고는 세면대의 큼직한 거울을 마주하고 다양한 각도로 얼굴을 마음껏 찌푸렸다. 긴장으로 굳은 근육을 풀기 위해서였다. 한바탕 그렇게 하고 나서 평소의 얼굴로 되돌렸다. 오래도록 계속 얼굴을 찌푸리다보면 평소 얼굴이 어땠는지 생각해내는 데 약간의 수고가 따른다. 하지만 몇 차례의 시행착오 끝에 그럴싸한 자리에 안착할 수 있었다. 아오마메는 거울을 노려보며 찬찬히 얼굴을 점검했다. 문제없어, 그녀는 생각했다. 평소 얼굴이야. 미소도 지을 수 있어. 손도 떨리지 않는다. 시선도 또렷하다. 평소 그대로의 쿨한 아오마메다.

하지만 스킨헤드는 아까 침실에서 나오는 그녀의 얼굴을 지그시 응시했다. 거기서 눈물의 흔적을 알아봤는지도 모른다. 상당히 많이 울었기 때문에 그 흔적이 조금쯤은 남았을 터였다. 그렇게 생각하자 아오마메는 불안한 마음이 들었다. 근육 스트레칭을 하면서 어째서 눈물을 흘렸을까, 그자는 이상하게 생각할지도 모른다. 뭔가 심상치 않은 일이 벌어진 건 아닌가, 의심을 품을지도 모른다. 그리고 그는 침실 문을 열고 새삼 리더의 상황을 살피고 그의 심장이 멈춘 것을 발견한다……

아오마메는 허리 뒤편에 손을 얹어 권총의 그립을 확인했다. 침착해야 해, 그녀는 생각했다. 두려워해서는 안 된다. 두려움은 얼굴에 드러나고, 상대에게 의심을 품게 한다.

그녀는 최악의 상황을 각오하며 왼손에 스포츠백을 들고 신중하게 욕실을 나섰다. 오른손은 즉시 권총을 향해 뻗을 수 있도록 준비했다. 하지만 방 안은 조금 전과 달라진 기척이 없었다. 스킨헤드는 팔짱을 끼고 방 한가운데 서서 눈을 가늘게 뜨고 뭔가를 생각하고 있었다. 포니테일은 여전히 입구 의자에 앉아 방 안을 냉정하게 관찰하고 있었다. 그는 폭격기의 기관총 사수 같은 조용한 두 눈을 갖고 있었다. 고독하고, 푸른 하늘을 계속 주시하는 데 익숙한 눈. 하늘 빛깔에 물든 눈.

"수고하셨어요." 스킨헤드가 말했다. "괜찮으면 커피 한잔 어때요? 샌드위치도 있는데."

아오마메는 말했다. "고마워요. 하지만 괜찮아요. 일한 직후에는 그리 배고프지 않아요. 한 시간쯤 지나야 조금씩 식욕이 나죠."

스킨헤드는 고개를 끄덕였다. 그리고 상의 주머니에서 두툼한 봉투를 꺼내 그 두께를 손안에서 확인해본 뒤에 아오마메에게 내밀었다.

남자는 말했다. "실례지만, 그쪽에서 말씀하신 요금보다 좀 더 넉넉히 들었을 겁니다. 아까도 말씀드렸듯이 이번 일은 부디 밖으로 새어나가지 않도록 잘 부탁합니다."

"입막음용으로 더 주시는 거군요?" 아오마메는 농담처럼 말했다.

"아무래도 신경을 더 쓰시게 한 데 대한 감사의 표시입니다." 남자는 웃음기 없는 얼굴로 말했다.

"금액과 관계없이 비밀은 꼭 지켜요. 그것도 제 일 중 하나니까요. 밖으로 말이 새어나가는 일은 절대 없습니다." 아오마메는 말했다. 그리고 받아든 봉투를 그대로 스포츠백 안에 넣었다. "영수증, 필요하신가요?"

스킨헤드는 고개를 저었다. "됐어요. 이건 우리만의 일입니다. 당신은 그걸 수입으로 신고할 필요가 없어요."

아오마메는 말없이 고개를 끄덕였다.

"힘을 많이 썼을 거 같은데요?" 스킨헤드가 탐색하듯이 물었다.

"네, 평소보다는."

"보통 분이 아니시니까요."

"그러신 거 같아요."

"유일한 분이십니다." 그는 말했다. "그리고 오랫동안 극심한 육체적 고통을 겪어오셨습니다. 우리의 고통과 아픔을 그 한 몸으로 모두 받아들이고 계시는 겁니다. 그 아픔을 조금이라도 덜어드리는 것이 우리의 바람입니다."

"근본적인 원인을 알지 못하니까 분명한 말씀은 드릴 수 없지만," 아오마메는 신중하게 단어를 고르며 말했다. "아픔이 초금은 덜어졌을 거예요."

스킨헤드는 고개를 끄덕였다. "당신도 상당히 지친 것 같군요."

"그럴 거예요." 아오마메는 말했다.

아오마메와 스킨헤드가 이야기를 하는 동안, 포니테일은 문 옆에 앉아 방 안을 말없이 관찰하고 있었다. 얼굴은 움직이지 않고 눈만 굴리고 있다. 표정은 아무런 변화도 없다. 두 사람의 대화가 그의 귀에 들어가는지 마는지도 알 수 없다. 고독하고 과묵하고 한없이 주의 깊다. 구름 사이에서, 처음에는 겨자씨 정도로밖에는 보이지 않을 적기의 작은 기영(機影)을 찾고 있는 것처럼.

아오마메는 잠시 망설인 뒤에 스킨헤드에게 질문을 던졌다. "괜한 말인지 모르지만, 커피를 마시거나 햄샌드위치 같은 음식을 먹는 건 교단의 계율에 위배되지 않나요?"

스킨헤드는 고개를 돌려 테이블 위의 커피포트와 샌드위치 쟁반에 눈을 던졌다. 그리고 희미한 웃음 비슷한 것을 입술에 떠올렸다.

"우리 교단에는 그렇게 엄격한 계율은 없습니다. 술과 담배는 기본적으로 금지되어 있죠. 성적인 일들에 대한 금지규칙도 어느 정도는 있어요. 하지만 먹는 것에 대해서는 비교적 자유롭습니다. 평소에는 주로 소박한 식사를 하지만, 커피도 햄샌드위치도 딱히 금하는 건 아닙니다."

아오마메는 거기에 대한 의견은 말하지 않고 그저 고개를 끄덕였다.

"많은 사람이 모인 곳이니 어느 정도의 규율은 물론 필요합니다. 하지만 고정된 형식에 치중하다보면 본래의 목적을 잃을 수 있죠. 계율이나 교리는 어디까지나 편의적인 것입니다. 중요한 건 틀이 아니라 그 안에 있는 내용입니다."

"그리고 리더가 그 내용을 채워주시는 거군요."

"그렇죠. 우리의 귀에는 와 닿지 않는 목소리를 그분은 들으실 수 있습니다. 특별한 분이시죠." 스킨헤드는 아오마메의 눈을 보았다. 그리고 말했다. "오늘은 정말 수고 많으셨습니다. 마침 비도 그친 것 같군요."

"천둥이 굉장했어요." 아오마메는 말했다.

"네, 아주 심했어요." 스킨헤드는 말했다. 하지만 그는 천둥이나 비에는 별다른 흥미가 없는 것처럼 보였다.

아오마메는 목례를 건넨 뒤, 스포츠백을 들고 문으로 향했다.

"아, 잠깐만요." 스킨헤드가 등뒤에서 불러세웠다. 날카로운 목소리였다.

아오마메는 방 한가운데 멈춰 서서 뒤를 돌아보았다. 심장이 날카롭게 메마른 소리를 냈다. 그녀의 오른손은 살그머니 허리춤으로 올라갔다.

"요가 매트." 그 젊은 남자는 말했다. "요가 매트를 잊으셨어요. 침실 바닥에 그대로 깔려 있던데."

아오마메는 미소 지었다. "지금 그 위에서 숙면을 취하고 계셔서요. 굳이 그걸 빼내느라 깨우실 건 없어요. 그냥 가지세요. 그리 비싼 것도 아니고 꽤 오래 쓴 거예요. 불필요하시면 내버리시구요."

스킨헤드는 잠시 생각하고는 이윽고 고개를 끄덕였다. "네, 수고하셨습니다."

아오마메가 문으로 다가가자 포니테일이 의자에서 일어나 문을 열어주었다. 그리고 짧게 목례를 건넸다. 이 사람은 마지막까지 한 마디도 입을 열지 않았어, 아오마메는 생각했다. 그녀는 인사를 건네고 남자 앞을 지나가려고 했다.

그 순간, 폭력적인 사념이 강렬한 전류처럼 아오마메의 살갗을 뚫고 지나갔다. 포니테일의 손이 쓰윽 뻗어나와 그녀의 오른팔을 잡으려 했다. 그것은 지극히 신속하고 적확한 동작일 터였다. 공중의 파리를 잡을 수 있을 정도의 신속함. 그런 생생한 한순간의 낌새가 엄습해왔다. 온몸의 근육이 긴장했다. 소름이 돋고 심장이 한 박자씩 건너뛰었다. 숨이 차오르고 등에는 얼음벌레가 기어갔다. 강한 백열광 세례가 아오마메의 의식에 쏟아졌다. 지금 이 사람에게 오른팔을 잡힌다면 권총은 잡을 수 없게 된다. 그렇게 되면 내게 승산은 없다. 이 남자는 감지하고 있다. 내가 뭔가를 했다는 것을. 방 안에서 뭔가가 일어났다는 것을 직감적으로 인지하고 있다. 그게 뭔지는 모르지만 심히 부적절한 일이. 그의 본능은 "이 여자를 잡아야 한다"고 경고하고 있다. 바닥에 넘어뜨려 힘껏 체중을 싣고 우선 어깨관절부터 빼버리라고 지시하고 있다. 하지만 그건 어디까지나 직감에 불과하다. 확증은 없다. 단순한 착각일 경우, 지독히 난처한 입장에 처하게 된다. 그는 격렬하게 망설이고, 그리고 결국 포기했다. 판단하고 지시하는 건 어디까지나 스킨헤드이고, 그에게는 그럴 자격이 없다. 그는 오른손의 충동을 필사적으로 억누르며 어깨의 힘을 뺐다. 그 일 초 혹은 이 초 사이에 포니테일의 의식을 스쳐간 일련의 단계를 아오마메는 생생하게 감지할 수 있었다.

아오마메는 카펫이 깔린 복도로 나왔다. 뒤돌아보는 일 없이 엘리

베이터를 향해 곧게 뻗은 복도를 담담히 걸었다. 포니테일은 아무래
도 문밖에 얼굴을 내밀고 그녀의 움직임을 눈으로 좇고 있는 듯했다.
그 날카로운 칼날 같은 시선을 아오마메는 등뒤로 계속 느꼈다. 온몸
의 근육이 지독히 근질근질했지만, 결코 돌아보지 않았다. 뒤돌아봐
서는 안 돼. 복도 모퉁이를 돌아서고 거기서 마침내 팽팽하던 힘이
풀렸다. 하지만 아직 안심할 수는 없다. 아직은 무슨 일이 일어날지
모른다. 그녀는 엘리베이터의 버튼을 누르고 그것이 올 때까지(영원
에 가까운 시간이 걸렸다) 손을 뒤로 돌려 권총의 그립을 쥐고 있었
다. 포니테일이 마음을 바꿔 뒤를 좇아온다면 언제라도 뽑을 수 있
도록. 그 강인한 손이 자신의 몸을 잡기 전에 망설임 없이 상대를 쏘
아야 한다. 혹은 망설임 없이 나 자신을 쏘아야 한다. 그중 어느 쪽을
선택해야 할지, 아오마메는 판단이 서지 않았다. 마지막까지 판단이
서지 않을지도 모른다.

  하지만 뒤를 좇아오는 자는 없었다. 호텔 복도는 고요히 가라앉은
채였다. 엘리베이터 문이 땡 소리를 내며 열리고, 아오마메는 올라
탔다. 로비층 버튼을 누르고 문이 닫히기를 기다렸다. 그리고 입술을
잘근잘근 깨물며 층수 표시를 노려보았다. 엘리베이터에서 내려 넓
은 로비를 걸어나와 현관에서 손님을 기다리고 있는 택시에 올라탔
다. 비는 이제 완전히 그쳤지만, 차는 마치 물속에서 건져낸 것처럼
온몸에서 물방울을 뚝뚝 떨구고 있었다. 신주쿠 역 서쪽 출구까지,
라고 아오마메는 말했다. 택시가 출발하고 호텔에서 벗어나자, 그녀
는 몸속에 고여 있던 공기를 밖으로 크게 토해냈다. 그리고 눈을 감

고 머리를 텅 비웠다. 한참 동안 아무것도 생각하고 싶지 않다.

강한 욕지기를 느꼈다. 위 속에 있는 것이 고스란히 목구멍까지 솟구치는 것 같았다. 하지만 가까스로 그것을 안쪽으로 다시 밀어넣었다. 버튼을 눌러 창유리를 반쯤 열고 축축한 밤공기를 폐 속에 가득 넣었다. 좌석에 몸을 기대고 몇 번이고 심호흡을 했다. 입 안에서 불길한 냄새가 났다. 몸속에서 뭔가가 썩기 시작한 듯한 냄새였다.

그녀는 퍼뜩 생각이 나서 면바지 주머니 속을 뒤져 두 개의 추잉검을 찾았다. 가늘게 떨리는 손으로 포장지를 벗겨 입에 넣고 씹었다. 스피어민트. 정든 향기. 그것이 그럭저럭 신경을 달래주었다. 턱을 움직이는 사이에 입 안의 좋지 않은 냄새도 조금씩 사라졌다. 내 몸속에서 뭔가가 실제로 썩고 있는 게 아니다. 공포가 나를 이상하게 만들고 있을 뿐이다.

어쨌든 이걸로 모든 게 끝났어, 아오마메는 생각했다. 이제 더이상 내 손으로 사람을 죽일 필요는 없어. 그리고 나는 올바른 일을 한 거야. 아오마메는 자신에게 그렇게 말했다. 그 남자는 살해되어 마땅한 행위를 한 거고, 그 대가를 치른 것뿐이다. 그리고 또한—우연한 일이기는 하지만—그 스스로가 죽음을 강하게 원했다. 나는 상대가 바라는 대로 편안한 죽음을 부여했다. 잘못된 일은 하지 않았다. 다만 법률에 저촉될 뿐이다.

하지만 아무리 그렇게 스스로를 타일러도, 그걸 마음속 깊이 납득하는 건 불가능했다. 그녀는 방금 전에 자기 손으로 범상치 않은 인간을 살해하고 온 것이다. 예리한 바늘 끝이 그 남자의 목덜미에 소리 없이 빨려들던 감촉을 아직 똑똑하게 기억하고 있다. 거기에서 범상처 않은 반응이 손에 돌아왔다. 그것이 아오마메의 마음을 적잖이 어지럽히고 있었다. 그녀는 양손바닥을 펼치고 한참을 바라보았다. 뭔가 다르다. 여느 때와는 전혀 다르다. 하지만 무엇이 어떻게 다른지를 가려낼 수 없었다.

그 남자가 했던 말을 믿는다면, 그녀가 살해한 것은 예언자였다. 신의 목소리를 듣는 자다. 하지만 그 목소리의 주인은 신이 아니다. 아마도 리틀 피플이라고 하는 존재다. 예언자는 곧 왕이며, 왕은 살해되도록 운명지어져 있다. 즉 그녀는 운명이 보낸 자객인 것이다. 그리고 그녀는 그 왕이자 예언자인 존재를 폭력적으로 제거함으로써 세계의 선악의 균형을 유지했다. 그 결과, 그녀는 죽지 않으면 안 된다. 하지만 그때 그녀는 거래를 했다. 그 남자를 살해하고 사실상 자신의 목숨을 포기함으로써 덴고는 살아남는다. 그것이 거래의 내용이었다. 그 남자의 말을 믿는다면.

하지만 아오마메는 그가 한 말을 기본적으로 믿지 않을 수 없었다. 그는 광신자가 아니고, 죽어가는 인간은 거짓말을 하지 않는다. 그리고 무엇보다 그의 말에는 설득력이 있었다. 큼직한 닻처럼 무거운 설득력이다. 모든 배는 그 크기와 무게에 걸맞은 닻을 지닌다. 제아무리 야비한 짓을 했더라도, 그 남자는 분명 큰 배를 연상시키는 인간이었다. 아오마메는 그것을 인정하지 않을 수 없었다.

운전기사에게는 보이지 않도록 헤클러&코흐를 벨트에서 빼내 안전장치를 걸고 파우치에 챙겨넣었다. 500그램 남짓한 견고하고도 치명적인 무게가 그녀의 몸에서 제거되었다.

"아까는 천둥이 정말 대단했어요. 비도 엄청나게 오고." 운전기사가 말했다.

"천둥?" 아오마메는 되물었다. 천둥이라니, 그건 한참 옛날 일처럼 여겨졌다. 바로 삼십 분 전의 일인데도. 그러고 보니 천둥이 울렸었다. "그러게요. 굉장한 천둥이었죠."

"일기예보에서는 그런 얘기가 전혀 없었는데 말예요. 하루 종일 날씨가 좋을 거라고 했는데."

그녀는 머리를 굴렸다. 뭔가 말을 해야 해. 하지만 그럴싸한 말이 떠오르지 않는다. 두뇌 회전이 둔해진 것 같다. "일기예보란 게 워낙 안 맞잖아요." 그녀는 말했다.

운전기사는 룸미러 속의 아오마메를 흘끗 보았다. 말투가 어딘지 부자연스러웠는지도 모른다. 운전기사는 말했다. "도로의 물이 넘쳐서 지하철 아카사카미쓰케 역 구내로 흘러들어가 선로가 침수되었다는데요. 좁은 지역에 한꺼번에 비가 내려서 그래요. 긴자 선과 마루노우치 선이 일시적으로 운행이 중단되었대요. 아까 라디오 뉴스에서 들었어요."

집중호우로 인해 지하철 운행이 중단되었다. 그것이 내 행동에 어떤 영향을 미칠까. 머리를 재빨리 돌려야 하는데. 나는 신주쿠 역에 가서 코인로커에서 여행가방과 숄더백을 꺼낸다. 그리고 다마루에게 전화를 걸어 지시를 받는다. 만일 그 지시가 신주쿠에서 마루노우치 선을 반드시 이용해야 하는 것이라면 일은 적잖이 귀찮아질지도 모른다. 도주할 수 있는 시간 여유는 두 시간뿐이다. 두 시간이 지나면 그들은 리더가 잠에서 깨어나지 않는 것을 이상하게 여기고 침실의 상황을 보러 갈 것이다. 그리고 그 남자가 숨을 거둔 것을 발견할 것이다. 그 즉시 그들은 행동에 뛰어들 것이다.

"마루노우치 선은 아직도 운행을 안 할까요?" 아오마메는 운전기사에게 물었다.

"글쎄, 잘 모르겠네요. 라디오를 틀어볼까요?"

"네, 켜주세요."

리더의 말에 의하면 리틀 피플이 그 뇌우를 몰고 왔다. 그들은 아카사카 부근의 좁은 지역에 많은 비를 쏟아부었고, 그 바람에 지하철이 멈춰버렸다. 아오마메는 고개를 저었다. 거기에는 뭔가 꿍꿍이가 있는지도 모른다. 일은 계획대로 그리 쉽게 풀리지 않는다.

운전기사는 라디오를 NHK에 맞췄다. 음악방송이었다. 1960년대 후반에 유행한, 일본 가수가 노래하는 포크송 특집이다. 아오마메는 그 노래들을 어렸을 때 라디오에서 자주 들어 막연히 기억하고 있었지만, 반가운 마음은 전혀 없었다. 오히려 불쾌함이 가슴속에 치밀었다. 그런 곡들이 아오마메의 머릿속에 떠오르게 하는 것은 생각하고 싶지도 않은 일들뿐이었다. 잠시 꾹 참고 그 방송을 듣고 있었지만, 아무리 기다려도 지하철 운행 상황에 대한 뉴스는 나오지 않았다.

"미안한데요, 이제 됐으니까 라디오 좀 꺼주실래요?" 아오마메는 말했다. "아무튼 신주쿠 역에 가서 상황을 보기로 하죠."

운전기사는 라디오를 끄며 말했다. "신주쿠 역, 틀림없이 꽤 붐빌 겁니다."

신주쿠 역은 그의 말대로 지독히 혼잡했다. 신주쿠 역에서 국철과 만나는 마루노우치 선이 멈춰 서는 바람에 인파의 흐름에 혼란이 일어나 사람들이 우왕좌왕하고 있었다. 직장 퇴근시간은 이미 지났는데도, 헤치고 걸어가기가 성가실 만큼 사람들이 많았다.

아오마메는 가까스로 코인로커에 도착해 숄더백과 검은 인조가죽 여행가방을 꺼냈다. 여행가방에는 대여금고에서 꺼내온 현금다발이 들어 있다. 스포츠백에서 몇 가지 물건을 꺼내 숄더백과 여행가방에 각각 나눠 넣었다. 스킨헤드에게서 받은 현금 봉투, 권총을 넣은 비닐 파우치. 아이스픽이 든 하드케이스. 더이상 필요없게 된 나이키 스포츠백은 근처 코인로커에 넣고 백 엔짜리 동전을 먹여 열쇠를 채웠다. 그 스포츠백을 다시 찾으러 올 마음은 없었다. 그녀의 신원이 드러날 만한 건 아무것도 들어 있지 않다.

여행가방을 들고 역 구내를 돌며 공중전화를 찾았다. 하지만 모든 전화 앞에 사람들이 몰려 있었다. 전철이 멈춘 탓에 귀가가 늦어진다고 전화를 걸려는 사람들이 장사진을 치고 있었다. 아오마메는 가볍게 얼굴을 찌푸렸다. 아무래도 리틀 피플은 나를 그리 간단히는 도망치게 해주지 않을 모양이다. 리더가 말한 바에 따르면 그들은 내게 직접 손을 댈 수는 없다. 하지만 뒤에서 다른 수단으로 내 행동을 방해할 수는 있다.

아오마메는 전화 순서를 기다리는 건 포기했다. 역을 나와 조금 걷다가 눈에 들어온 찻집에 들어가 아이스커피를 주문했다. 가게 전화도 사용중이었지만 줄까지 서지는 않았다. 그녀는 중년여자의 등 뒤에 서서 그녀의 기나긴 수다가 끝나기를 지그시 기다렸다. 여자는 불쾌한 듯 흘끔흘끔 아오마메를 쳐다보았지만, 5분쯤 이야기를 계속하더니 그제야 전화를 끊었다.

아오마메는 가진 동전을 모조리 전화기에 넣고 외워두었던 번호를 눌렀다. 세 차례 호출음이 울리고는 "지금은 부재중입니다. 볼일이 있으신 분은 발신음 뒤에 메시지를 남겨주세요"라는 테이프의 무기질적인 소리가 흘렀다.

발신음이 울리자 아오마메는 수화기를 향해 말했다. "저기요, 다마루 씨, 거기 있으면 전화 좀 받아줄래요?"

수화기가 들렸다. "여기 있어." 다마루가 말했다.

"아, 다행이다." 아오마메는 말했다.

다마루는 그 목소리에서 여느 때와는 다른 절박한 여운을 감지한 모양이었다. "괜찮은 거야?" 그가 물었다.

"아직까지는."

"일은 잘됐나?"

아오마메는 말했다. "깊이 잠들었어요. 그 이상 깊이 잠들 수 없을 만큼."

"흐음, 그래." 다마루는 말했다. 진심으로 안도했는지, 목소리에서 그게 고스란히 느껴졌다. 감정을 겉으로 드러내지 않는 다마루로서는 퍽 드문 일이다. "그렇게 전해드리지. 아마 마음을 놓으실 거야."

"간단한 일은 아니었어요."

"알아. 하지만 네 일은 이제 끝났어."

"뭐, 그럭저럭." 아오마메는 말했다. "이 전화, 안전해요?"

"특별한 회선을 사용하고 있어. 걱정 안 해도 돼."

"신주쿠 역의 코인로커에서 여행용 짐들을 꺼내왔어요. 그다음은요?"

"시간 여유는?"

"한 시간 반." 아오마메는 말했다. 그녀는 간단히 상황을 설명했다. 앞으로 한 시간 반이 지나면, 두 명의 보디가드는 침실을 점검하고 리더가 숨을 쉬지 않는 것을 발견할 것이다.

"한 시간 반이면 충분해." 다마루는 말했다.

"발견하면 그 사람들, 즉시 경찰에 신고할까요?"

"그건 몰라. 어제 경찰이 교단 본부에 수사하러 들이닥친 참이야. 현재로서는 조사나 하는 정도고 아직 본격적인 수색까지는 하지 않았지만, 이런 때 교주가 변사했다고 하면 일이 상당히 귀찮아질 수 있지."

"그러니까 공표할 것 없이 자기들끼리 처리할 것이다?"

"그자들은 그런 정도는 태연하게 해치울 자들이야. 내일 신문을 보면 어떻게 됐는지 알겠지. 그들이 교주의 죽음을 경찰에 신고했는지 안 했는지. 나는 도박은 좋아하지 않아. 하지만 만일 어느 쪽엔가 꼭 걸어야 한다면 신고 안 하는 쪽에 걸 거야."

"자연스러운 현상이라고 생각해주진 않을까?"

"겉으로 봐서는 판단을 못 하겠지. 면밀한 부검이라도 하지 않는 한, 자연사인지 살인인지도 모를 거야. 어쨌든 그자들은 가장 먼저 네 말부터 들어보려고 할 거야. 살아 있는 리더를 마지막으로 만났던 사람이니까. 그리고 네가 집을 비우고 어딘가로 자취를 감췄다는 걸 알면 당연히 그건 자연사가 아닐 거라고 추측하겠지."

"그리고 그들은 내 행방을 쫓는다. 전력을 다해서."

"틀림없이." 다마루는 말했다.

"무사히 자취를 감출 수 있을까요?"

"계획은 세워뒀어. 면밀한 계획이야. 그 계획에 따라 신중하게, 참을성 있게 행동하면 어느 누구도 못 찾아내. 가장 좋지 않은 건 두려워하는 거야."

"노력은 하고 있어요." 아오마메는 말했다.

"계속 노력해. 재빨리 행동해서 시간을 내 편으로 만들어. 너는 주의 깊고 참을성 강한 사람이야. 평소대로 하면 돼."

아오마메는 말했다. "아카사카 근처에 집중호우가 쏟아져서 지하철이 멈췄어요."

"알아." 다마루는 말했다. "하지만 염려 마. 지하철을 이용할 계획은 없어. 지금부터 택시를 타고 도내의 세이프하우스로 가도록 해."

"도내? 어디 먼 곳으로 가는 거 아니었어요?"

"물론 멀리 가지." 다마루는 천천히 타이르듯이 말했다. "하지만 그전에 몇 가지 준비가 필요해. 이름과 얼굴을 바꿔야 해. 게다가 이번 건은 아주 힘든 작업이었어. 너도 분명 흥분한 상태일 거야. 그런 때 급하게 움직여서 좋을 게 없어. 잠시 그 세이프하우스에 몸을 숨기고 있어. 괜찮아. 우리가 확실하게 서포트할 거야."

"그 집은 어디에 있죠?"

"고엔지." 다마루는 말했다.

고엔지, 아오마메는 생각했다. 그리고 손톱 끝으로 앞니를 톡톡 쳤다. 고엔지 쪽은 지리를 전혀 모른다.

다마루는 주소와 맨션 이름을 말했다. 늘 하던 대로 아오마메는 메모하지 않고 머리에 새겨넣었다.

"고엔지 남쪽 출구. 간조 7호선 근처야. 맨션 호수는 303. 입구 오토록은 2831을 누르면 열려."

다마루는 잠시 틈을 두었다. 303과 2831, 아오마메는 머릿속에서 반복했다.

"집 열쇠는 현관매트 뒷면에 테이프로 붙여뒀어. 집에는 우선 생활에 필요한 물건이 갖춰져 있고, 한동안은 바깥에 나오지 않아도 살 수 있게 만반의 준비를 해뒀어. 내 쪽에서 연락할게. 벨을 세 번 울린 뒤에 끊고 이십 초 뒤에 다시 걸 거야. 네 쪽에서는 되도록 연락하지 않도록 해."

"알았어요." 아오마메는 말했다.

"그자들은 터프한 편이었나?" 다마루가 물었다.

"내 옆에 붙어 있던 두 사람은 꽤 실력 있어 보였어요. 잠깐 오싹하는 순간도 있었구요. 하지만 프로는 아냐. 당신하고는 수준이 달라요."

"나 같은 인간은 별로 없지."

"너무 많아도 탈이죠."

"아마도." 다마루는 말했다.

아오마메는 짐을 들고 역 구내의 택시 승차장으로 향했다. 그곳에도 사람들이 길게 줄을 서 있었다. 지하철은 아직도 운행되지 않는 모양이었다. 하지만 어쨌든 그곳에 줄을 서서 꾹 참고 기다리는 수밖에. 다른 선택의 여지가 없으니.

얼굴에 답답함이 떠올라 있는 수많은 통근 승객들 틈에 섞여 택시를 기다리면서 그녀는 세이프하우스의 주소와 이름과 방 번호, 오토록 해제번호와 다마루의 전화번호를 머릿속에서 수없이 되뇌었다. 수도승이 산꼭대기 바위에 앉아 중요한 진언을 읊조리듯이. 아오마메는 원래 기억력에는 자신이 있었다. 그 정도 정보라면 어려움 없이 암기할 수 있었다. 하지만 지금 그녀에게는 그 숫자들이 생명줄이었다. 하나라도 잊거나 틀리면 목숨을 부지하기 어렵다. 머릿속에 깊이 새겨두지 않으면 안 된다.

그녀가 마침내 택시를 탔을 때는, 리더의 시체를 남기고 그 방을 나온 지 대략 한 시간이 지나 있었다. 여기까지 오는 데 예정했던 시간의 두 배 가까이 걸렸다. 아마도 리틀 피플이 그만큼 시간을 번 것이리라. 아카사카에 집중호우를 퍼부어 지하철을 멈추게 하고, 귀가하는 사람들의 발길을 어지럽히고, 신주쿠 역을 혼란에 빠뜨리고, 택시를 부족하게 하여 아오마메의 움직임을 늦췄다. 그렇게 해서 그녀의 신경을 자근자근 조이고 있다. 냉정함을 잃게 하려 하고 있다. 아니, 그건 어디까지나 우연의 일치인지도 모른다. 어쩌다 일이 그렇게 된 것뿐인지도. 내가 있지도 않은 리틀 피플의 그림자에 두려워 떨고 있을 뿐인지도.

아오마메는 운전기사에게 행선지를 알리고 좌석에 깊숙이 몸을 묻고 눈을 감았다. 그 다크 슈트 이인조는 지금쯤 손목시계로 시간을 확인하며 교주가 잠에서 깨어나기를 기다리고 있으리라. 아오마메는 그 모습을 상상했다. 스킨헤드는 커피를 마시며 온갖 생각을 굴리고 있다. 머리를 쓰는 건 그의 역할이다. 고민하고 판단한다. 리더의 잠이 지나치게 조용하네, 라고 그는 의아해할지도 모른다. 리더는 항상 별 소리를 내지 않고 깊이 조용히 잔다. 코고는 소리나 숨소리를 내는 일도 없다. 그렇긴 해도 거기에는 늘 기척이라는 게 있었다. 두 시간은 숙면할 거라고 그 여자가 말했다. 근육의 회복을 위해 그 정도는 안정을 취해야 한다고. 아직 한 시간밖에 지나지 않았다. 하지만 뭔가가 그의 신경을 자꾸만 거스른다. 상황을 확인해보는 게 좋을지도 모른다. 어떻게 해야 하나, 그는 망설인다.

하지만 정말로 위험한 건 포니테일 쪽이다. 방을 나설 때 포니테일이 한순간 내보였던 폭력의 낌새를 아오마메는 아직 선명하게 기억한다. 말은 없지만 예리한 감을 가진 남자다. 아마 격투기도 상당히 뛰어날 터다. 예상했던 것보다 훨씬 실력이 뛰어날 것 같다. 아오마메의 마셜 아츠 실력쯤으로는 상대도 안 될 것이다. 권총을 뽑아들 여유조차 바랄 수 없을지도 모른다. 하지만 고맙게도 그는 프로는 아니다. 직감을 행동으로 옮기기 전에 이성을 발동시킨다. 누군가에게서 지시를 받는 데만 익숙해져버렸다. 다마루는 다르다. 다마루라면 일단 상대를 덮쳐 무력화시킨 뒤에 머리를 굴린다. 우선 행동한다. 오로지 직감을 믿고 이론적인 판단은 나중으로 돌린다. 한순간의 망설임 때문에 때를 놓친다는 것을 그는 잘 알고 있다.

그때 일을 떠올리자 겨드랑이에 땀이 솟았다. 그녀는 말없이 고개를 저었다. 그건 행운이었다. 적어도 현장에서 산 채로 붙잡히는 건 가까스로 모면했다. 앞으로는 더욱 조심해야 한다. 다마루의 말이 옳다. 주의 깊고 참을성 강한 것이 무엇보다 중요하다. 위기는 방심한 단 한 순간에 찾아온다.

택시기사는 말씨가 공손한 중년남자였다. 그는 차를 세우더니 미터기를 꺾고 지도를 꺼내 친절하게 번지를 조사해서 그 맨션을 찾아주었다. 아오마메는 고맙다고 인사하고 택시를 내렸다. 세련된 6층짜리 신축 맨션이었다. 주택가 한가운데 있었다. 입구에는 인기척이 없었다. 아오마메는 이팔삼일을 눌러 오토록을 해제하여 입구 자동문을 열고 청결하지만 좁은 엘리베이터로 3층에 올라갔다. 엘리베이터를 내려 우선 비상계단의 위치를 확인했다. 그러고는 도어매트 뒷면에 비닐테이프로 붙여둔 열쇠를 떼어내 그걸로 문을 열고 안으로 들어갔다. 문을 열자 자동으로 현관 조명이 켜졌다. 집 안은 신축 맨션 특유의 냄새가 났다. 놓여 있는 가구도 전기제품도 모조리 완전한 신제품인 듯 사용한 흔적이 전혀 없었다. 분명 상자에서 꺼내 비닐포장만 벗겨낸 것들이다. 그런 가구며 전기제품은 맨션의 모델 룸을 꾸미기 위해 디자이너가 일괄적으로 사들인 상품들처럼 보였다. 심플한 디자인에 기능적이고 생활의 냄새가 느껴지지 않는다.

입구 왼편이 식당 겸 거실이었다. 복도가 있고 세면실과 욕실이 있고, 그 안쪽에 방 두 개가 있다. 한쪽 침실에는 퀸사이즈의 침대가 놓여 있었다. 침대 정리도 말끔하게 되어 있다. 창문 블라인드는 닫혀 있었다. 길 쪽 창문을 열자 간조 7호선의 자동차 소리가 먼 바다 울음처럼 들려왔다. 창문을 닫자 소리는 거의 들리지 않았다. 거실 바깥에 작은 베란다가 있고 거기에서 길 하나 건너 작은 공원이 내려다보였다. 그네와 미끄럼틀, 모래터, 그리고 공중화장실. 키 큰 수은등이 부자연스러울 만큼 환하게 주위를 비추고 있었다. 커다란 느티나무가 주변에 넓게 가지를 뻗었다. 이 방은 3층이지만 가까운 거리에 높은 건물이 없어 남의 눈을 의식할 필요는 없었다.

아오마메는 몇 시간 전에 비우고 나온 지유가오카의 자신의 아파트 방을 떠올렸다. 오래된 건물이고 그리 청결하다고 할 수 없는데다 이따금 바퀴벌레도 나오고 벽도 얇았다. 애착을 가질 만한 거처라고는 도저히 말할 수 없었다. 하지만 이제는 그곳이 그리웠다. 얼룩 하나 없는 이 새 집에 있으려니, 자신이 기억과 개성을 박탈당한 익명의 인간이 된 듯한 마음이 들었다.

냉장고를 열자 문짝에 차가운 하이네켄 캔맥주 네 개가 있었다. 아오마메는 캔 하나를 따서 한 모금만 마셨다. 21인치 텔레비전을 켜고 그 앞에 앉아 뉴스를 보았다. 천둥과 집중호우에 대한 보도가 나왔다. 아카사카미쓰케 역 구내가 침수되어 마루노우치 선과 긴자 선이 멈췄다는 뉴스가 톱이었다. 넘쳐 들어온 물이 역 계단을 폭포처럼 흘러내렸다. 우비를 입은 역원들이 역 입구에 모래부대를 쌓고 있었지만, 아무리 봐도 때늦은 짓이었다. 지하철은 아직도 멈춰 선 채, 복구될 전망은 보이지 않았다. 텔레비전 리포터가 마이크를 내밀어 귀가할 방도를 잃은 사람들의 의견을 물었다. "아침 일기예보에서는 오늘 하루 종일 맑음이라고 했거든요" 하고 불만을 토로하는 사람도 있었다.

뉴스를 마지막까지 봤지만 '선구'의 리더가 사망했다는 뉴스는 당연히 아직 보도되지 않았다. 그 이인조는 옆방에서 두 시간이 경과하기를 기다리고 있을 터다. 그다음에야 그들은 진실을 알게 될 것이다. 그녀는 여행가방 안에서 파우치를 찾아 헤클러&코흐를 꺼내 식탁 위에 올려놓았다. 새 식탁 위에 놓인 독일제 자동권총은 지독히 무뚝뚝하고 과묵해 보였다. 그리고 한없이 까맣다. 하지만 덕분에 완전히 무개성이었던 집 안에 포인트한 가지가 생겨난 것 같았다. "자동권총이 있는 풍경"이라고 아오마메는 중얼거렸다. 마치 그림 제목 같다. 어쨌거나 이제부터는 이걸 항상 몸에 지니고 다녀야 한다. 언제라도 즉각 뽑아들 수 있도록 준비하지 않으면 안 된다. 다른 누군가를 저격하건, 아니면 나 자신을 저격하건.

커다란 냉장고 안에는 여차하면 보름쯤은 집 안에 틀어박혀 있어도 아무 문제 없을 만큼 식료품이 가득 들어 있었다. 야채와 과일, 금방 먹을 수 있는 몇 가지 가공식품. 냉동고 안에는 다양한 종류의 육류와 생선과 빵이 딱딱하게 얼어 있다. 아이스크림까지 있다. 식품 선반에는 다양한 레토르트 식품, 통조림과 조미료 일습이 늘어서 있었다. 쌀과 면류도 있다. 미네랄워터도 넉넉히 들었다. 와인도 레드와 화이트가 두 병씩 준비되어 있었다. 누가 준비했는지 모르지만 주도면밀했다. 빠뜨린 건 우선은 없어 보인다.

약간 허기가 느껴져 그녀는 카망베르 치즈를 꺼내고 그것을 잘라 크래커와 함께 먹었다. 치즈를 반만 먹고 셀러리 한 줄기를 잘 씻어 마요네즈를 찍어 통째로 베어먹었다.

그러고는 침실에 놓인 옷장 서랍을 차례대로 열어보았다. 맨 위 서랍에는 파자마와 얇은 목욕가운이 들어 있었다. 아직 비닐팩에 들어 있는 신품이다. 대단한 준비성이다. 다음 서랍에는 티셔츠와 양말 세 켤레, 스타킹, 갈아입을 속옷도 들어 있다. 모두가 가구 디자인에 맞춘 듯이 하얗고 심플한 것이고, 모두 다 똑같이 비닐팩에 들어 있다. 아마도 세이프하우스의 여자들에게 지급되는 것과 똑같은 물건들이리라. 소재는 좋지만, 거기에는 그야말로 '보급품'이라는 분위기가 감돌았다.

세면실에는 샴푸며 컨디셔너, 스킨로션, 오드콜로뉴가 있었다. 그녀가 필요로 하는 건 모두 갖춰져 있다. 아오마메는 평소 화장을 거의 하지 않기 때문에 필요한 화장품은 몇 가지로 한정되어 있다. 칫솔과 치간 브러시와 치약도 있었다. 헤어브러시도, 면봉도, 면도기도, 자그마한 가위도, 생리용품까지 빈틈없이 준비되었다. 화장지와 티슈페이퍼는 확실하게 비축되어 있다. 목욕타월과 페이스타월은 말끔하게 개켜져 벽장 안에 차곡차곡 쌓여 있었다. 모든 것이 정성스럽게 마련되어 있다.

옷장을 열어보았다. 혹시라도 그 안에는 그녀 사이즈의 원피스와 그녀 사이즈의 구두가 가지런히 늘어서 있을지도 모른다. 그게 죄다 아르마니와 페라가모라면 더이상 바랄 게 없을 텐데. 하지만 예상과는 달리 옷장 안은 텅 비어 있었다. 아무리 그래도 그렇게까지는 해주지 않지. 그들은 어디까지가 주도면밀한 것이고 어디부터는 지나친 것인지 잘 알고 있다. 제이 개츠비의 서재와 같다. 책은 제대로 갖춰둔다. 하지만 책을 펼쳐보기까지는 하지 않는다. 게다가 이곳에 있는 동안 외출복이 필요할 만한 상황은 당연히 없다. 필요하지 않은 것을 그들은 준비하지 않는다. 하지만 행거만은 넉넉했다.

아오마메는 가져온 옷들을 여행가방에서 꺼내 하나하나 주름이 잡히지 않은 것을 확인한 뒤에 행거에 걸었다. 그런 쓸데없는 짓은 하지 말고 옷을 그대로 가방에 넣어두는 게 도망중인 처지에는 매사에 유리하다는 건 그녀도 알고 있었다. 하지만 아오마메가 이 세상에서 가장 싫어하는 건 접힌 자국이 있는 옷을 입는 것이었다.

나는 냉철한 프로 범죄자는 못 되겠구나, 아오마메는 생각했다. 진짜. 이런 때에 옷 접힌 자국에 신경을 쓰다니. 그리고 언젠가 아유미와 나눴던 대화가 문득 떠올랐다.

"침대 매트리스 틈새에 현금을 감춰뒀다가 수틀리면 움켜쥐고 창문으로 튀어."

"그래, 그거, 그거." 아유미는 말하며 손가락을 탁 튕겼다. "〈겟어웨이〉 같은데? 스티브 매퀸 영화. 돈다발과 샷건. 그런 거 진짜 좋아."

아냐, 아유미, 막상 해보면 그리 즐거운 생활도 아니야, 아오마메는 벽을 향해 말했다.

그리고 아오마메는 욕실에 가서 입고 있던 옷을 벗고 샤워를 했다. 뜨거운 물을 맞으며 몸에 남았던 불쾌한 땀을 씻어냈다. 욕실을 나와 키친 카운터 앞에 앉아 타월로 젖은 머리를 훔치면서 남은 캔맥주를 다시 한 모금 마셨다.

오늘 하루 만에 몇 가지 일들이 확실하게 앞으로 나아갔어, 아오마메는 생각했다. 톱니가 덜컹 소리를 내며 한 칸 전진했다. 한번 앞으로 나아간 톱니가 다시 뒤로 돌아오는 일은 없다. 그것이 세계의 룰이다.

아오마메는 권총을 손에 들어 거꾸로 잡고 총구를 위로 향하게 하여 입 안에 넣었다. 치아 끝에 닿는 강철의 감촉은 지독히 딱딱하고 차가웠다. 희미하게 윤활유 냄새가 났다. 이렇게 뇌를 쏘아 뚫어버리면 되는 거야. 격철을 세우고 방아쇠를 당긴다. 그걸로 모든 건 가뭇

없이 종료된다. 뭔가를 생각할 필요도 없다. 도망 다닐 필요도 없다.

아오마메는 자신의 죽음을 딱히 두렵다고는 생각하지 않았다. 나는 죽고 덴고는 살아남는다. 그는 앞으로 1Q84년을, 달이 두 개 있는 이 세계를 살아가게 된다. 하지만 그곳에 나는 포함되어 있지 않다. 이 세계에서 내가 그를 만나는 일은 없다. 아무리 세계가 거듭된다 해도 내가 그를 만나는 일은 없다. 어쨌든 리더는 그렇게 말했다.

아오마메는 방 안을 새삼 천천히 둘러보았다. 영락없는 모델 룸이야, 그녀는 생각했다. 청결하고 통일감 있고 필요한 건 모두 갖춰져 있다. 하지만 개성 없이 데면데면한, 그냥 종이로 만든 연극 소품 같은 것이다. 만일 내가 이런 곳에서 죽게 된다면 그건 별로 유쾌한 죽음이라고는 말할 수 없으리라. 하지만 가령 무대 배경을 내 맘에 드는 것으로 바꿔본들, 유쾌한 죽음이라는 것이 과연 세상에 존재할까. 게다가 생각해보면 결국은 우리가 살아가는 세상 그 자체가 거대한 모델 룸 같은 게 아닐까. 들어와서 거기에 자리잡고 앉아 차를 마시고 창밖의 풍경을 바라보고, 그리고 시간이 되면 인사를 하고 나간다. 그곳에 있는 모든 가구는 임시의 가짜에 지나지 않는다. 창문에 걸린 달 역시 종이로 만든 소품일지도 모른다.

하지만 나는 덴고를 사랑해, 아오마메는 생각했다. 작게 입 밖에 내어 말했다. 나는 덴고를 사랑해. 이건 싸구려 연극 같은 게 아니다. 1Q84년은 베이면 피가 나는 현실세계다. 아픔은 어디까지나 아픔이고, 공포는 어디까지나 공포다. 하늘에 걸린 달은 연극 소품이 아니다. 진짜 달이다. 진짜 한 雙의 달. 그리고 이 세계에서 나는 덴고를 위해 기꺼이 죽음을 받아들였다. 그것이 가짜라고는 누구도 말할 수 없다.

아오마메는 벽에 걸린 둥근 벽시계에 눈을 던졌다. 브라운 사의 심플한 디자인. 헤클러&코흐와 잘 매치된다. 그 시계 외에 이 방의 벽에 걸린 건 없다. 시곗바늘은 열시를 넘어서고 있었다. 이제 슬슬 그 이인조가 리더의 시체를 발견할 시각이다.

호텔 오쿠라의 우아한 스위트룸 침실에서, 한 남자가 숨을 거두었다. 몸집이 거대한, 범상치 않은 남자다. 그는 저쪽 세계로 옮겨가버렸다. 어느 누가 나선들, 무엇을 동원한들, 이제 이쪽 편으로 돌아오게 할 수는 없다.

그리고 드디어 요괴의 시간이 시작된다.

제16장 텐고
Q
마치 유령선처럼

내일이 되었을 때, 그곳에 과연 어떤 세계가 있을까.

"그건 아무도 알지 못해요." 후카에리가 말했다.

하지만 텐고가 눈 뜬 세계는 전날 밤 잠들었던 세계에 비해 그리 바뀐 것처럼 보이지 않았다. 베갯머리의 시계는 여섯시 너머를 가리키고 있었다. 창밖은 환하게 밝았다. 공기가 또렷하게 맑아서 커튼 틈새로 빛이 쐐기처럼 박혀들었다. 여름도 마침내 끝에 다다른 모양이다. 새소리가 날카롭고 선명하게 들린다. 어제의 격렬한 뇌우가 환영이었던 것처럼 느껴졌다. 혹은 머나먼 과거에 어딘가 알지 못하는 곳에서 일어났던 일처럼.

눈을 뜨자마자 텐고의 머릿속에 가장 먼저 떠오른 것은 혹시 후카에리가 밤사이에 사라진 게 아닌가 하는 것이었다. 하지만 소녀는 그의 옆에서, 동면중인 작은 동물처럼 깊이 잠들어 있었다. 잠든 얼굴

은 아름다웠다. 가늘고 까만 머리칼이 흰 뺨에 걸려 복잡한 무늬를
그리고 있었다. 귀는 머리칼에 감춰져 보이지 않았다. 숨소리가 작게
들려왔다. 덴고는 한참 동안 방 천장을 보며 그 작은 풀무 같은 숨소
리에 귀를 기울였다.

 간밤의 사정 감각을 그는 아직 확실하게 기억하고 있었다. 이 소
녀 안에 자신이 실제로 정액을 쏟아냈다고 생각하니 머리가 지독히
도 혼란스러웠다. 그것도 아주 많은 양의 정액이다. 아침이 되니, 그
건 저 격렬한 뇌우와 마찬가지로 현실에서 일어났던 일이 아닌 것 같
았다. 마치 꿈속에서의 체험 같다. 십대 시절에 몇 번인가 몽정을 경
험했다. 실감나는 성적인 꿈을 꾸고 꿈속에서 사정하여 그길로 눈이
떠졌다. 모든 일이 꿈이지만 사정은 진짜다. 감각으로는 그 몽정과
흡사했다.

 하지만 그건 몽정이 아니다. 그는 틀림없이 후카에리 안에 사정했
다. 그녀가 주도적으로 그의 페니스를 자신 속에 넣고 정액을 효과적
으로 뽑아갔다. 그는 그저 거기에 따랐을 뿐이다. 그때 그의 몸은 완
전히 마비되어 손가락 하나 움직일 수 없었다. 그리고 덴고 자신은
초등학교 교실에 사정하는 것이라고 생각했다. 하지만 생리가 없으
니 어쨌든 임신할 걱정은 없다고 후카에리는 말했다. 그런 일이 정말
로 내게 일어나다니, 도저히 믿어지지 않는다. 하지만 정말로 일어났
던 일이다. 현실세계에서 현실의 일로서. 아마도.

 그는 침대에서 내려와 옷을 갈아입고 주방에서 물을 끓여 커피를
만들었다. 커피를 내리면서 머릿속을 정리하려고 했다. 책상 서랍 안
을 정리하듯이. 하지만 제대로 정리가 되지 않았다. 몇몇 사항의 위

치를 바꿨을 뿐이다. 지우개가 있던 자리에 페이퍼 클립을 넣고, 페이퍼 클립이 있던 자리에 연필깎이를 넣고 연필깎이가 있던 자리에 지우개를 넣는다. 혼란의 한 형태가 다른 형태로 바뀌었을 뿐이다.

새로 내린 커피를 마시고, 세면실로 가서 FM 바로크 음악방송을 들으며 수염을 밀었다. 텔레만이 작곡한 각종 독주악기를 위한 파르티타. 여느 때와 똑같다. 주방에서 커피를 내려 그것을 마시고 라디오로 〈바로크 음악을 당신에게〉를 들으며 수염을 민다. 날마다 곡목만 바뀐다. 분명 어제는 라모의 건반음악이었다.

해설자의 말이 흘러나왔다.

텔레만은 18세기 전반에는 작곡가로서 유럽 각지에서 높은 인기를 누렸지만, 19세기에 접어든 뒤로는 지나치게 많은 곡을 남긴 작곡가라는 이유로 그의 작품은 사람들의 경멸을 받았습니다. 하지만 그건 딱히 텔레만의 책임은 아니었습니다. 유럽 사회구조의 변화에 따라 음악창작의 목적이 크게 변화하면서 이러한 평가의 역전이 빚어진 것입니다.

이것이 새로운 세계인가, 하고 그는 생각했다.

주위의 풍경을 새삼 둘러보았다. 역시 변화라고 할 만한 건 눈에 띄지 않는다. 경멸하는 사람들의 모습도 지금은 아직 보이지 않는다. 하지만 어찌 됐든 수염을 밀 필요는 있다. 세계가 변했건 변하지 않았건, 다른 누군가가 수염을 밀어주는 건 아니다. 내 수염은 내 손으로 미는 수밖에 없다.

수염을 깎고 토스트를 구워 버터를 발라 먹고 다시 커피 한잔을 마셨다. 침실의 후카에리가 궁금해서 보러 갔지만, 상당히 깊이 잠들었는지 꿈쩍도 하지 않았다. 조금 전 그대로 자세도 달라지지 않았다. 머리칼은 여전히 뺨 위에 똑같은 무늬를 그리고 있다. 잠든 숨소리도 조금 전과 마찬가지로 편안했다.

오늘은 별다른 일정이 없었다. 학원 강의도 없다. 누군가 찾아올 일도 없고 누군가를 찾아갈 예정도 없다. 오늘 하루 무엇을 하건 내 마음대로다. 덴고는 주방 테이블을 마주하고 소설의 다음 부분을 썼다. 만년필로 원고용지에 글자를 채워나갔다. 항상 그랬던 것처럼 그는 곧바로 그 작업에 의식을 집중했다. 의식의 채널이 전환되고 다른 일들은 시야에서 깨끗이 사라졌다.

후카에리가 잠이 깬 건 아홉시 조금 전이었다. 그녀는 파자마를 벗고 덴고의 티셔츠를 입고 있었다. 제프 벡의 일본 투어 티셔츠, 그가 지쿠라의 아버지를 찾아갔을 때 입었던 옷이다. 한 쌍의 유방이 그곳에 또렷하게 도드라져 있었다. 그건 덴고에게 여지없이 간밤의 사정을 떠올리게 했다. 연호가 당시의 역사적 사실을 떠올리게 하듯이.

FM 라디오는 마르셀 뒤프레의 오르간 곡을 내보내고 있었다. 덴고는 소설 쓰던 걸 멈추고 그녀를 위해 아침을 준비했다. 후카에리는 얼그레이를 마시고 토스트에 딸기잼을 발라 먹었다. 그녀는 마치 옷의 주름을 그리는 렘브란트처럼 주의 깊게 시간을 들여 토스트에 잼을 발랐다.

"그 책은 얼마나 팔렸을까?" 덴고가 물었다.

"공기 번데기 얘기." 후카에리가 말했다.

"응."

"몰라요." 후카에리는 말했다. 그리고 미간을 가볍게 찡그렸다. "아주 많이."

그녀에게 숫자는 그다지 중요한 요소가 아니다, 덴고는 생각했다. 그녀의 '아주 많이'라는 표현은 넓은 들판 저 끝까지 돋아난 클로버를 연상시켰다. 들판의 클로버가 나타내는 것은 어디까지나 '많다'라는 개념이고 아무도 그 수를 헤아릴 수는 없다.

"많은 사람들이 「공기 번데기」를 읽고 있어." 덴고는 말했다.

후카에리는 아무 말 없이 잼이 잘 발라졌는지 점검했다.

"고마쓰 씨를 만나야 해. 되도록 빨리." 덴고는 테이블 너머로 후카에리의 얼굴을 보며 말했다. 그녀의 얼굴에는 여느 때처럼 어떤 표정도 떠오르지 않았다. "고마쓰 씨 만나본 적 있지?"

"기자회견 때."

"말은 해봤어?"

후카에리는 가만히 고개를 저었다. 말은 거의 해보지 않았다는 뜻이다.

그 자리의 정경이 생생하게 상상이 되었다. 고마쓰는 늘 그렇듯이 엄청난 속도로 자신이 생각하는 것을—혹은 별로 생각하지도 않는 것을—마구 주워섬기고, 그녀는 그동안 거의 입을 열지 않는다. 그가 하는 말을 제대로 듣지도 않는다. 고마쓰는 고마쓰대로 그런 건 아랑곳하지 않는다. 만일 누군가가 '서로 어울릴 가망이 전혀 없는 사람들'의 샘플을 구체적으로 하나 제시하라고 한다면 '후카에리와 고마쓰'를 내밀면 된다.

덴고는 말했다. "벌써 한참 동안 고마쓰 씨를 만나지 못했어. 연락도 못 받았고. 그 사람도 요즘 어지간히 바빴을 거야. 「공기 번데기」가 베스트셀러가 되면서 여기저기 시끄러운 일에 휩쓸렸을 테니까. 하지만 그를 만나 이런저런 문제에 대해 진지하게 상의해야 할 때가 되었어. 기왕 너도 여기에 와 있고, 마침 좋은 기회야. 함께 만나볼래?"

"셋이서."

"응. 그러는 게 이야기가 빠르겠지."

후카에리는 거기에 대해 잠시 생각했다. 혹은 뭔가를 상상했다. 그러고는 말했다.

"괜찮아요. 만일 그럴 수 있다면."

만일 그럴 수 있다면, 덴고는 머릿속에서 반복했다. 거기에는 예언적인 울림이 있었다.

"너는 그럴 수 없을지도 모른다고 생각하는 거야?" 덴고는 조심스레 물었다.

후카에리는 거기에는 대답하지 않았다.

"만일 만날 수 있다면 고마쓰를 만나기로 한다. 그러면 되겠지?"

"만나서 뭐 해요."

"만나서 뭐 하느냐고?" 덴고는 질문을 반복했다. "우선 돈을 돌려줄 거야. 「공기 번데기」의 리라이팅 보수로 제법 큰 돈이 지난번에 내 은행계좌에 들어왔어. 하지만 그런 돈은 받고 싶지 않아. 아니,

「공기 번데기」를 고쳐 쓴 일을 후회한다거나 그런 건 아냐. 그 작업은 나를 자극하기도 했고, 좋은 방향으로 이끌어줬어. 내 입으로 이런 말 하긴 좀 그렇지만, 꽤 잘해냈다고 생각해. 사실 평가도 좋게 나오고 책도 잘 팔리고 있어. 그 일을 받아들인 것 자체는 잘못한 것 같지 않아. 다만 일이 이렇게 커져버릴 줄은 생각을 못 했어. 물론 그 일을 받아들인 건 나니까 그 책임을 져야 하는 건 분명해. 하지만 아무튼 이 일로 보수를 받을 생각은 없어."

후카에리는 어깨를 움츠렸다.

덴고는 말했다. "아, 그건 그래. 돈을 안 받는다고 해봤자 상황은 전혀 바뀌지 않겠지. 하지만 나로서는 내 입장을 확실하게 해두고 싶은 거야."

"누구에 대해서."

"주로 나 자신에 대해서." 덴고는 약간 목소리를 낮추어 말했다.

후카에리는 딸기잼 병의 뚜껑을 들고 신기한 것이라도 보듯이 쳐다보았다.

"하지만 어쩌면 이미 너무 늦었는지도 모르지." 덴고는 말했다.

후카에리는 거기에 대해 아무 말도 하지 않았다.

한시쯤 고마쓰의 회사에 전화했을 때(고마쓰는 오전중에 회사에 나오는 일이 없다), 전화를 받은 여자는 고마쓰가 최근 며칠 동안 회사에 나오지 않았다고 말했다. 하지만 그녀는 그 이상의 일은 알지 못했다. 뭔가를 알고 있어도 덴고에게 말해줄 마음은 없는 듯했다. 덴고는 알고 있는 다른 편집자에게 전화를 돌려달라고 그녀에게 부탁했다. 덴고가 펜네임으로 짧은 칼럼을 쓰고 있는 월간지의 담당 편집자였다. 두세 살 위인 그 편집자는 같은 대학 출신이기도 해서 덴고에게 호감을 갖고 있었다.

"고마쓰 씨 벌써 일주일이나 안 보이고 있어." 편집자는 말했다. "안 나온 지 사흘째 되는 날에, 몸이 안 좋아서 한참 쉬어야겠다고 고마쓰 씨가 직접 전화를 해왔어. 그뒤로 계속 회사에 나타나지 않는 거야. 물론 출판부에서는 지금 다들 머리를 싸매고 있지. 고마쓰 씨가「공기 번데기」의 전담 편집자여서 그 책에 관한 건 모두 다 혼자 커버해왔거든. 원래 고마쓰 씨는 잡지 쪽 담당인데 부서 같은 건 아예 무시하고 그 일을 자기 혼자 틀어쥐고 다른 사람은 아무도 손을 못 대게 했어. 그러니 지금 이 판국에 고마쓰 씨가 나오지 않으면 다른 사람은 도저히 대응할 수가 없지. 몸이 안 좋다는 데야 뭐, 어쩔 도리가 없지만."

"몸이 어떻게 안 좋은데요?"

"모르겠어. 그냥 몸 상태가 좀 안 좋다, 그 말밖에 안 했으니까. 그러고는 일방적으로 전화를 끊어버렸어. 그뒤로 전혀 연락이 없어. 물어볼 게 있어서 집에 전화를 해도 연결이 안 돼. 계속 부재중 응답이야. 그래서 지금 다들 애를 태우고 있어."

"고마쓰 씨는 가족은 없나요?"

"응. 혼자 살아. 부인과 아이가 하나 있었는데 벌써 오래전에 이혼했을 거야. 고마쓰 씨는 그런 얘기는 일절 안 하니까 자세한 건 모르겠지만, 떠도는 소문으로는 그래."

"어떻든 일주일을 쉬면서 한 번밖에 연락이 없다는 것도 좀 이상

하네요."

"하지만 뭐, 자네도 알다시피 상식이 통하는 사람이 아니잖아."

덴고는 수화기를 쥔 채 잠시 생각했다. 그리고 말했다. "그야 어디로 튈지 짐작하기가 어려운 사람이긴 하죠. 사회통념이 좀 부족하고 자기 멋대로인 면도 있구요. 하지만 내가 아는 한, 일에 관해서는 무책임한 사람은 아니에요. 「공기 번데기」가 이렇게 잘 팔리는 때에 아무리 몸이 안 좋다고 해도 그 일을 중간에 내던지고 회사에 제대로 연락도 하지 않을 리는 없어요. 그렇게까지 심한 사람은 아닐 텐데요."

"그건 그러네." 편집자는 동의했다. "한번 집에 찾아가 상황을 확인해보는 게 좋을 거 같아. 후카에리 실종 사건과 얽혀서 '선구' 쪽하고도 말썽이 좀 있고, 그 여학생의 행방도 아직 모르거든. 정말 무슨 일이 있는지도 모르겠네. 설마 고마쓰 씨가 꾀병을 빙자해서 휴가를 얻어 어딘가에 후카에리를 숨겨놓고 있는 것도 아닐 테고."

덴고는 입을 다물고 있었다. 후카에리는 바로 내 눈앞에서 지금 면봉으로 귀 청소를 하고 있다, 라고는 도저히 말할 수 없다.

"이번 일뿐만이 아니라 그 책에 관해서는 아무래도 뭔가 석연찮은 점이 있어. 책이 잘 팔리는 건 물론 좋은 일이지만 아무래도 뭔가 이상해. 나만 그런 게 아니야. 회사에서도 다들 그렇게 느끼고 있어. ……근데 덴고는 고마쓰 씨에게 무슨 볼일이야?"

"아뇨, 딱히 볼일은 없어요. 한참 못 만나서 어떻게 지내나 궁금했던 것뿐이죠."

"고마쓰 씨도 한참 동안 어지간히 바빴지. 아마 그런 스트레스도 있었을 거야. 아무튼 「공기 번데기」는 우리 회사 창립 이래 최고의 베스트셀러야. 올해 보너스가 얼마나 나올지 벌써부터 기대가 된다니까. 덴고는 그 책 읽었어?"

"물론 응모했을 때 읽었죠."

"아참, 그렇지. 자기가 원고 사전심사를 했었지."

"재미있게 잘 쓴 소설이에요."

"응, 분명 내용은 좋아. 읽어볼 만은 하지."

덴고는 그 말투에서 불길한 여운을 감지했다. "하지만 뭔가 걸린다는 건가요?"

"이건 편집자로서의 감인데, 그 소설은 대단히 잘 썼어. 그건 분명해. 근데 좀 지나치게 잘 썼어. 열일곱 살 신인 소녀 작가가 썼다고 하기에는 말이야. 게다가 작가는 현재 행방불명이고, 편집자는 연락이 안 돼. 그리고 아무도 없는 옛날 유령선처럼 책만 베스트셀러의 수로를 순풍에 돛단 듯이 곧장 달려가고 있어."

덴고는 애매한 신음 소리를 냈다.

편집자는 말을 이었다. "왠지 으스스하고 미스터리어스하고, 스토리도 너무 잘 짜여졌어. 이건 우리끼리만 하는 말인데, 혹시 고마쓰 씨가 그 작품에 상당히 손을 댄 게 아니냐는 억측도 회사 안에서 떠도는 중이야. 상식의 범위를 넘는 선까지 손을 댄 게 아니냐는 거지. 설마 그럴 리야 없겠지만, 만에 하나 그랬다면 우리는 위험한 폭탄을 껴안고 있는 셈이야."

"어쩌면 그냥 행운에 행운이 겹친 것뿐인지도 모르죠."

"그렇다고 해도 그런 일이 언제까지고 이어지진 않지." 편집자는 말했다.

덴고는 인사를 건네고 전화를 끊었다.

수화기를 내려놓은 뒤 덴고는 후카에리에게 말했다. "일주일 전부터 고마쓰 씨가 회사에 나오지 않고 있대. 연락도 안 되고."

후카에리는 아무 말도 하지 않았다.

"내 주위에서 사람들이 차례차례 자취를 감추는 거 같아." 덴고는 말했다.

후카에리는 역시 아무 말도 하지 않았다.

인간의 피부세포는 매일 4천만 개씩 죽는다는 사실을 덴고는 문득 떠올렸다. 그것들은 죽어서 떨어지고 눈에 보이지 않는 작은 먼지가 되어 허공으로 사라져간다. 우리는 어쩌면 이 세계의 피부세포 같은 것인지도 모른다. 그렇다면 누군가가 어느 날 문득 어딘가로 사라져버린다 해도 그리 이상한 일은 아니다.

"혹시 다음은 내 차례인지도 몰라." 덴고는 말했다.

후카에리는 짧고 단호하게 고개를 저었다. "당신은 사라지지 않아요."

"어째서 나는 사라지지 않지?"

"액막이를 했으니까."

덴고는 거기에 대해 몇 초 동안 생각했다. 하지만 물론 결론은 나지 않았다. 생각해봤자 쓸데없다는 건 처음부터 알고 있었다. 그래도 생각하는 노력조차 하지 않을 수는 없다.

"어쨌든 지금 당장 고마쓰 씨를 만나는 건 어렵겠어." 덴고는 말했다. "돈도 돌려줄 수 없고."

"돈은 문제가 아니에요." 후카에리는 말했다.

"그럼 대체 뭐가 문제일까?" 덴고는 질문해보았다.

물론 대답은 돌아오지 않았다.

덴고는 간밤에 결심한 대로 아오마메의 행방을 찾기로 했다. 하루 온종일을 들여 집중적으로 찾아보면 단서 정도는 얻을 수 있을 것이다. 하지만 실제로 해보니 그건 예상만큼 간단한 일이 아니라는 게 드러났다. 그는 후카에리를 집에 남겨두고("누가 와도 문을 열어주면 안 돼"라고 몇 번이나 일러두었다) 전화국 본국으로 갔다. 그곳에는 일본 전국의 전화번호부가 모두 구비되어 있고 열람이 가능했다. 그는 도쿄 23구의 전화번호부를 모조리 뒤적이며 아오마메라는 이름을 찾아보았다. 그녀 본인이 아니더라도 아마 친척이 어딘가에 살고 있을 터다. 그 사람에게 아오마메의 소식을 물어보면 된다.

하지만 어떤 전화번호부에서도 아오마메라는 이름은 눈에 띄지 않았다. 덴고는 지역을 도쿄 전역으로 넓혔다. 역시 한 사람도 없었다. 그다음에는 찾는 범위를 간토 일원으로 넓혔다. 지바 현, 가나가와 현, 사이타마 현…… 거기서 기력도 시간도 다 떨어졌다. 전화번호부의 작은 글씨를 계속 들여다본 탓에 눈이 시큰거렸다.

몇 가지 가능성을 생각할 수 있었다.

(1) 그녀는 홋카이도의 우타시나이 시 교외에 살고 있다.

(2) 그녀는 결혼해서 성을 '이토'로 바꾸었다.

(3) 그녀는 프라이버시를 보호하기 위해 전화번호부에 이름을 올

리지 않았다.

(4) 그녀는 2년 전 봄에 악성 인플루엔자로 사망했다.

가능성은 그밖에도 얼마든지 있을 터였다. 전화번호부에만 매달리는 건 무리가 있다. 일본 전국의 전화번호부를 샅샅이 조사할 수는 없다. 홋카이도까지 이를 즈음에는 한 달이 훌쩍 지나 다음 달로 넘어가 있을지도 모른다. 뭔가 다른 방법을 찾지 않으면 안 된다.

덴고는 전화카드를 구입하고 전화국 부스에 들어가 모교인 이치카와 시의 초등학교에 전화를 걸었다. 동창회 연락 때문이라고 둘러대고, 아오마메의 주소를 알아봐달라고 부탁했다. 친절하고 한가한 듯한 여사무원이 졸업생 명부를 뒤적여 찾아주었다. 아오마메는 5학년 학기중에 전학했기 때문에 졸업생은 아니다. 따라서 졸업생 명부에는 이름이 실려 있지 않고, 현재 주소도 알 수 없다. 하지만 전학할 당시 이사 간 주소라면 찾아봐줄 수 있다. 알고 싶은가?

알고 싶다, 고 덴고는 말했다.

그리고 메모지를 들고 주소와 전화번호를 받아적었다. 주소는 도쿄도 아다치 구 '다자키 고지' 댁이라고 했다. 아무래도 그녀는 자기집을 나온 모양이었다. 아마 뭔가 사정이 있었으리라. 쓸데없는 짓이라고 생각하면서도 덴고는 일단 전화를 해보았다. 예상대로 그 전화번호는 이미 결번이 되어 있었다. 벌써 이십 년이 지난 옛날 일이다. 번호 안내 서비스에도 전화를 걸어 주소와 다자키 고지라는 이름을 말했지만, 그런 이름으로 등록된 전화번호는 없다고 했다.

그다음에는 '증인회' 본부의 전화번호를 조사해보았다. 하지만 아무리 찾아도 전화번호부에 그들의 연락처는 실려 있지 않았다. '홍수이전'으로도 '증인회'로도, 혹은 그 단체에 관련된 어떤 이름으로도 기재된 게 없었다. 직업별 전화번호부의 '종교단체' 항목에서도 찾을 수 없었다. 덴고는 한참을 악전고투한 끝에, 아마도 그들은 어느 누구에게서도 연락 같은 건 받고 싶지 않은 것이다, 라는 결론에 이르렀다.

그건 생각하면 묘한 일이었다. 그들은 자기들 좋을 때 마음대로 사람을 찾아온다. 내가 수플레를 굽고 있을 때건, 납땜을 하고 있을 때건, 머리를 감을 때건, 생쥐를 훈련시키고 있을 때건, 2차함수에 대해 고민하고 있을 때건, 그런 건 아랑곳하지 않고 벨을 누르고 혹은 문을 두드리고 "우리 함께 성서공부를 해보지 않으실래요?" 하고 웃는 얼굴로 청해온다. 자기들 쪽에서 찾아오는 건 괜찮다. 하지만 (아마 신자가 되지 않는 한) 내 쪽에서는 자유롭게 만나러 갈 수 없다. 간단한 질문 하나 할 수 없다. 불편하다고 하면 참으로 불편한 일이다.

하지만 설혹 전화번호를 찾아내 연락이 된다 해도 그 굳건한 보호막으로 봐서는 그들이 덴고의 요청에 응해 개별적인 신자에 대한 정보를 친절하게 알려줄 것이라고는 생각하기 어려웠다. 물론 그들 입장에서는 보호막을 굳건하게 치지 않으면 안 될 분명한 이유가 있을 것이다. 그 극단적이고 괴상한 교리 때문에, 신앙의 완고함 때문에, 세상의 많은 사람들은 그들을 싫어하고 경원시하고 있었다. 그간 몇몇 사회문제를 일으켜 박해에 가까운 일을 겪은 적도 있다. 그렇게 결코 호의적이라고 할 수 없는 외부세계로부터 자신들의 커뮤니티를 지키는 것이 아마도 그들의 습성의 하나가 된 것이리라.

어떻든 일단 거기에서 아오마메를 찾는 길은 막혀버렸다. 그 이상 어떤 추적 방법이 남아 있는지, 덴고는 얼른 생각나지 않았다. '아오마메'는 상당히 희귀한 성이다. 한 번 들으면 잊히지 않는다. 그런데 그 이름을 가진 한 인간의 발자취를 더듬어보려 했더니 눈 깜짝할 사이에 단단한 벽에 부딪혀버렸다.

어쩌면 '증인회' 신자에게 직접 물어보고 다니는 게 가장 빠를지도 모른다. 본부에 직접 물어봤자 수상쩍게 여겨서 아무것도 가르쳐주지 않겠지만, 주위의 보통 신자에게 개인적으로 물어본다면 친절하게 가르쳐줄 것 같기도 하다. 하지만 덴고는 '증인회' 신자를 한 명도 알지 못했다. 그리고 생각해보니 최근 십 년 가까이 '증인회' 신자의 방문을 받은 일이 한 번도 없다. 어째서 그들은 왔으면 할 때는 오지 않고, 오지 말았으면 하는 때에만 찾아오는 걸까.

신문에 세 줄짜리 광고를 내보는 방법도 있다. '아오마메 씨, 급히 연락 바랍니다. 가와나.' 웃기는 문장이다. 게다가 그런 광고가 혹시 아오마메의 눈에 띈다 해도 그녀가 연락해오리라고는 생각되지 않았다. 분명 경계하고 의심할 게 뻔하다. 가와나라는 것도 그리 흔한 이름은 아니다. 하지만 덴고는 아오마메가 자신의 이름을 아직까지 기억하리라고는 도저히 생각할 수 없었다. 가와나? 대체 누구야? 아무튼 그녀는 연락할 리가 없다. 애초에 어느 누가 신문의 세 줄짜리 광고 같은 걸 읽을까.

그다음은 규모가 큰 흥신소에 조사를 의뢰하는 방법도 있다. 그들은 사람 찾는 일에는 이골이 난 사람들이다. 다양한 수단과 커넥션을 갖고 있을 것이다. 이 정도의 단서라면 순식간에 찾아줄지도 모른다. 아마 비용도 그리 비싸게 부르지는 않을 것이다. 하지만 그건 마지막 수단으로 남겨두는 게 좋을지도 모른다. 덴고는 그런 마음이 들었다. 우선은 내 발로 찾아보자. 나 스스로 뭘 할 수 있을지, 조금 더 지혜를 짜보는 게 좋을 것 같다.

주위가 어둑어둑해진 뒤에 돌아왔더니 후카에리는 혼자서 바닥에 앉아 레코드를 듣고 있었다. 연상의 걸프렌드가 남기고 간 오래된 재즈 레코드다. 방바닥에는 듀크 엘링턴, 베니 굿맨, 빌리 홀리데이 같은 사람들의 레코드 재킷이 어지럽게 널려 있었다. 그가 들어섰을 때 턴테이블에서 돌아가고 있는 것은 루이 암스트롱이 노래하는 〈상테 레 바〉였다. 인상적인 노래다. 그 노래를 들으며 덴고는 연상의 걸프렌드를 떠올렸다. 섹스와 섹스 사이에 둘이서 곧잘 듣던 레코드였다. 곡의 마지막 부분에서 트롬본의 트러미 영은 완전히 달아올라서 미리 상의한 대로 솔로를 끝내야 한다는 것을 깜박 잊고 라스트 코러스를 여덟 소절만큼 더 연주하고 만다. "저거 봐. 저 부분이야." 그녀가 설명해주었다. 레코드 한쪽 면이 끝나면 알몸으로 침대를 내려가 옆방까지 LP레코드를 뒤집으러 가는 건 물론 덴고 몫이었다. 그 일이 그립게 떠올랐다. 그런 관계가 언제까지고 이어지리라고는 물론 생각하지 않았다. 하지만 이토록 갑작스레 끝나리라고도 생각하지 못했다.

야스다 교코가 남기고 간 레코드를 열심히 듣고 있는 후카에리의 모습을 보고 있자니 기이한 느낌이 들었다. 그녀는 미간을 좁히고 의식을 집중해 그 오래된 시대의 음악 속에서 뭔가 음악 이외의 것을 들으려는 것처럼 보였다. 혹은 시선을 집중하여 그 음향 속에서 뭔가의 자취를 찾아내려는 것처럼도.

"그 레코드 마음에 들어?"

"몇 번이나 들었어요." 후카에리는 말했다. "괜찮은 음악이야."

"물론 괜찮지. 하지만 혼자서 심심하지 않았어?"

후카에리는 고개를 저었다. "생각할 게 있어요."

덴고는 지난밤 뇌우가 한창이던 때 둘 사이에 일어났던 일에 대해 후카에리에게 묻고 싶었다. 어째서 그런 일을 했느냐고. 후카에리가 자신에게 성욕을 품었으리라고는 생각할 수 없었다. 그러므로 그건 성욕과는 무관한 지점에서 이루어진 행위일 터였다. 그렇다면 그건 대체 무엇을 의미하는 것일까.

하지만 그런 것을 직접 물어봤자 제대로 된 대답이 돌아올 것 같지 않았다. 게다가 이 평화롭고 온화한 9월 저녁나절에 얼굴을 마주하고 그런 이야기를 꺼낸다는 건 덴고로서도 내키지 않는 일이었다. 그건 어둠의 시간에 어둠의 장소에서, 거센 천둥 소리에 에워싸인 채 은밀히 이루어진 행위였다. 그걸 일상 속에 끌어내면 그 의미가 변질되어버릴지도 모른다.

"너는 생리가 없다고 했지?" 덴고는 다른 각도에서 질문했다. 예스, 노로 대답할 수 있는 것부터 시작하자.

"없어요." 후카에리는 간결하게 대답했다.

"태어나서 지금까지 한 번도?"

"한 번도."

"내가 참견할 일이 아닐지 모르지만, 벌써 열일곱 살인데 아직까지 한 번도 생리가 없다는 건 보통일이 아닌 거 같은데."

후카에리는 슬쩍 어깨를 움츠렸다.

"그 일로 의사에게 가본 적은 있어?"

후카에리는 고개를 저었다. "가도 도움이 안 돼요."

"어째서 도움이 안 되지?"

후카에리는 거기에도 대답하지 않았다. 덴고의 질문이 귀에 들어간 기미도 없었다. 그녀의 귀에는 질문의 적절함과 부적절함을 감지해내는 특별한 마개가 달려 있어서, 반어인(半魚人)의 아가미 덮개처럼 필요에 따라 열렸다 닫혔다 하는지도 모른다.

"그 일에 리틀 피플도 관련이 있어?" 덴고는 물었다.

역시 대답이 없다.

덴고는 한숨을 내쉬었다. 어젯밤의 일을 해명하기 위한 질문을 덴고는 더이상 하나도 생각해낼 수 없었다. 가늘고 모호한 길은 거기서 그만 뚝 끊기고 그 앞은 짙은 숲이었다. 그는 발치를 확인하고 주위를 둘러보고 하늘을 올려다보았다. 그것이 후카에리와 대화할 때의 문제점이다. 모든 길이 어딘가에서 반드시 끊겨버린다. 길랴크 인이라면 길이 없어지더라도 계속 나아갈 수 있을지도 모른다. 하지만 덴고에게는 무리였다.

"나는 지금 어떤 사람을 찾고 있어." 덴고는 말을 꺼냈다. "여자야."

후카에리를 상대로 그런 이야기를 꺼낸들 어떻게 되는 것도 아니다. 그건 잘 알고 있다. 하지만 덴고는 누군가에게 그 이야기를 하고 싶었다. 누구라도 좋다. 아오마메에 대한 자신의 생각을 소리 내어 말하고 싶었다. 그렇게 하지 않으면 아오마메가 또다시 자신에게서 좀더 멀어져갈 것만 같았다.

"벌써 이십 년이나 만난 적이 없어. 마지막으로 만난 건 열 살 때야. 나와 나이가 같아. 우리는 초등학교 때 같은 반이었어. 여러 방법으로 알아봤는데 그녀의 자취를 찾을 수가 없어."

레코드가 끝났다. 후카에리는 레코드를 턴테이블에서 꺼내 눈을 가늘게 뜨고 그 비닐 냄새를 몇 차례 맡았다. 그러고는 판에 지문이 묻지 않도록 조심하며 종이봉투에 담고 그 종이봉투를 레코드 재킷에 끼웠다. 마치 잠이 들려는 새끼 고양이를 침상에 옮기듯이 살그머니 자애를 담아.

"당신은 그 사람을 만나고 싶어요." 후카에리가 물음표 없이 물었다.

"내게는 중요한 의미를 가진 사람이거든."

"이십 년이나 계속 그 사람을 찾았어요." 후카에리는 물었다.

"아니, 그건 아냐." 덴고는 말했다. 그리고 뒤이을 말을 찾으면서, 테이블 위에서 양손을 깍지 끼었다. "사실 찾기 시작한 건 오늘이야."

후카에리는 잘 모르겠다는 표정을 얼굴에 띠었다.

"오늘." 그녀는 말했다.

"그렇게 중요한 사람인데 왜 오늘까지 한 번도 찾지 않았느냐고?" 덴고는 후카에리 대신 묻고 답했다. "좋은 질문이야."

후카에리는 말없이 덴고의 얼굴을 보고 있었다.

덴고는 머릿속의 생각을 한동안 정리했다. 그러고는 말했다. "아마도 내가 길을 너무 멀리 돌아온 거 같아. 그 아오마메라는 이름의 여자애는, 뭐랄까, 오래도록 변함없이 내 의식의 중심에 있었어. 나라는 존재의 중요한 누름돌 역할을 해왔어. 그럼에도 불구하고, 아니 그렇기 때문에, 그게 너무도 내 중심에 있었기 때문에 도리어 그 의미를 미처 파악하지 못했던 거 같아."

후카에리는 덴고의 얼굴을 지그시 바라보고 있었다. 그 소녀가 자신의 말을 조금이라도 이해했는지 어떤지, 그 표정으로는 알 수 없었다. 하지만 그건 아무려나 상관없다. 덴고는 반쯤은 자기 자신을 향해 이야기하고 있었다.

"하지만 이제야 겨우 알겠어. 그녀는 개념도 아니고 상징도 아니고 비유도 아니야. 따스한 육체와 살아 움직이는 영혼을 가진 현실의 존재야. 그리고 그 온기와 움직임은 내가 놓쳐서는 안 될 것이었어. 그런 너무나 당연한 일을 이해하는 데 이십 년이 걸렸어. 나는 뭘 생각하는 데 항상 시간과 노력이 많이 드는 편이지만, 그래도 이건 너무 심했어. 어쩌면 이미 때늦은 일인지도 모르지. 하지만 어떻게든 그녀를 찾고 싶어. 설혹 때늦은 일이라 해도."

후카에리는 바닥에 무릎을 댄 채, 윗몸을 똑바로 세웠다. 제프 벡 투어 티셔츠에 유두의 모양이 또렷하게 떠올랐다.

"아오마메." 후카에리는 말했다.

"응. 푸른 콩이라고 쓰는 아오마메. 희귀한 이름이야."

"그 사람을 만나고 싶어요." 후카에리는 물음표 없이 질문했다.

"물론 만나고 싶어." 덴고는 말했다.

후카에리는 아랫입술을 깨물며 잠시 뭔가 생각하고 있었다. 그러고는 얼굴을 들고 사려 깊게 말했다. "그 사람, 바로 가까이에 있을지도."

제*17*장 아오마메

Q

쥐를 끄집어내다

텔레비전의 아침 일곱시 뉴스는 지하철 아카사카미쓰케 역 구내의 침수 소식은 크게 보도했지만, 호텔 오쿠라의 스위트룸에서 '선구'의 리더가 사망했다는 언급은 없었다. NHK 뉴스가 끝나자 그녀는 채널을 돌려 몇 군데 다른 방송국의 뉴스를 보았다. 하지만 어떤 방송도 그 커다란 남자의 고통 없는 죽음을 세상에 알리지 않았다.

그자들이 시체를 감춘 거야, 아오마메는 얼굴을 찌푸리며 생각했다. 그건 충분히 있을 수 있는 일이라고 다마루는 예고했었다. 하지만 그런 일이 실제로 일어나다니, 아오마메는 아무래도 믿기지 않았다. 그들은 어떤 방법으로 호텔 오쿠라 스위트룸에서 리더의 시체를 떼메고 나와 차로 운반해갔을까. 그만큼 몸집이 큰 남자다. 시체는 어지간히 무거웠을 것이다. 그리고 호텔에는 손님이며 종업원이 한둘이 아니다. 수많은 방범카메라가 도처에서 눈을 번뜩이고 있다. 어떻게 남들 눈에 띄지 않게 시체를 호텔 지하 주차장까지 옮길 수 있었을까.

어쨌든 그들은 밤사이에 야마나시의 산 속 교단본부까지 그 시체를 실어간 게 틀림없다. 리더의 시체를 어떻게 처리할지, 그곳에서 협의가 오갔을 것이다. 적어도 그의 죽음이 경찰에 정식으로 신고되는 일은 없을 것이다. 일단 감추기로 한 것은 끝까지 감추지 않으면 안 될 테니까.

아마도 간밤의 거센 국지적 뇌우와 그 뇌우가 몰고 온 혼란이 그들의 행동을 용이하게 해주었을 것이다. 어떻든 그들은 이번 일을 공표하지 않기로 했다. 다행히 리더는 사람들 앞에 거의 얼굴을 내보이지 않았던 사람이다. 그의 존재와 행동은 수수께끼에 싸여 있다. 그가 갑작스럽게 사라져도 그의 부재는 당분간 사람들의 주목을 끌지 않는다. 그가 죽었다는—혹은 살해되었다는—사실은 그저 몇몇 사람들 사이의 비밀로 유지된다.

그들이 리더의 죽음으로 생겨난 공백을 앞으로 어떤 형태로 메워갈 생각인지, 아오마메는 물론 알지 못한다. 하지만 그들은 그러기 위한 모든 방도를 강구할 것이다. 조직을 존속시키기 위해. 그 남자가 말했던 대로 지도자가 사라져도 시스템은 그대로 유지되고 움직인다. 누가 리더의 뒤를 잇게 될까. 하지만 그건 아오마메와는 관계없는 문제. 그녀에게 주어진 임무는 리더를 말살하는 것이지 그 종교단체를 없애는 건 아니었으니까.

그녀는 다크 슈트를 입은 이인조 보디가드에 대해 생각했다. 스킨헤드와 포니테일. 그들은 교단에 돌아간 뒤, 눈앞에서 리더가 맥없이 살해된 데 대해 책임추궁을 당하게 될까. 아오마메는 그 두 사람에게 자신을 끝까지 추적하여 처치하라는—혹은 사로잡으라는—임무가 떨어지는 장면을 상상했다. "무슨 짓을 해서든 그 여자를 찾아내. 그 전에는 돌아올 생각도 하지 마." 그들은 명령을 받는다. 있을 수 있는 일이다. 그들은 아오마메의 얼굴을 바로 코앞에서 보았다. 실력도 뛰어나고 복수심에 불탄다. 헌터로서는 적임자들이다. 그리고 교단 간부들은 아오마메의 배후를 밝혀내려고 혈안이 될 것이다.

그녀는 아침으로 사과 하나를 먹었다. 식욕은 거의 없었다. 손에는 아직 남자의 목덜미에 침을 찔러넣던 순간의 감촉이 남아 있다. 오른손에 작은 나이프를 들고 사과 껍질을 깎으면서 그녀는 몸속에서 희미한 떨림을 느꼈다. 지금까지 한 번도 느껴본 적 없는 떨림이다. 누군가를 살해하고도 하룻밤 자고 나면 그 기억이 대개는 사라지고 없었다. 물론 한 인간의 목숨을 빼앗는 건 결코 기분 좋은 일이 아니다. 하지만 어차피 상대는 모두 살아 있을 가치가 없는 그런 자들이었다. 인간으로서의 연민보다는 역겨움이 앞섰다. 하지만 이번은 다르다. 객관적인 사실만 보자면 그 남자가 지금껏 저질러온 짓은 인류에 어긋난 행위인지 모른다. 하지만 그는 많은 의미에서 범상치 않은 인간이었다. 그의 비범함은 부분적으로는 선악의 기준을 뛰어넘는 것으로 여겨졌다. 그런 그의 목숨을 끊는 것 또한 범상치 않은 일이었다. 그것은 기묘한 반응을 그녀의 손에 남겼다. 범상치 않은 반응을.

그가 남기고 간 것은 '약속'이었다. 아오마메는 오랜 생각 끝에 그런 결론에 이르렀다. 그 약속의 무게가 내 손에 징표로서 남겨진 것이다. 아오마메는 그것을 이해했다. 이 징표가 내 손에서 사라지는 일은 결코 없으리라.

오전 아홉시 넘어 전화가 걸려왔다. 다마루의 전화였다. 벨이 세 번 울린 뒤에 끊기고 다시 이십 초 후에 울렸다.

"예상했던 대로 그자들은 경찰을 부르지 않았어." 다마루는 말했다. "텔레비전 뉴스에도 나오지 않았어. 신문에도 실리지 않았고."

"하지만 죽은 건 확실해요."

"물론 잘 알지. 리더는 틀림없이 죽었어. 몇 가지 움직임이 포착되었어. 그들은 이미 호텔에서 철수했어. 한밤중에 몇몇 사람들이 도내의 지부에 소집되었지. 아마 시체를 남의 눈에 띄지 않게 처리하기 위해 동원했을 거야. 그자들은 그런 작업에 아주 익숙해. 그리고 스모크글라스의 S클래스 벤츠와 창유리를 검게 선팅한 하이에이스가 새벽 한시쯤에 호텔 주차장을 빠져나갔어. 둘 다 야마나시 번호판이야. 아마 새벽녘에는 '선구' 본부에 도착했을 거야. 그저께 경찰이 그쪽에 수사하러 들어갔었지만 본격적인 건 아니라서 이미 조사를 마치고 돌아간 뒤였어. 아무튼 '선구' 교단 안에는 상당한 규모의 정식 소각장이 있어. 그곳에 시체를 던져버리면 뼈도 못 추리지. 깨끗이 연기가 될 거야."

"무섭군요."

"음, 무서운 자들이야. 리더가 죽어도 조직 자체는 당분간 문제없이 굴러갈 거야. 머리를 잘려도 그것과는 상관없이 계속 꿈틀거리는 뱀과 같아. 머리가 없어도 어느 쪽으로 나아가야 하는지 다 아는 거지. 하지만 그다음에 어떻게 될지는 판단하기 어려워. 얼마 못 가 죽어버릴 수도 있지. 새로운 머리가 생겨날 수도 있고."

"그 남자는 보통사람이 아니었어요."

다마루는 그 말에 대해 딱히 의견을 밝히지 않았다.

"지금까지와는 전혀 달라요." 아오마메는 말했다.

다마루는 아오마메가 한 말의 여운을 가늠하고 있었다. 그러고는 말했다. "지금까지와는 다르다는 건 나도 충분히 짐작이 돼. 하지만 우리는 지금부터 어떻게 할지를 생각하는 게 좋아. 조금이라도 현실적이 되자구. 그러지 않으면 살아남지 못해."

아오마메는 뭔가 말하려고 했지만 말은 나오지 않았다. 그녀의 몸에는 아직 떨림이 남아 있었다.

"마담이 너와 얘기하고 싶어하서." 다마루는 말했다. "지금 얘기할 수 있지?"

"물론." 아오마메는 말했다.

노부인이 전화를 받았다. 그녀의 목소리에도 안도하는 기색이 엿보였다.

"당신에게는 크게 감사하고 있어요. 말로 표현할 수 없을 만큼 깊이. 당신은 이번에도 완벽하게 일을 처리해줬어요."

"고맙습니다. 하지만 이제 두 번 다시 똑같은 일은 못 할 거 같아요." 아오마메는 말했다.

"잘 압니다. 내가 무리한 부탁을 했지요. 당신이 무사히 돌아와줘서 참으로 기쁩니다. 다시 이런 일을 부탁할 생각은 없어요. 이걸로 끝입니다. 자리잡을 곳은 준비해두었어요. 걱정할 건 아무것도 없어요. 그 세이프하우스에서 대기하고 있으세요. 그동안에 당신이 새로운 생활로 무사히 옮겨갈 수 있도록 준비해둘 테니."

아오마메는 감사인사를 했다.

"뭐 부족한 것은 없나요? 만일 있다면 주저하지 말고 말해요. 즉시 다마루에게 준비하도록 하지요."

"아뇨, 필요한 건 빠짐없이 다 있는 것 같아요."

노부인은 가볍게 헛기침을 했다. "잘 들으세요. 부디 이것만은 꼭 기억하고 있어야 합니다. 우리는 완벽하게 옳은 일을 했어요. 우리는 그 남자가 범한 죄를 벌하고 앞으로 발생할 불상사를 차단했습니다. 더이상의 희생자가 나오지 않도록 한 것이에요. 아무것도 마음에 거리낄 일이 없습니다."

"그 사람도 똑같은 말을 했어요."

"그 사람?"

"'선구'의 리더. 제가 어젯밤에 처리한 사람요."

노부인은 오 초쯤 침묵했다. 그런 뒤에 말했다. "그 사람이 이미 알고 있던가요?"

"네, 자신을 처리하러 온다는 것을 알고 있었어요. 그걸 다 알면서 저를 만난 거죠. 그 사람은 오히려 죽기를 고대했습니다. 몸은 이미 깊은 손상을 입어서 서서히, 하지만 피할 도리 없이 죽어가고 있었죠. 저는 그 시기를 약간 앞당겨 격렬한 고통에 시달리는 몸에 안식을 준 것뿐이었어요."

노부인은 그 말을 듣고 진심으로 놀란 듯했다. 다시 한참 동안 할 말을 잃고 있었다. 그건 노부인으로서는 드문 일이었다.

"그 남자는……" 노부인은 말했다. 그리고 신중하게 말을 골랐다. "자신이 저지른 행위에 대해 처벌이 떨어지기를 스스로 원하고 있었다는 건가요?"

"그 사람이 원했던 것은 고통에 찬 삶을 한시라도 빨리 끝내는 것이었어요."

"그리고 죽음을 각오하고 당신 손을 기다렸다?"

"그렇습니다."

아오마메는 리더와 자신 사이에 이루어진 거래에 대해서는 말하지 않았다. 덴고를 이 세계에 계속 살아남게 하는 대신 자신이 죽지 않으면 안 된다…… 그건 그 사람과 아오마메 둘 사이에 맺은 밀약이다. 남에게 밝힐 수 없는 일이다.

아오마메는 말했다. "그 사람이 저지른 일은 인륜에 어긋난 비정상적인 짓이었으니까 살해되어도 별수 없는 일이겠죠. 하지만 그는 평범한 사람이 아니었어요. 적어도 특별한 뭔가를 가진 인간이었어요. 그건 분명합니다."

"특별한 뭔가를?" 노부인은 말했다.

"설명은 잘 못 하겠어요." 아오마메는 말했다. "그건 특별한 능력이나 자질이고 동시에 그에게는 몹시 무거운 짐이었어요. 그것이 그의 육신을 안에서부터 파먹은 것 같아요."

"그 특별한 뭔가가 그를 비정상적인 행동으로 내달리게 했다는 말인가요?"

"아마도."

"어쨌든 당신은 그것을 종식시켰습니다."

"맞아요." 아오마메는 메마른 목소리로 말했다.

그녀는 왼손으로 수화기를 들고, 아직 죽음의 감촉이 남아 있는 오른손을 펼쳐 그 손바닥을 바라보았다. 소녀들과 다의적으로 교접한다는 게 어떤 것인지 아오마메는 이해할 수 없었다. 그것을 노부인에게 설명하는 것도 물론 불가능하다.

"항상 해온 대로 겉보기에는 자연사지만, 그들은 자연사로 인정하지 않을 거예요. 일의 흐름으로 봐서 제가 어떤 형태로든 리더의 죽음에 관여했을 거라고 생각하겠죠. 그리고 아시는 대로 그의 죽음은 아직까지 경찰에 신고되지 않았어요."

"그들이 앞으로 어떤 행동을 취하건 우리는 온 힘을 다해 당신을 지킬 겁니다." 노부인은 말했다. "그들에게는 그들의 조직이 있지요. 하지만 우리 쪽에도 강한 커넥션과 풍부한 자금이 있어요. 그리고 당신은 주의 깊고 총명한 사람이지요. 그쪽 생각대로 일이 흘러가게 놔두지는 않을 거예요."

"쓰바사는 아직 찾지 못했나요?" 아오마메는 물었다.

"아직 행방은 알지 못합니다. 내 생각으로는 아마 교단 안에 있을 거예요. 거기 말고는 갈 곳이 없는 아이니까요. 현재로서는 그 아이를 되찾을 방법이 없습니다. 하지만 아마도 리더의 돌연한 죽음으로 교단은 혼란에 빠져 있겠지요. 그 혼란을 이용해 어떻게든 그 아이를 구해낼 수 있을 거예요. 그 아이는 무슨 수를 쓰든 구해내야 합니다."

리더는 그 세이프하우스에 있던 쓰바사가 실체가 아니었다고 말했다. 그녀는 관념의 한 형태에 지나지 않았고, 그건 회수되었다고. 하지만 그런 얘기를 여기서 노부인에게 할 수는 없었다. 그것이 무엇을 의미하는지, 아오마메 역시 알지 못한다. 하지만 그녀는 허공에 떠 있던 대리석 탁상시계를 기억하고 있었다. 그것은 자신의 눈앞에서 실제로 일어난 일이었다.

아오마메는 말했다. "저는 며칠이나 이 세이프하우스에 있게 될까요?"

"나흘에서 일주일 사이라고 생각하세요. 그후에 당신은 새로운 이름과 환경을 부여받고 먼 장소로 이동합니다. 당신이 그곳에 가서 자리를 잡으면 당분간 안전을 위해 우리는 접촉을 끊어야 합니다. 당신과는 한참 동안 만나지 못할 거예요. 내 나이를 생각하면, 다시는 못만나게 될지도 모르지요. 당신을 이런 힘겨운 일에 끌어들이지 않았더라면 좋았을 텐데. 그렇게 생각한 게 한두 번이 아닙니다. 그랬더라면 당신을 이렇게 잃는 일도 없을 텐데. 하지만……"

노부인은 잠시 목이 메었다. 아오마메는 조용히 그다음 말을 기다렸다.

"……하지만 후회는 하지 않아요. 모든 일은 아마도 숙명 같은 것이겠지요. 당신을 끌어들이지 않을 수가 없었어요. 나로서는 선택의 여지가 없는 일이었습니다. 여기에는 매우 강한 힘 같은 것이 작동했고, 그것이 나를 움직여왔어요. 일이 이렇게 되어서 당신에게는 참으로 미안하게 생각합니다."

"그 대신, 부인과 저는 어떤 것을 공유했어요. 다른 누구와도 공유할 수 없는 소중한 것을. 다른 어디서도 얻을 수 없는 것을요."

"그렇답니다." 노부인은 말했다.

"그것을 공유하는 건 제게도 꼭 필요한 일이었어요."

"고마워요. 당신이 그렇게 말해주니 한결 마음이 놓이는군요."

노부인을 만날 수 없는 건 아오마메에게도 괴로운 일이었다. 노부인은 아오마메가 가진 몇 안 되는 인연의 끈 중 하나였다. 그녀와 바깥 세계를 가까스로 이어주던 끈.

"부디 건강하세요." 아오마메는 말했다.

"당신이야말로 부디 건강하기를." 노부인은 말했다. "할 수 있는 한, 행복하세요."

"가능하다면요." 아오마메는 말했다. 행복이라는 건 아오마메에게서 가장 멀리 있는 것 중 하나였다.

다마루가 전화를 받았다.

"아직 그건 사용하지 않았지?" 그는 물었다.

"아직 쓰지 않았어요."

"되도록 쓰지 않는 게 좋아."

"그 기대에 따르도록, 명심하죠." 아오마메는 말했다.

잠시의 틈이 있었고, 그런 다음에 다마루는 말했다.

"내가 홋카이도의 산 속 고아원에서 자랐다는 이야기는 지난번에 했었지?"

"부모님과 헤어져 사할린에서 귀국한 뒤에 그곳에 들어갔다고 했어요."

"그 고아원에 나보다 두 살 어린 아이가 있었어. 흑인 혼혈아였지. 아마 미사와(三沢) 미군기지의 병사에게서 생긴 아이였을 거야. 어머니가 누군지는 모르지만 매춘부거나 바의 여급이거나, 대충 그런 쪽이었겠지. 암튼 녀석은 태어난 지 얼마 안 돼서 어머니에게 버림받고 그 고아원에 들어왔어. 몸집은 나보다 한참 큰데 머리 돌아가는 게 상당히 느린 녀석이었어. 물론 주변 친구들한테 노상 괴롭힘을 당했지. 피부색이 다르니까 더 그랬을 거야. 그런 거, 알지?"

"대충 알죠."

"나도 일본인이 아니라서 어쩌다보니 그 녀석을 보호해주는 역할을 떠맡게 되었어. 말하자면 그애나 나나 비슷한 처지였던 거지. 사할린 귀국 조선인과 검둥이하고 양공주의 혼혈아. 그야말로 카스트의 맨 밑바닥이지. 하지만 그 덕분에 단련은 좀 됐어. 아주 터프해졌지. 하지만 녀석은 그러지 못했어. 내버려뒀으면 틀림없이 그대로 죽었을 거야. 잔머리가 잽싸게 돌아가든가 아니면 싸움을 엄청 잘하든가, 둘 중 하나가 아니면 살아남지 못하는 환경이었으니까."

아오마메는 말없이 그의 이야기를 들었다.

"그 녀석은 아무튼 뭐 하나 제대로 하는 게 없었어. 한 가지도 똑바로 해내질 못해. 단추도 제대로 채우지 못하고 자기 똥구멍도 제대로 닦질 못해. 그런데 조각 하나만은 뛰어나게 잘했어. 나무토막하고 조각칼 몇 자루만 있으면 눈 깜짝할 사이에 멋진 목각작품을 만들었지. 밑그림도 뭣도 없이 머릿속에 떠오른 이미지를 그대로 정확히 입체적으로 만들어내는 거야. 그야말로 정교하고 리얼하게. 일종의 천재야. 진짜 대단했어."

"서번트." 아오마메는 말했다.

"그래. 나도 나중에 그걸 알았어. 바로 그 서번트 증후군이야. 그런 비범한 능력을 타고난 사람들이 정말로 있어. 하지만 그런 게 있다는 건 그 당시에는 아무도 몰랐지. 그저 지능이 떨어지는 아이라고만 생각했어. 머리는 둔하지만 손재주가 좋아서 목각을 곧잘 하는 녀석이라고 말이야. 게다가 왜 그런지 녀석은 늘 쥐만 깎았어. 쥐라면 기막히게 만들어내. 어디서 보건 정말 살아 있는 것처럼. 그런데 쥐 이외의 것은 하나도 안 만들어. 다들 뭔가 다른 동물 목각을 만들게 하려고 했지. 말이라든가 곰이라든가. 그것 때문에 일부러 동물원에도 데려갔을 정도야. 하지만 녀석은 다른 동물에는 조금도 흥미를 보이지 않았어. 그래서 다들 포기하고 그냥 쥐만 만들게 내버려뒀지. 자기 하고픈 대로 하라고 놔둔 거야. 그 녀석, 온갖 모습, 온갖 크기, 온갖 포즈의 쥐를 만들었어. 참 신기한 일이지. 왜냐면 그 고아원에는 쥐 같은 건 한 마리도 없었거든. 너무 춥기도 했고 먹이가 될 만한 게 전혀 없었으니까. 그 고아원은 쥐에게도 너무 가난한 곳이었던 거야. 어째서 녀석이 쥐에 그렇게 집착했는지, 아무도 알지 못했어. ……어쨌거나 녀석이 만든 쥐가 적잖이 화제가 되어서 지역신문에도 실리고 그 쥐를 사겠다는 사람도 꽤 있었어. 그 일로 고아원 원장은, 가톨릭 신부였는데, 그 목각 쥐를 어딘가 민예품점에 맡겨서 관광객들에게 판매했어. 돈이 쏠쏠히 들어왔을 텐데 물론 그런 돈은 녀석한테 한 푼도 돌아가지 않았어. 그걸 어떻게 했는지는 모르지만 아마 고아원 윗분께서 적당히 어딘가에 썼겠지. 그 녀석은 그저 조각칼과 나무토막을 받아 공작실에서 하염없이 쥐만 만들었어. 하긴 힘든 밭일을 하는 대신 혼자서 쥐만 깎고 있으면 되니까 그것도 큰 행운이라고 해야겠지만."

"그래서 그 사람은 어떻게 됐어요?"

"글쎄. 어떻게 됐는지는 모르겠어. 나는 열네 살 때 고아원을 도망쳤고, 그뒤로는 줄곧 혼자 살았으니까. 곧장 연락선을 타고 본토로 건너왔고, 그뒤로는 홋카이도에 한 번도 가본 적이 없어. 내가 마지막으로 봤을 때도 녀석은 작업대 앞에 웅크리고 앉아 열심히 쥐를 깎고 있었어. 그럴 때는 무슨 말을 해도 귀에 들어가질 않아. 그래서 작별 인사도 못 했어. 녀석, 무사히 목숨을 부지했다면 아마 지금도 어디선가 쥐를 깎고 있을 거야. 그거 말고는 아무것도 못 하는 놈이었으니까."

아오마메는 조용히 그다음 말을 기다렸다.

"지금도 그 녀석이 이따금 생각나. 고아원 생활은 참 지독했어. 먹을 게 없어서 늘 배가 고팠고 겨울에는 끔찍하게 추웠어. 노동은 가혹했고 상급생의 괴롭힘은 그야말로 무시무시했지. 하지만 녀석은 그런 생활을 딱히 고통스러워하지 않았던 거 같아. 조각칼 들고 혼자 쥐만 깎고 있으면 마냥 행복해 보였어. 혹시 누가 조각칼을 빼앗으면 반 광란상태가 되기도 했지만, 그것만 빼고는 정말 얌전한 녀석이었어. 어느 누구에게도 폐를 끼친 적이 없어. 그저 묵묵히 쥐만 만들었어. 나무토막을 손에 들고 한참 지그시 쳐다보면 거기에 어떤 쥐가 어떤 포즈로 숨어 있는지 녀석에게는 보인다는 거야. 그게 보일 때까지 꽤 시간이 걸렸어. 하지만 일단 보이기만 하면 그다음은 조각칼을 휘둘러서 그 쥐를 나무토막 안에서 끄집어내기만 하면 돼. 녀석이 곧잘 그랬거든. '쥐를 끄집어낸다'고. 그렇게 끄집어낸 쥐는 정말 금세라도 움직일 것처럼 생생한 거야. 녀석은 그러니까 나무토막 속에 갇혀 있던 가상의 쥐를 계속 해방시켜준 거였어."

"그리고 다마루 씨는 그 소년을 지켜줬구요."

"그래, 내가 원해서 그랬던 건 아니지만 결과적으로 그런 입장에

서게 됐어. 그게 내 포지션이었지. 일단 포지션이 주어지면 무슨 일이 있어도 그걸 지키는 수밖에 없어. 그게 그 세계의 룰이었어. 그래서 나는 그 룰에 따랐지. 이를테면 괜스레 녀석의 조각칼을 빼앗는 놈이 있으면 쫓아가서 때려눕혔어. 나보다 나이가 많건 덩치가 크건 상대가 한 사람이건 두 사람이건 상관없이 무조건 때려눕혔어. 물론 내가 뻗어버리는 일도 있었지. 수없이 많았어. 하지만 이기고 지는 건 문제가 아냐. 때려눕혔건 내가 뻗었건 나는 반드시 조각칼을 다시 찾아다가 녀석에게 돌려줬어. 그게 중요해. 이해해?"

"이해할 거 같아요." 아오마메는 말했다. "하지만 결국 그 친구를 버려두고 떠났군요."

"나는 혼자 살아가야 하는 사람인데 언제까지고 녀석 곁에서 돌봐줄 수는 없었어. 그럴 여유는 나한테 없었어. 당연하지."

아오마메는 다시 한번 오른손을 펴고 빤히 바라보았다.

"다마루 씨가 작은 목각 쥐를 들고 있는 걸 몇 번 본 적이 있는데, 그게 그 친구가 만든 거였어요?"

"그래. 나한테 작은 것을 하나 줬어. 고아원 도망칠 때 그걸 가져왔지. 지금도 갖고 있어."

"다마루 씨, 왜 지금 그런 이야기를 내게 해주는 거죠? 당신은 별 뜻 없이 자기 얘기를 하는 타입은 아닌 거 같은데."

"내가 말하려는 것 중 하나는 지금도 자주 그 녀석이 생각난다는 거야." 다마루는 말했다. "꼭 한 번 보고 싶다거나, 그런 게 아냐. 별로 만나고 싶진 않아. 이제 새삼 만나봤자 할말도 없고. 다만 녀석이 한눈 한번 팔지 않고 나무토막 속에서 쥐를 '끄집어내는' 광경은 내 머릿속에 아직도 선명하게 남아 있어. 그건 내게는 소중한 풍경 중 하나야. 항상 내게 뭔가를 가르쳐줘. 혹은 뭔가를 가르쳐주려고 해. 사람이 살아가기 위해서는 그런 것이 필요해. 말로는 잘 설명이 안 되지만, 의미를 가진 그런 풍경. 우리는 그 뭔가에 제대로 설명을 달기 위해 살아가는 그런 면이 있어. 난 그렇게 생각해."

"그게 우리가 살아가기 위한 근거 같은 게 된다는 얘기인가요?"

"아마도."

"내게도 그런 풍경이 있어요."

"그걸 소중히 간직하는 게 좋아."

"소중히 간직할게요." 아오마메는 말했다.

"그리고 한 가지 더 말할 게 있어. 내가 할 수 있는 한 너를 지켜주겠다는 거야. 때려눕혀야 할 상대가 있다면 그게 누구건 쫓아가서 때려눕힐 거야. 이기고 지는 건 상관없어. 중간에 너를 내버리거나 하진 않아."

"고마워요."

몇 초 동안의 평온한 침묵이 있었다.

"한동안 집 밖에 나가지 마. 한 걸음이라도 밖에 나가면 거기는 정글이라고 생각해. 알겠어?"

"알았어요." 아오마메는 말했다.

그리고 전화가 끊겼다. 수화기를 내려놓은 뒤에야, 아오마메는 자신이 그것을 힘껏 움켜쥐고 있었다는 것을 깨달았다.

다마루가 내게 전해주려고 한 것은 이제 나는 그들이 속한 패밀리의 결코 빠뜨릴 수 없는 일원이며, 일단 맺어진 그 인연의 끈이 끊기는 일은 없다는 메시지였을 것이다. 아오마메는 그렇게 생각했다. 우리는 말하자면 혈연을 뛰어넘는 피로 맺어진 것이다. 그런 메시지를 보내준 데 대해 아오마메는 다마루에게 감사했다. 아오마메에게 지금이 가장 고통스러운 시기라는 것을 그는 알고 있었다. 패밀리의 일원이라는 것을 인정했기 때문에 그는 자신의 비밀을 조금씩 그녀에게 전해주고 있는 것이다.

하지만 그런 밀접한 관계가 폭력이라는 형태를 통해서가 아니면 맺어질 수 없다는 것이 아오마메는 안타까웠다. 법률을 등지고 몇몇 사람을 살해하고, 그리고 이번에는 누군가에게 쫓겨 살해될지도 모르는 특이한 상황에 처하면서 우리는 깊은 마음의 인연을 맺게 되었다. 하지만 거기에 살인이라는 행위가 끼어들지 않았다면 그런 관계를 이루는 게 과연 가능했을까. 법의 테두리 바깥에서 만났기 때문에 이만큼 끈끈한 신뢰의 인연을 맺을 수 있었던 게 아닐까. 아마 보통 세상에서라면 이런 인연을 맺기는 어려웠을 것이다.

차를 마시며 텔레비전 뉴스를 보았다. 아카사카미쓰케 역이 침수되었다는 소식은 더이상 나오지 않았다. 하룻밤 지나 물이 빠지고 지하철이 정상으로 복구되자 그건 벌써 과거의 일이 되어버렸다. 그리고 '선구'의 리더가 사망했다는 건 여전히 세상은 모르는 일이었다. 그 사실을 알고 있는 건 기껏 한줌의 인간에 지나지 않는다. 고열소각로로 그 거대한 남자의 시체를 불태우는 장면을 아오마메는 상상했다. 뼈도 못 추린다, 고 다마루는 말했다. 은총과도 고통과도 상관없이 모든 것은 연기가 되어 초가을 대기 속으로 녹아든다. 그 연기와 그 하늘을 아오마메는 머릿속에 떠올릴 수 있었다.

베스트셀러 「공기 번데기」를 쓴 열일곱 살 소녀 작가가 행방불명이라는 뉴스가 나왔다. '후카에리', 본명은 후카다 에리코. 벌써 두 달이 넘도록 행방이 묘연하다. 경찰은 보호자의 실종신고를 받아들여 그 행방에 대해 신중하게 조사를 진행하고 있지만, 현재로서는 명백히 밝혀진 것이 없다. 아나운서는 그렇게 소식을 전했다. 서점 입구에 「공기 번데기」가 차곡차곡 진열되어 있는 영상이 나왔다. 서점 벽에는 그 아름다운 소녀의 사진 포스터가 붙어 있었다. 젊은 여점원이 텔레비전 방송국의 마이크를 향해 말했다. "책은 지금도 엄청난 기세로 팔리고 있어요. 저도 사서 읽어봤어요. 풍부한 이매지네이션이 넘치는 재미있는 소설이에요. 후카에리 씨가 어디 있는지, 빨리 밝혀졌으면 좋겠어요."

그 뉴스에서는 후카다 에리코와 종교법인 '선구'의 관계에 대해서는 언급하지 않았다. 종교단체가 얽힌 문제가 나오면 미디어는 갑자기 태도가 신중해진다.

아무튼 후카다 에리코는 행방불명 상태다. 그녀가 열 살 때, 아버지인 리더는 그녀를 범했다. 그가 한 말을 그대로 받아들인다면 그들은 다의적으로 교접했다. 그리고 그 행위를 통해 리틀 피플을 그의 내면으로 인도했다. 뭐라고 했더라. 그래, 퍼시버와 리시버. 후카다 에리코가 '지각하는 자'이고, 그녀의 아버지는 '받아들이는 자'였다. 그리고 그자는 특별한 목소리를 듣기 시작했다. 이른바 리틀 피플의 대리인이 되고, 종교단체 '선구'의 교주 같은 존재가 되었다. 그뒤 그녀는 교단을 떠났다. 그리고 이번에는 '반 리틀 피플'의 모멘트가 되어 덴고와 팀을 이루어 「공기 번데기」라는 소설을 썼다. 그 책은 베스트셀러가 되었다. 그리고 지금 그녀는 어떤 이유에선지 행방불명 상태다. 경찰은 그 행방을 찾고 있다.

그 한편에서 나는 어젯밤에 교단 '선구'의 리더이자 후카다 에리코의 아버지를 특제 아이스픽으로 살해했다. 교단 사람들은 그의 시체를 호텔에서 실어내 비밀리에 '처리'했을 터다. 후카다 에리코는 아버지가 죽었다는 것을 알면 그 사실을 어떻게 받아들일까. 아오마메는 짐작도 할 수 없었다. 그것이 리더 자신이 바라던 죽음이었고 고통 없는 이른바 자비의 죽음이었다 해도, 나는 어떻든 한 인간의 생명을 내 손으로 끊었다. 인간의 생명은 고독한 것이기는 하지만 고립된 것은 아니다. 그 생명은 어딘가의 또다른 생명과 이어져 있다. 거기에 대해서도 어쩌면 나는 어떤 형태로든 책임을 져야 하리라.

덴고도 이런 일련의 일들에 깊숙이 관여하고 있다. 우리를 이어주는 건 후카다 부녀라는 존재다. 퍼시버와 리시버. 덴고는 지금 어디에 있고 무엇을 하고 있을까. 후카다 에리코의 실종에 그가 관계된 것일까. 두 사람은 지금도 행동을 함께하고 있을까. 물론 텔레비전 뉴스는 덴고의 운명에 대해서는 아무것도 가르쳐주지 않았다. 그가 「공기 번데기」의 실질적인 작자라는 건 현재로서는 아직 어느 누구도 알지 못하는 모양이다. 하지만 나는 그걸 알고 있다.

우리는 조금씩 거리를 좁혀가고 있는 것처럼 보인다. 덴고와 나는 어떤 사정으로 이 세계에 옮겨왔고, 엄청난 소용돌이에 휘말린 모양새로 서로를 향해 다가가고 있다. 아마도 그건 치명적인 소용돌이일 것이다. 하지만 리더가 알려준 바에 의하면 치명적이지 않고서는 우리의 해후는 불가능하다. 폭력성이 어떤 종류의 순수한 인연을 만들어내는 것과 똑같이.

그녀는 한 차례 심호흡을 했다. 그러고는 테이블 위의 헤클러&코흐에 손을 내밀어 그 단단한 감촉을 확인했다. 그 총구가 자신의 입속에 박히고 그녀의 손가락이 방아쇠를 당기는 장면을 상상했다.

큰 까마귀 한 마리가 느닷없이 베란다에 날아와 난간에 앉더니 날카로운 소리로 몇 차례 짧게 울었다. 아오마메와 까마귀는 한참 동안 유리문 너머로 서로를 관찰했다. 까마귀는 옆 얼굴에 붙은 크고 반들반들한 눈을 움직여 방 안에 있는 아오마메의 움직임을 살피고 있었다. 그녀가 손에 든 권총의 의미를 가늠해보는 것처럼 보였다. 까마귀는 머리 좋은 동물이다. 그들은 그 쇳덩이가 중요한 의미를 갖고 있다는 것을 충분히 이해한다. 왠지는 모르지만 그들은 그걸 알고 있다.

그리고 까마귀는 찾아왔을 때와 똑같이 느닷없이 날개를 펼치고 어딘가로 날아가버렸다. 봐야 할 것은 모두 봤다는 듯이. 까마귀가 사라지자 아오마메는 자리에서 일어나 텔레비전을 끄고 한숨을 내쉬었다. 그리고 그 까마귀가 리틀 피플의 첩자가 아니기를 빌었다.

아오마메는 거실 카펫 위에서 늘 하던 스트레칭을 했다. 한 시간 동안, 그녀는 근육을 혹사했다. 합당한 고통과 함께 시간을 보냈다. 온몸의 근육을 하나하나 순서대로 소환하여 세세하고도 삼엄하게 심문했다. 그러한 근육의 이름과 역할과 성질은 아오마메의 머릿속에 세밀하게 새겨져 있다. 그녀가 놓치는 건 단 한 가지도 없다. 땀이 쏟아지고 호흡기와 심장이 최대치로 활동하고 의식의 채널이 전환되었다. 아오마메는 혈액의 흐름에 귀를 기울이고 내장이 말하는 무언의 메시지를 수신했다. 얼굴 근육을 크게 움직여 다양한 표정을 만들면서 그 메시지를 곱씹었다.

그리고 그녀는 샤워로 땀을 씻어냈다. 체중계에 올라가 큰 변화가 없다는 것을 확인했다. 거울 앞에 서서 젖가슴의 크기와 음모의 모양새가 달라지지 않은 것을 확인하고, 한껏 얼굴을 일그러뜨렸다. 여느 때와 똑같은 아침 의식이다.

욕실을 나오자 아오마메는 활동하기 편한 위아래 저지를 입었다. 그리고 시간을 때우기 위해 집 안의 물건들을 다시 한번 점검해보기로 했다. 우선 주방부터 점검에 들어갔다. 그곳에 어떤 식품이 준비되어 있고 어떤 그릇과 조리도구들이 갖춰져 있는지. 그녀는 그 하나하나를 머릿속에 기록해나갔다. 비축된 식료품을 어떤 순서로 먹어치워야 할지, 대략적인 계획을 세웠다. 그녀가 대강 계산해본 바로는, 이 집에서 단 한 걸음도 밖에 나가지 않더라도 최소한 열흘은 배곯는 일 없이 살 수 있다. 의식적으로 절약한다면 아마 이 주일도 버틸 것이다. 그만한 양의 식료품이 준비되어 있었다.

그다음에는 잡화의 비축량을 꼼꼼히 조사했다. 화장지, 티슈페이퍼, 세제, 쓰레기봉투. 부족한 건 하나도 없었다. 모든 물건을 주의 깊게 사들였고 매우 치밀하게 정리되어 있다. 아마도 이 준비에는 여자가 관여했을 것이다. 숙련된 주부의 세밀함이 엿보였다. 서른 살의 건강한 독신여성이 단기간 혼자 생활하기 위해 무엇이 얼마나 필요한지, 세심한 부분까지 면밀하게 계산되어 있다. 남자가 할 수 있는 일이 아니다. 신중하고 관찰력이 뛰어난 게이 남자라면 가능할지도 모르지만.

침실의 이불장에는 시트와 담요, 이불 커버와 베개의 예비분까지 일습이 구비되어 있었다. 새로 사들인 침구의 냄새가 났다. 물론 모조리 무늬 없는 흰색이다. 장식은 일절 배제되어 있다. 거기에는 취미나 개성이 필요하지 않다.

거실에는 텔레비전과 비디오데크와 소형 스테레오가 놓여 있었다. 레코드플레이어와 카세트데크가 딸려 있다. 창문 맞은편 벽에는 허리 높이의 목제 사이드보드가 있고, 몸을 숙여 문짝을 열자 그 안에 스무 권 남짓한 책이 꽂혀 있었다. 누군지는 모르지만 아오마메가 이곳에 숨어 있는 동안 따분하지 않게 지낼 수 있도록 마음을 써준 것이리라. 세심한 배려가 깃들어 있다. 책은 모두 하드커버의 새 책으로, 페이지를 넘긴 흔적은 없었다. 대충 제목을 훑어보니 최근에 화제가 된 신간 중심이었다. 아마 대형 서점에 잔뜩 쌓여 있는 것 중에서 골라왔을 테지만, 그래도 일정한 선택의 기준 같은 것이 보였다. 취향까지는 아니어도 기준은 있다. 픽션과 논픽션이 대략 반반. 그 선택 속에 「공기 번데기」도 포함되어 있었다.

아오마메는 작게 고개를 끄덕이며 그 책을 집어들고 거실 소파에 앉았다. 소파에는 부드러운 햇볕이 비쳐들었다. 두꺼운 책이 아니다. 가볍고 활자도 크다. 그녀는 표지를 보고, 그곳에 인쇄된 후카에리라는 저자명을 보고, 손바닥 위에 얹어 무게를 재보고, 띠지에 적힌 광고 카피를 읽었다. 그리고 책냄새를 맡았다. 새 책 특유의 냄새가 났다. 그 책에는, 이름은 인쇄되어 있지 않지만, 덴고라는 존재가 포함되어 있다. 그곳에 인쇄된 문장은 덴고의 몸을 거쳐 나왔다. 아오마메는 마음을 가라앉히고 첫 장을 펼쳤다.

찻잔과 헤클러&코흐는 그녀의 손이 닿는 곳에 놓여 있었다.

제18장 덴고

Q

과묵한 외톨이 위성

"그 사람, 바로 가까이에 있을지도." 후카에리는 아랫입술을 깨물며 진지하게 잠시 생각하고는 그렇게 말했다.

덴고는 테이블 위에서 다시 양손을 깍지 끼며 후카에리의 눈을 응시했다. "바로 가까이에? 그러니까, 여기 고엔지에 있다는 거야?"

"여기서 걸어서 갈 수 있는 곳."

네가 그걸 어떻게 아느냐고 덴고는 묻고 싶었다. 하지만 그런 질문을 해본들 대답이 돌아올 리 없다. 덴고도 이제 그런 정도는 예측할 수 있었다. 예스와 노만으로 대답할 수 있는 질문을 해야 한다.

"그럼 이 근처를 찾아보면 아오마메를 만날 수 있을까?" 덴고는 물었다.

후카에리는 고개를 저었다. "그냥 돌아다니면 못 만나요."

"여기서 걸어갈 수 있는 곳에 있긴 한데, 그냥 돌아다니며 찾으면 만날 수 없다. 그런 얘기니?"

"숨어 있어서."

"숨어 있어?"

"상처입은 고양이처럼."

아오마메가 몸을 둥그렇게 말고 어딘가 곰팡이 핀 마루 밑에 몸을 숨기고 있는 모습이 덴고의 머릿속에 떠올랐다. "어째서? 그리고 누구를 피해 숨어 있지?" 그는 질문했다.

당연히 대답은 돌아오지 않았다.

"하지만 숨어 있다는 걸 보면, 그녀가 뭔가 위험한 상황에 처했다는 거구나." 덴고는 물었다.

"위험한 상황." 후카에리는 덴고가 한 말을 반복했다. 그리고 눈앞에 쓰디쓴 약을 받아놓은 어린아이 같은 얼굴을 했다. 그 말의 느낌이 영 마음에 들지 않는 모양이다.

"이를테면 누군가에게 쫓긴다거나." 덴고는 물었다.

후카에리는 고개를 갸우뚱했다. 모르겠다는 뜻이다. "하지만 언제까지나 이 근처에 있는 건 아니에요."

"시간은 한정되어 있다."

"한정되어 있어요."

"하지만 그녀는 상처입은 고양이처럼 이 근처 어딘가에 몰래 숨어 있고, 그래서 이 근처를 유유자적 돌아다닐 일은 없다."

"돌아다니지는 못해요." 아름다운 소녀는 단호하게 말했다.

"그러니까 나는 어딘가 특별한 곳을 찾아봐야 한다."

후카에리는 고개를 끄덕였다.

"그건 어떤 식으로 특별한 곳일까?" 덴고는 물었다.

말할 것도 없는 일이지만, 대답은 돌아오지 않았다.

"그 사람에 대해 당신은 생각나는 게 몇 가지 있을 거예요." 후카에리는 잠시 시간이 지난 뒤에 그렇게 말했다. "그게 도움이 될지도."

"도움이 된다." 덴고는 말했다. "그녀에 대해 내가 뭔가를 생각해내면 숨어 있는 장소에 대한 힌트를 얻을 수 있다는 얘기야?"

그녀는 대답하지 않고 그저 슬쩍 어깨를 움츠렸다. 아마도 긍정의 뉘앙스일 것이다.

"고마워." 덴고는 감사인사를 했다.

후카에리는 흡족한 고양이처럼 가만히 고개를 끄덕였다.

덴고는 주방에서 저녁 준비를 했다. 후카에리는 레코드 선반에서 열심히 레코드를 고르고 있었다. 그리 많은 레코드가 있는 것도 아닌데, 선택하는 데 몹시 시간이 걸렸다. 숙고를 거듭한 끝에 롤링 스톤스의 낡은 앨범을 꺼내 턴테이블에 얹고 바늘을 올려놓았다. 고등학생 때 누군가에게서 빌려왔는데 왜 그랬는지 돌려주지 않은 레코드다. 상당히 오랫동안 들어본 일이 없다.

덴고는 〈마더스 리틀 헬퍼〉〈레이디 제인〉을 들으며 햄과 버섯과 브라운 라이스를 넣어 필라프를 만들고 두부와 미역 된장국을 끓였다. 콜리플라워를 데치고 만들어둔 카레 소스를 거기에 끼얹었다. 강낭콩과 양파로 야채샐러드도 만들었다. 요리는 덴고에게는 힘든 일이 아니다. 그는 요리를 하면서 생각을 정리하는 게 습관이 되었다. 일상적인 문제에 대해, 수학 문제에 대해, 소설에 대해, 혹은 형이상학적인 명제에 대해. 주방에 서서 부지런히 손을 놀리면 아무것도 하지 않을 때보다 체계를 세워 생각하는 게 더 잘되었다. 하지만 아무리 생각해도 후카에리가 말하는 '특별한 장소'가 어떤 곳인지 전혀 짚이는 게 없었다. 원래부터 체계가 없는 것에 체계를 세워보려고 해도 그건 쓸데없는 시도일 뿐이었다. 결국 가 닿을 곳은 한정적이었다.

두 사람은 테이블에 마주앉아 저녁을 먹었다. 대화라고 할 만한 건 오가지 않았다. 권태기를 맞은 부부처럼 묵묵히 음식을 입에 넣으며 저마다 다른 것을 생각하고 있었다. 혹은 아무것도 생각하지 않았다. 특히 후카에리의 경우는 그 차이를 구별하기가 무척 어렵다. 식사가 끝나자 덴고는 커피를 마시고 후카에리는 냉장고에서 푸딩을 꺼내 먹었다. 그녀는 뭘 먹어도 표정에 변화가 없다. 입에 넣고 씹는 것밖에는 아무것도 머릿속에 없는 것처럼 보인다.

덴고는 책상 앞에 앉아 후카에리가 일러준 말에 따라 아오마메에 대해 뭔가 생각해내려고 노력했다.

그 사람에 대해 생각나는 게 몇 가지 있을 것이다. 그게 도움이 될지도.

하지만 덴고는 거기에 의식을 집중할 수가 없었다. 롤링 스톤스의 또다른 앨범이 걸려 있었다. 〈리틀 레드 루스터〉, 믹 재거가 시카고 블루스에 심취해 있을 무렵의 연주다. 나쁘지 않다. 하지만 깊은 사색을 하거나 진지하게 기억을 파헤치려는 사람을 고려해서 만든 음악이 아니다. 롤링 스톤스라는 밴드에는 그런 종류의 친절함은 거의 없다. 어딘가 조용한 곳에서 혼자가 될 필요가 있다고 그는 생각했다.

"잠깐 밖에 나갔다올게." 덴고는 말했다.

후카에리는 손에 든 롤링 스톤스의 앨범 재킷을 바라보며, 마음대로 하라는 듯 고개를 끄덕였다.

"누가 와도 문 열어주면 안 돼." 덴고는 말했다.

긴소매 남색 티셔츠에 세로 주름이 완전히 사라져버린 카키색 치노 바지, 그리고 운동화를 꿰신고 덴고는 역을 향해 잠시 걷다가 역 앞의 '무기아타마(麥頭)'라는 가게에 들어갔다. 그리고 생맥주를 주문했다. 술과 가벼운 안주를 내주는 가게였다. 작은 가게여서 손님이 스무 명쯤 들어서면 가득 차버린다. 전에 몇 번 이 가게를 찾은 일이 있었다. 심야 가까운 시간에는 젊은 치들로 북적거리지만, 일곱시부터 여덟시까지의 저녁시간에는 비교적 손님이 적어서 그 조용한 느낌이 좋았다. 혼자서 한쪽 구석자리에 앉아 맥주를 마시며 책을 읽기에 알맞다. 의자도 편하다. 이 가게의 이름을 어디서 따온 것인지, 무슨 뜻인지는 알 수 없었다. 점원에게 물어봐도 되겠지만, 덴고는 알지 못하는 사람과 그런 이야기를 잘하는 편이 못 된다. 게다가 가게 이름의 내력을 알지 못해도 그것 때문에 딱히 불편할 일도 없다. 그곳은 아무튼 '무기아타마'라는 이름을 가진 꽤 편안한 분위기의 가게다.

고맙게도 가게 안에 음악은 흐르지 않았다. 덴고는 창가 테이블에 앉아 칼스버그 생맥주를 마시고 작은 볼에 담긴 믹스너츠를 먹으며 아오마메를 생각했다. 아오마메의 자취를 더듬는 건 그 자신이 열 살 소년으로 되돌아가는 일이기도 했다. 그의 인생의 크나큰 전환점을 다시 체험하는 일이기도 했다. 열 살 때 그는 아오마메에게 손을 붙잡혔고, 그뒤에 아버지를 따라 NHK 수신료를 수금하러 다니는 것을 거부했다. 그 얼마 뒤에는 발기와 사정을 경험했다. 그것이 덴고에게는 인생의 한 전기였다. 물론 아오마메에게 손을 잡히지 않았어도 그 전환은 찾아왔을 것이다. 늦건 빠르건. 하지만 아오마메가 그를 격려하고 그같은 변화를 촉구해주었다. 등을 가만히 밀어주듯이.

그는 왼쪽 손바닥을 펼쳐 오랫동안 바라보았다. 열 살 소녀가 이 손을 잡아 그의 내면에 있던 뭔가를 크게 바꿔버렸다. 어떻게 그런 일이 일어날 수 있었는지, 앞뒤 맥락을 맞춰 조리 있게 설명할 수는 없다. 하지만 두 사람은 그때 지극히 자연스럽게 서로를 이해하고 받아들였다. 거의 기적적일 만큼, 구석구석까지 모조리. 그런 일은 인생에서 몇 번씩 일어나는 게 아니다. 아니, 사람에 따라서는 단 한 번도 일어나지 않을지도 모른다. 하지만 그때는 그것이 얼마나 결정적인 의미를 가진 일인지 덴고는 이해하지 못했다. 아니, 꼭 그때만이 아니다. 바로 최근까지도 거기에 담긴 의미를 제대로는 이해하지 못하고 있었다. 그는 그저 막연히 소녀의 이미지를 마음속에 계속 품고 있었을 뿐이다.

그녀는 서른 살이 되어 지금은 겉모습도 많이 달라졌으리라. 키도 크고 가슴도 커졌을 것이고 머리 모양도 당연히 바뀌었을 것이다. 만일 '증인회'를 탈퇴했다면 그렇다는 말이지만, 화장도 하고 다닐 것이다. 어쩌면 값비싼 세련된 옷을 멋지게 입고 다니는지도 모른다. 캘빈클라인 정장을 차려입고 하이힐을 신고 거리를 당당하게 걸어가는 아오마메의 모습을 덴고는 상상할 수 없었다. 하지만 물론 얼마든지 있을 수 있는 일이다. 인간은 성장하는 것이고 성장한다는 건 변화를 이뤄내는 일이다. 어쩌면 그녀가 지금 이 가게 안에 있는데 자신이 알아보지 못하고 있을지도 모른다.

그는 맥주잔을 기울이며 새삼 주위를 둘러보았다. 그녀는 이 근처에 있다. 걸어서 갈 수 있는 거리에. 후카에리는 그렇게 말했다. 그리고 덴고는 후카에리의 말을 그대로 받아들였다. 그 소녀가 그렇게 말한다면 아마도 그럴 것이다.

하지만 가게 안에는 덴고 말고는 대학생으로 보이는 젊은 커플이 카운터 자리에 나란히 앉아 얼굴을 맞대다시피 하고 뭔가를 열심히 정답게 이야기하고 있을 뿐이었다. 그 두 사람을 보고 있으려니 덴고는 오랜만에 깊은 쓸쓸함을 느꼈다. 이 세계에서 나는 고독하다, 덴고는 생각했다. 나는 어느 누구와도 이어져 있지 않다.

덴고는 가볍게 눈을 감고 의식을 집중하여 초등학교 교실 정경을 머릿속에 그려보았다. 어젯밤, 격렬한 뇌우 속에서 후카에리와 함께 했을 때, 그는 눈을 감고 그곳을 찾아갔었다. 리얼하게, 매우 구체적으로. 그래서 그의 기억은 여느 때보다 더욱 선명한 것으로 다가왔다. 마치 그곳을 뒤덮고 있던 먼지가 밤새 내린 비에 깨끗이 씻겨나간 것처럼.

불안과 기대와 두려움이, 휑한 교실 구석구석에 흩어져 겁 많은 작은 동물처럼 다양한 사물들 속에 은밀히 몸을 숨기고 있었다. 수식(數式)을 지운 흔적이 남아 있는 칠판, 부러져 짤막해진 분필, 햇볕에 그을린 싸구려 커튼, 교단 꽃병에 꽂힌 꽃(꽃 이름까지는 생각나지 않는다), 벽에 압정으로 꽂아둔 아이들의 그림, 교단 뒤편에 걸린 세계전도, 마룻바닥의 왁스 냄새, 바람에 흔들리는 커튼, 창밖에서 들려오는 환호성…… 그곳에 존재하는 정경을 덴고는 극명하게 머릿속에 재현할 수 있었다. 그곳에 담겨 있던 징조와 계획과 수수께끼를 하나하나 눈으로 더듬어갈 수 있었다.

아오마메에게 손을 잡혔던 수십 초 동안 덴고는 무척 많은 것을 목격했고, 마치 카메라처럼 정확하게 그 영상을 망막에 새겨두었다. 그것은 그가 고통에 찬 십대를 살아나가는 데 밑받침이 되어준 정경의 하나였다. 그 정경은 항상 소녀의 강한 손가락 감촉과 함께였다. 그녀의 오른손은 고통에 허덕이며 어른이 되어가는 덴고에게 항상 변함없이 용기를 불어넣었다. 괜찮아, 너한테는 내가 있어. 그 손은 그렇게 말했다.

너는 고독하지 않아.

그녀는 가만히 숨어 있다. 후카에리는 그렇게 말했다. 상처입은 고양이처럼.

생각해보면 신비한 인연이다. 후카에리도 역시 이곳에 몸을 숨기고 있다. 덴고의 아파트에서 한 걸음도 밖으로 나오지 않는다. 이 도쿄 한귀퉁이에 두 명의 여자가 몸을 숨기고 있다. 뭔가에서 도망치고 있다. 둘 다 덴고와 깊은 관련이 있는 사람들이다. 여기에는 뭔가 공통된 요인이 있는 것일까. 그게 아니면 우연의 일치에 지나지 않는걸까.

물론 대답은 돌아오지 않는다. 그저 의문이 한없이 터져나올 뿐이다. 너무도 많은 의문, 너무도 적은 대답. 언제나 그렇다.

맥주를 다 마시자 젊은 남자 점원이 다가와 더 필요한 건 없느냐고 물었다. 덴고는 잠시 망설이다가 버번 온더록스와 믹스너츠를 추가로 주문했다. 버번은 포 로지스밖에 없는데 그래도 괜찮겠느냐고 점원이 물었다. 괜찮다고 덴고는 대답했다. 뭐든 좋다. 그리고 다시 아오마메에 대해 생각했다. 가게 안쪽 조리실에서 피자를 굽는 고소한 냄새가 풍겨왔다.

아오마메는 대체 누구를 피해 몸을 숨기고 있는 걸까. 어쩌면 사직당국의 눈을 피해 도망다니고 있는지도 모른다, 고 덴고는 생각했다. 하지만 그녀가 범죄자가 되어 있으리라고는 도저히 생각할 수 없었다. 그녀가 대체 어떤 범죄를 저지른단 말인가. 아니, 경찰 같은 건 아니다. 아오마메의 뒤를 쫓고 있는 게 누구든, 무엇이든, 법률과는 관계없는 일일 것이다.

혹시 후카에리를 뒤쫓고 있는 것과 똑같은 것이 아닐까, 덴고는 문득 생각했다. 리틀 피플? 하지만 어째서, 무엇 때문에 리틀 피플이 아오마메를 추적하는 거지?

하지만 정말로 그들이 아오마메를 추적한다고 가정하면 그 중간 역할을 하고 있는 건 바로 나라는 얘기인지도 모른다. 어째서 자신이 그런 일의 중간 역할을 해야 하는 건지, 덴고는 물론 이해할 수는 없었다. 하지만 만일 후카에리와 아오마메라는 두 여자를 연결하는 요인이 있다면 그건 덴고 말고는 있을 리 없다. 나도 모르는 사이에 나는 어떤 힘을 행사하여 아오마메를 내 가까이로 끌어당기고 있었는지도 모른다.

어떤 힘?

그는 자신의 양손을 바라보았다. 모르겠다. 대체 내 어디에 그런 힘이 있지?

포 로지스의 온더록스가 나왔다. 새 너츠 볼도. 그는 포 로지스를 한 모금 마시고 믹스너즈를 몇 개 손바닥에 담아 주사위처럼 가볍게 흔들었다.

　어떻든 아오마메는 이 구역 어딘가에 있다. 여기서 걸어갈 수 있을 만한 곳에. 후카에리는 그렇게 말했다. 그리고 나는 그것을 믿는다. 왜냐고 물으면 대답할 말은 궁하지만, 아무튼 믿는다. 하지만 어떻게 해야 어딘가에 몸을 숨기고 있는 아오마메를 찾을 수 있을까. 평범하게 사회생활을 영위하는 사람을 찾는 일도 그리 간단하지 않다. 게다가 의도적으로 숨어버리기까지 했다면 당연히 일은 한참 더 복잡해진다. 확성기로 그녀의 이름을 부르며 돌아다니면 될까. 설마, 그런 짓을 해본들 고분고분 나와줄 리 없다. 주위의 이목을 끌어 오히려 그녀를 더 큰 위험에 빠뜨릴 뿐이다.

　뭔가 내가 기억해내야 하는 게 분명히 있을 거야, 덴고는 생각했다.

　"그 사람에 대해 당신은 생각나는 게 몇 가지 있을 거예요. 그게 도움이 될지도." 후카에리는 말했다. 하지만 그녀가 그렇게 말하기 전부터 덴고에게는 아오마메에 관해 자신이 뭔가 중요한 사실 한 가지를 기억해내지 못한 게 아닌가, 하는 느낌이 줄곧 있었다. 그것이 구두 속에 들어간 작은 돌멩이처럼 이따금 그를 불안한 마음으로 몰고 갔다. 막연하기는 하지만, 절실하게.

　덴고는 칠판을 지우듯이 의식을 아주 깨끗이 치워놓고 다시 기억 속으로 파고들었다. 아오마메에 대해, 자기 자신에 대해, 두 사람의 주위에 있었던 사물들에 대해, 어부가 그물을 당기듯이 기억의 부드러운 흙탕물 바닥을 퍼올렸다. 하나하나의 사물을 순서를 세워 꼼꼼하게 되짚어나갔다. 하지만 아무리 그래도 벌써 이십 년 전에 일어난 일이다. 그때의 광경을 아무리 선명하게 기억하고 있다고 해도, 구체적으로 생각해낼 수 있는 건 역시 한계가 있다.

그래도 그곳에 있던 무언가를, 그리고 지금까지 놓치고 지나온 무언가를 덴고는 찾아내야 한다. 그것도 여기서 지금 즉시. 그러지 않으면 이 구역 어딘가에 있을 아오마메를 찾아내는 건 불가능한 일이되고 말지도 모른다. 후카에리의 말을 그대로 믿는다면, 시간은 한정되어 있다. 그리고 뭔가가 그녀를 추적하고 있다.

그는 시선에 대해 생각해보기로 했다. 아오마메가 그곳에서 무엇을 보고 있었는가. 그리고 덴고 자신은 무엇을 보았는가. 시간의 흐름과 시선의 움직임을 따라 다시 되짚어보자.

소녀는 덴고의 손을 꼭 잡으며 덴고의 얼굴을 똑바로 바라보았다. 그녀는 그 시선을 잠시도 돌리지 않았다. 덴고는 처음에는 그녀가 취한 행동의 의미를 전혀 이해하지 못해 설명을 청하듯이 상대의 눈을 보았다. 여기에는 뭔가 오해가 있는 게 틀림없다. 어쩌면 자신이 뭔가 잘못한 게 있는지도 모른다. 덴고는 그렇게 생각했다. 하지만 거기에는 오해도 없었고 잘못도 없었다. 그가 깨달은 것은 소녀의 눈동자가 놀랄 만큼 깊고 맑다는 것이었다. 그토록 순수하게 맑고 투명한 한 쌍의 눈을 그는 그때까지 한 번도 본 적이 없었다. 투명하면서도 바닥이 보이지 않을 만큼 깊은 샘. 오래도록 들여다보면 그 속에 빨려들 것만 같았다. 그래서 상대의 눈에서 달아나듯이 덴고는 시선을 돌렸다. 돌리지 않을 수가 없었다.

먼저 그는 발치의 마룻바닥을 바라보고, 인적 없는 교실 문을 바라보고, 그러고는 슬그머니 고개를 돌려 창밖으로 눈길을 던졌다. 그 동안에도 아오마메의 시선은 흔들림이 없었다. 그녀는 창밖을 바라보는 덴고의 눈을 그대로 응시하고 있었다. 그녀의 시선을 그는 얼얼하게 피부로 느낄 수 있었다. 그리고 그녀의 손가락은 변함없는 힘으로 덴고의 왼손을 꼭 쥐고 있었다. 그 악력에는 한 치의 흔들림도 망설임도 없었다. 그녀는 두려워하지 않았다. 그녀가 두려워할 일이라고는 아무것도 없었다. 그녀는 그런 마음을 손가락을 통해 덴고에게 전하려 하고 있었다.

청소가 끝난 뒤였기 때문에 교실 창문은 환기를 위해 활짝 열려 있었고 하얀 커튼이 느릿느릿 바람에 살랑이고 있었다. 그 너머에는 하늘이 펼쳐져 있었다. 12월이었지만 아직 그다지 춥지는 않았다. 하늘 높은 곳에는 구름이 떠 있다. 가을의 자취가 남은 곧게 뻗은 하얀 구름이다. 방금 전에 붓으로 선을 그은 듯한 구름. 그리고 그곳에는 무언가가 있었다. 무언가가 그 구름 아래 떠 있었다. 해? 아니, 그게 아니다. 그건 해가 아니다.

덴고는 숨을 멈추고 관자놀이에 손끝을 짚고 기억을 보다 깊은 곳까지 들여다보려고 했다. 금세라도 끊겨버릴 듯한 그 의식의 가느다란 실을 조심조심 더듬어나갔다.

그래, 그곳에는 달이 있었다.

아직 해가 저물기에는 시간이 한참 남아 있었지만, 거기에는 달이 둥실 떠 있었다. 4분의 3 크기의 달이다. 아직 이렇게 환한 때에 저렇게 크고 선명한 달을 볼 수 있구나, 덴고는 감탄했다. 그렇게 감탄했던 게 생각난다. 그 무감각한 회색 바윗덩어리는 마치 눈에 보이지 않는 실 끝에 매달린 듯한 모양새로 하릴없이 하늘 나지막한 곳에 떠 있었다. 그곳에는 왠지 인공적인 분위기가 감돌았다. 얼핏 보면 연극 소도구로 쓰이는, 가짜 달처럼 보였다. 하지만 그건 물론 진짜 달이 다. 당연하다. 아무도 진짜 하늘에 정성과 시간을 들여가며 가짜 달을 걸어놓지는 않는다.

문득 깨달았을 때, 아오마메는 이미 덴고의 눈을 보고 있지 않았다. 그 시선은 그가 보는 것과 똑같은 곳을 향하고 있었다. 아오마메도 그와 똑같이 그곳에 뜬 대낮의 달을 빤히 바라보고 있었다. 덴고의 손을 단단히 잡고, 몹시 진지한 표정으로. 덴고는 다시 그녀의 눈을 보았다. 그녀의 눈동자는 이제 조금 전처럼 맑지는 않았다. 그건 한순간의, 아주 특별한 순간의 맑음이었던 것이다. 하지만 대신 이제 그곳에는 단단한 결정(結晶)이 보였다. 그것은 반들거리면서도 동시에 서릿발을 떠올리는 냉엄함을 담고 있었다. 그것이 대체 무엇을 의미하는지, 덴고는 알지 못했다.

이윽고 소녀는 분명하게 마음을 정한 모양이었다. 잡고 있던 손을 갑작스럽게 놓고 등을 휙 돌리고는 한마디 말도 없이 빠른 걸음으로 교실을 나갔다. 한 번도 뒤를 돌아보지 않고, 덴고를 깊은 공백 속에 혼자 버려두고.

덴고는 눈을 뜨고 의식의 집중을 풀고 깊은 숨을 토해내고, 버번 위스키를 한 모금 마셨다. 그것이 목구멍을 지나 식도를 타고 내려가는 감촉을 맛보았다. 그리고 다시 숨을 들이쉬고 토해냈다. 아오마메의 모습은 이제 보이지 않았다. 그녀는 등을 돌리고 교실 밖으로 나가버린 것이다. 그리고 그의 인생에서 자취를 감춰버렸다.

그리고 이십 년이 흘렀다.

달이야, 하고 덴고는 생각했다.

나는 그때 달을 보고 있었어. 그리고 아오마메도 역시 똑같은 달을 보고 있었다. 오후 세시 반의 아직 환한 하늘에 떠 있던, 잿빛을 띤 바윗덩어리. 과묵한 외톨이 위성. 두 사람은 나란히 그 달을 보았다. 하지만 그것이 대체 무엇을 의미하는 것일까. 달이 나를 아오마메가 있는 곳으로 인도해준다는 것일까.

아오마메는 그때 어떤 마음을 은밀하게 달에 맡겼는지도 모른다, 덴고는 문득 생각했다. 그녀와 달 사이에 뭔가 밀약 같은 것이 맺어졌는지도. 달을 향한 그녀의 시선에는 그같은 상상을 이끌어낼 만한, 무서울 만큼 진지한 것이 담겨 있었다.

그때 아오마메가 달에게 무엇을 바쳤는지는 물론 알지 못한다. 하지만 달이 그녀에게 부여했던 것은 덴고도 대략 상상이 되었다. 그것은 아마도 순수한 고독과 고요함이었으리라. 그것은 달이 사람에게 내줄 수 있는 가장 좋은 것이니까.

덴고는 술값을 치르고 '무기아타마'를 나왔다. 그리고 하늘을 올려다보았다. 달은 보이지 않았다. 하늘은 맑으니까 어딘가에 달이 떠 있을 터였다. 하지만 주위가 빌딩으로 에워싸인 도로 위에서는 그 모습을 볼 수 없다. 그는 주머니에 손을 집어넣은 채 달을 찾아 이 길 저 길을 걸었다. 어딘가 시야가 트인 곳으로 가고 싶었지만, 고엔지에서는 그런 곳을 쉽게 찾을 수 없다. 웬만한 비탈길도 찾기가 어려올 만큼 평평한 지역이다. 약간 높직하다고 할 만한 장소도 없다. 사방을 내다볼 수 있는 빌딩 옥상에라도 올라가면 좋을 테지만, 주위에는 옥상에 올라갈 만한 적당한 빌딩이 눈에 띄지 않았다.

하지만 정처 없이 걷는 사이에 근처에 어린이공원이 있다는 게 생각났다. 산책하는 길에 그 앞을 지난 적이 있었다. 큰 공원은 아니지만 거기에는 분명 미끄럼틀이 있었다. 그 위에 올라가면 하늘을 제대로 볼 수 있을지도 모른다. 그리 대단한 높이는 아니지만 땅바닥에 서 있는 것보다는 전망이 좋으리라. 그는 그 공원 쪽으로 걸어갔다. 손목시계의 바늘은 여덟시 가까운 시각을 가리키고 있었다.

공원에는 인적이 없었다. 한가운데 수은등 하나가 높직이 섰고 그 불빛이 공원을 구석구석까지 비추고 있었다. 커다란 느티나무가 있었다. 그 잎사귀는 아직 촘촘하게 무성하다. 몇몇 키 낮은 정원수가 있고, 수돗가가 있고, 벤치가 있고, 그네가 있고, 미끄럼틀이 있었다. 공중화장실도 있지만 그건 구청 직원이 저녁나절이면 잠가놓게 되어 있다. 밤사이에 노숙자들의 접근을 막기 위해선지도 모른다. 낮 시간이면 유치원에 들어가기 전의 아이들을 데리고 나온 젊은 엄마들이 아이들을 뛰어놀게 해주고 자신들은 신나게 수다를 떨곤 했다. 덴고는 몇 번 그런 광경을 목격했다. 하지만 날이 저물면 그곳을 찾는 이는 거의 없다.

덴고는 미끄럼틀 위에 올라가 밤하늘을 올려다보았다. 공원 북측에 6층짜리 새 맨션이 있었다. 이전에는 없던 건물이었다. 최근에 들어선 것이리라. 그 건물이 북쪽 하늘을 벽처럼 가로막고 있었다. 하지만 그 이외의 방향에는 키 낮은 건물들밖에 없다. 덴고는 한 바퀴 주위를 둘러보다 남서쪽 방향에서 달을 발견했다. 달은 낡은 단독주택 2층 지붕 위에 떠 있었다. 달은 4분의 3 크기였다. 이십 년 전의 달과 똑같다, 고 덴고는 생각했다. 똑같은 크기, 똑같은 모양. 우연의 일치. 아마도.

하지만 초가을 밤하늘에 뜬 달은 뚜렷하고 환하고 이 계절 특유의 내성적인 따스함을 지니고 있었다. 12월 오후 세시 반에 하늘에 뜬 달과는 느낌이 크게 다르다. 그 온화한 자연의 빛은 인간의 마음을 치유하고 진정시켜준다. 맑은 시내의 졸졸거림이나 나뭇잎들의 다정한 수런거림이 인간의 마음을 치유하고 진정시켜주는 것과 마찬가지로.

덴고는 미끄럼틀 위에 선 채, 그 달을 오래도록 올려다보았다. 간조 7호선 방향에서는 다양한 사이즈의 타이어 소리가 뒤섞인, 바다 울음을 닮은 소리가 들려왔다. 그 소리는 덴고에게 문득 아버지가 있는 지바 현 바닷가의 요양소를 떠올리게 했다.

도시의 세속적인 전등 불빛이 언제나처럼 별의 자취를 지워버리고 있었다. 하늘은 깨끗하게 맑았지만 몇몇 특별히 밝은 별들만 군데군데 희미하게 보일 뿐이다. 하지만 그래도 달은 또렷하게 보였다. 달은 조명에도, 소음에도, 오염된 공기에도 불평 한 마디 없이 성실하게 그곳에 떠 있었다. 찬찬히 바라보면 그 거대한 크레이터며 계곡이 만들어내는 기묘한 그림자를 알아볼 수도 있었다. 달의 반짝임을 무심히 바라보는 사이에 덴고 안에 고대로부터 이어져내려온 기억 같은 것이 차례차례 불려나왔다. 인류가 불이며 도구며 언어를 손에 넣기 전부터 달은 변함없이 사람들 편이었다. 그것은 하늘이 준 등불

로서 때로는 암흑의 세계를 환하게 비추어 사람들의 공포심을 달래주었다. 그 차오르고 이지러지는 모습은 사람들에게 시간관념을 부여해주었다. 달의 그같은 무상의 자비에 대한 감사의 마음은, 대부분의 지역에서 밤의 어둠이 쫓겨나버린 현재에도 인류의 유전자 속에 강하게 각인되어 있는 것 같았다. 집합적인 따스한 기억으로.

생각해보면 이렇게 달을 찬찬히 바라보는 것도 무척 오랜만이다, 덴고는 생각했다. 달을 올려다본 게 언젯적 일인가. 도시에서 하루하루를 다급하게 보내노라면 자칫 발치만 보며 살아가게 된다. 밤하늘에 눈길을 보내는 것조차 잊고 살아간다.

그리고 덴고는 그 달에서 조금 떨어진 하늘 한귀퉁이에 또 하나의 달이 떠 있다는 것을 깨달았다. 처음에 그는 그것을 착시라고 생각했다. 어쩌면 광선이 만들어낸 어떤 일루전일 거라고. 하지만 몇 번을 봐도 그곳에는 뚜렷한 윤곽을 가진 두번째 달이 있었다. 그는 잠시 말을 잃고 입을 벌린 채 그저 멍하니 그쪽 방향을 바라보고 있었다. 자신이 무엇을 보고 있는지, 의식을 제어할 수가 없었다. 윤곽과 실체가 제대로 하나가 되지 않았다. 마치 관념과 언어가 결속하지 않을 때처럼.

또 하나의 달?

눈을 감고 양쪽 손바닥으로 뺨을 쓱쓱 문질렀다. 대체 내가 어떻게 된 건가, 덴고는 생각했다. 술을 그리 많이 마신 것도 아니다. 그는 조용히 숨을 들이쉬고 조용히 숨을 토해냈다. 의식이 또렷한 상태라는 것을 확인했다. 자신이 누구고 지금 어디에 있고 무엇을 하고 있는지, 눈을 감은 암흑 속에서 새삼 확인했다. 1984년 9월, 가와나 덴고, 스기나미 구 고엔지, 어린이공원, 밤하늘에 뜬 달을 올려다보고 있다. 틀림없다.

그리고는 조용히 눈을 뜨고 다시 하늘을 올려다보았다. 냉정한 마음으로, 주의 깊게. 하지만 그곳에는 역시 달이 두 개 떠 있었다.

착각이 아니다. 달은 두 개다. 덴고는 그대로 오래도록 오른쪽 주먹을 세게 움켜쥐고 있었다.

달은 변함없이 과묵했다. 하지만 더이상 고독하지는 않다.

제*19*장 아오마메

Q

도터가 깨어날 때는

「공기 번데기」는 환상 이야기 형식을 취하고 있기는 해도 기본적으로 읽기 쉬운 소설이었다. 그것은 열 살 소녀가 이야기하는 형식으로 쓰여 있었다. 어려운 단어도 없고 억지스러운 논리도 없고 군더더기 설명도 없고 배배 꼬아놓은 표현도 없다. 소설은 처음부터 끝까지 소녀에 의해 이야기가 진행된다. 소녀의 말은 알아듣기 쉽고 간결하며 대부분의 경우 편안하게 다가왔지만, 그러면서도 거의 아무것도 설명해주지 않는다. 그녀는 자신의 눈으로 본 것을 일이 흘러가는 대로 이야기하고 있을 뿐이다. 중간에 멈춰 서서 "지금 대체 무슨 일이 일어나고 있는 걸까" "이건 무슨 뜻일까" 하고 고찰하는 일은 없다. 그녀는 천천히, 하지만 적당한 보폭으로 계속 나아간다. 독자는 그 시선을 빌려, 소녀의 걸음에 맞춰 따라가게 된다. 매우 자연스럽게. 그리고 문득 깨닫고 보면 그들은 딴 세계에 들어와 있다. 이곳이 아닌 세계. 리틀 피플이 공기 번데기를 만들고 있는 세계.

처음 10페이지쯤 읽고 아오마메는 우선 그 문체에서 강한 인상을 받았다. 만일 덴고가 이 글을 쓴 것이라면, 그에게는 분명 문장에 대한 뛰어난 재능이 있다. 아오마메가 알던 덴고는 수학의 천재였다. 신동이라고 불렸었다. 어른도 웬만해서는 풀지 못하는 어려운 수학 문제를 별 어려움 없이 풀곤 했다. 수학만큼은 아니지만 다른 과목의 성적도 훌륭해서 무엇을 해도 다른 아이들이 범접하지 못하는 면이 있었다. 덩치도 크고 운동도 잘했다. 하지만 글쓰기가 뛰어났다는 기억은 없다. 아마 당시 그런 재능은 수학의 그늘에 가려 눈에 띄지 않았던 것이리라.

아니면 덴고는 그녀가 하는 이야기를 그저 그대로 문장으로 옮겼을 뿐인지도 모른다. 그 자신의 오리지널리티는 문체에 그다지 관여하지 않았을 수도 있다. 하지만 단지 그것만은 아닐 거라는 마음이 들었다. 그 문장은 얼핏 보기에는 단순하고 무방비하면서도, 세심하게 읽어보면 상당히 주도면밀하게 계산되고 다듬어졌다는 것을 알 수 있다. 지나치게 쓴 부분은 한 군데도 없으면서, 그와 동시에 필요한 것은 빠뜨림 없이 쓰여 있었다. 꾸며주는 말은 최소한만 사용했지만 묘사는 적확하고 색감이 풍성했다. 그리고 무엇보다 문장에서 뛰어난 리듬 같은 것이 느껴졌다. 소리내어 읽지 않더라도 독자는 거기에서 깊은 울림을 들을 수 있었다. 열일곱 살 소녀가 쓸 수 있는 문장이 아니었다.

아오마메는 그런 점들을 확인하고는 그다음을 주의 깊게 읽어나갔다.

주인공은 열 살의 소녀다. 그녀는 산 속에 자리잡은 작은 '모임'에 속해 있다. 그녀의 아버지도 어머니도 그 '모임'에서 공동생활을 한다. 형제자매는 없다. 소녀는 태어나 얼마 뒤에 부모를 따라 이곳에 왔기 때문에 외부세계에 대한 지식을 거의 갖고 있지 않다. 저마다 하루 일과가 바빠서 가족이 얼굴을 마주하고 느긋하게 대화를 할 만한 기회는 별로 없지만, 그래도 사이는 좋다. 낮이면 소녀는 그 지역 초등학교에 다니고 아버지와 어머니는 주로 농사일을 한다. 시간이 나는 대로 아이들도 농사일을 거든다.

'모임'의 어른들은 바깥세계의 풍조를 싫어한다. 자신들이 살아가는 세계는 자본주의의 바다에 뜬 아름다운 고도(孤島)이며 성채라고 그들은 기회가 있을 때마다 말한다. 소녀는 자본주의(때로는 물질주의라고 말하기도 한다)가 무엇인지 알지 못한다. 그저 어른들이 그 말을 할 때마다 귀에 잡히는 경멸에 찬 어조를 보면 그건 아무래도 자연이나 올바름에 어긋나는, 비뚤어진 모습을 가진 것인 듯하다. 자신의 몸이나 생각을 깨끗하게 유지하기 위해 외부세계와는 가능한 한 관련을 맺어서는 안 된다고 소녀는 배운다. 그러지 않으면 마음이 서서히 오염될 것이라고.

'모임'은 50여 명의 비교적 젊은 남녀로 구성되어 있지만, 크게 두 개의 그룹으로 나뉘어 있었다. 하나는 혁명을 목표로 하는 그룹이고, 또 하나는 평화를 지향하는 그룹이다. 그녀의 부모는 어느 쪽인가를 고르라면 후자에 속했다. 아버지는 그곳에 있는 사람들 가운데서 가장 연장자였고, 이 '모임'이 탄생할 때부터 중심적인 역할을 맡고 있었다.

열 살의 소녀는 물론 그러한 양자의 대립구조를 논리적으로 설명하지는 못한다. 혁명과 평화의 차이도 잘 알지 못한다. 혁명은 약간 뾰족한 모양의 생각이고, 평화는 약간 둥그스름한 모양의 생각이라는 인상밖에는 없다. 생각이라는 건 저마다 모양새를 갖고 색감을 갖고 있다. 그리고 달과 똑같이 차오르기도 하고 이지러지기도 한다. 그녀가 아는 건 그 정도였다.

'모임'이 어떻게 해서 만들어졌는가 하는 속사정도 소녀는 잘 알지 못한다. 그저 십여 년 전, 그녀가 태어난 지 얼마 안 되었을 때, 사회에 큰 운동이 일어났고, 사람들은 도시에서의 삶을 버리고 외딴 산속 마을로 옮겨왔다는 이야기를 들었다. 도시에 대해서도 그녀는 그리 많이 알지 못한다. 전철을 타본 적도 없고 엘리베이터를 타본 일도 없다. 3층 이상의 높은 건물을 본 적도 없다. 알지 못하는 일이 너무나도 많다. 그녀가 이해할 수 있는 건 눈으로 보고 손으로 만질 수 있는 주변의 사물뿐이다.

하지만 그래도 소녀의 낮은 시선과 꾸밈새 없는 말투는 그 '모임'이라는 작은 커뮤니티의 성립과정과 생활풍경을, 그리고 그곳에 사는 사람들의 태도나 사고방식을 자연스럽고 생생하게 묘사하고 있었다.

사고방식의 차이는 있지만 그곳에 사는 사람들의 연대감은 단단히 유지되었다. 그들은 자본주의에서 멀리 떨어져 살아가는 것이 선한 일이라는 생각을 공유하고 있었고, 사고방식의 모양새나 색감이 약간 맞지 않더라도 서로 어깨를 맞대지 않고서는 자신들이 살아남을 수 없다는 것을 잘 알고 있었다. 생활은 빠듯했다. 사람들은 하루

하루 쉼 없이 노동을 하고, 야채 농사를 짓고, 근처 지역민들과 물물교환을 하고, 남은 농산물을 판매하고, 가능한 한 대량생산 제품을 쓰는 건 피해가며 자연 속에서의 생활을 영위했다. 그들이 어쩔 수 없이 사용하는 가전제품은 어딘가의 폐품 쓰레기장에서 주워와 수리한 것이고, 그들이 입는 옷의 대부분은 어딘가에서 보내온 헌옷이었다.

그처럼 순수하지만 빡빡한 하루하루의 삶에 순응하지 못해 '모임'을 떠나는 사람도 있었고, 어디선가 소문을 듣고 찾아와 새로 가입하는 사람도 있었다. 떠나는 사람보다 새롭게 들어오는 사람의 수가 많았다. 그래서 '모임'의 인구는 서서히 늘어났다. 그건 그들에게 바람직한 일이었다. 그들이 거주하는 폐촌에는 조금만 손을 보면 아직 사람이 살 수 있는 폐가가 얼마든지 있었고, 일손이 없어 묵혀둔 논밭도 아주 많았다. 일할 사람이 늘어나는 건 대환영이었다.

그곳에는 여덟 명에서 열 명의 아이들이 있었다. 대개는 '모임' 안에서 태어난 아이들로, 가장 나이가 많은 건 주인공 소녀였다. 아이들은 그 지역 초등학교에 다녔다. 모두 함께 걸어서 등교하고 하교했다. 아이들은 그 지역 학교에 다녀야 했다. 그건 법률로 정해진 일이다. 또한 지역민과 우호적인 관계를 유지하는 것은 커뮤니티의 생존을 위해 불가결한 일이라고 '모임' 창시자들은 생각하고 있었다. 하지만 한편으로, 그 지역 아이들이 '모임'의 아이들을 불쾌하게 여겨 따돌리고 괴롭혔기 때문에 '모임'의 아이들은 거의 하나로 뭉쳐서 행동했다. 아이들은 그렇게 하나로 뭉치는 것으로 자신들을 지켰다. 물리적인 위협으로부터, 그리고 마음의 오염으로부터.

그것과는 별도로 '모임' 안에도 독자적인 학교가 만들어져 어른들이 번갈아가며 아이들에게 공부를 가르쳤다. 그들 대부분이 높은 교육을 받았고 교사 자격을 가진 사람도 적지 않았기 때문에 그건 어려운 일이 아니었다. 독자적인 교과서가 만들어지고 기본적인 읽고 쓰기와 산수 교육이 이루어졌다. 화학, 물리학, 생리학, 생물학의 기본을 가르쳤다. 세계의 성립과 구조를 가르쳤다. 세계에는 자본주의와 사회주의라는 두 개의 시스템이 있고 서로 반목하고 있었다. 하지만 두 가지 모두 깊은 문제점을 안고 있고, 대체적으로 세계는 그리 좋지 않은 방향으로 나아가고 있었다. 사회주의는 원래는 높은 이상을 가진 뛰어난 사상이었지만, 이기적인 정치가에 의해 도중에 잘못된 형태로 왜곡되어버렸다. 소녀는 그 '이기적인 정치가' 중 한 사람의 사진을 본 적이 있다. 코가 크고 검은 수염을 기른 그 남자는 그녀에게 악마의 왕을 연상시켰다.

　'모임'에는 텔레비전이 없고 라디오도 특별한 경우를 제외하고는 허가되지 않았다. 신문이나 잡지도 제한되었다. 필요하다고 생각되는 뉴스는 '집회소'의 저녁식사 자리에서 구두로 전해졌다. 그 뉴스 하나하나에, 자리에 모인 어른들은 때로는 환호성을 때로는 찬성할 수 없다는 신음을 흘렸다. 환호성보다는 신음을 흘리는 때가 훨씬 많았다. 그것이 소녀에게는 유일한 미디어 체험이었다. 소녀는 태어난 이후로 영화를 본 적이 없다. 만화를 읽어본 적도 없다. 다만 고전 음악을 듣는 것만은 허락되었다. '집회소'에는 스테레오 설비가 되어 있고, 누군가가 한꺼번에 갖고 들어왔을 터인 수많은 레코드가 있었다. 자유 시간에는 거기에서 브람스의 교향악이나 슈만의 피아노

곡, 바흐의 건반음악과 종교음악을 들을 수 있었다. 그것이 소녀에게는 귀중한, 그리고 거의 유일한 오락이었다.

어느 날, 소녀는 벌을 받게 되었다. 그녀는 그 주의 아침과 저녁에 몇 마리의 산양을 돌보라는 지시를 받았는데, 학교 숙제며 다른 일과를 해내기에 바빠서 그것을 깜박 잊어버렸다. 그다음 날 아침, 가장 나이든 눈 먼 산양이 차갑게 죽어 있는 모습이 발견되었다. 그 일에 대한 징벌로 그녀는 열흘 동안 '모임'에서 격리되는 처분을 받았다.

그 산양은 '모임' 사람들 사이에서 특별한 의미를 가진 산양으로 여겨졌지만, 이미 충분히 나이를 먹었고 질병은—그것이 어떤 병이었는지는 모르지만—그 여윈 몸을 발톱으로 단단히 움켜쥐고 있었다. 누가 돌봐주건 돌봐주지 않건 그 산양이 회복될 가망은 없었다. 죽어가는 건 시간문제였다. 하지만 그렇다고 소녀가 저지른 죄가 경감되는 건 아니었다. 산양의 죽음 자체뿐만 아니라 주어진 책무를 게을리했다는 것이 문제가 되었다. 격리는 '모임' 안에서는 가장 무거운 벌칙의 하나였다.

소녀는 죽은 눈먼 산양과 함께 작고 오래된 흙벽의 광 속에 갇혔다. 그 광은 '반성을 위한 방'으로 불렸다. '모임'의 규칙을 깬 사람에게는 그곳에서 스스로 저지른 죄과를 반성할 기회가 주어졌다. 격리의 벌을 받는 동안, 어느 누구도 그녀에게 말을 건네지 않는다. 소녀는 완전한 침묵 속에서 열흘 동안을 견뎌야 했다. 최소한의 물과 식사만 제공되었다. 광은 어둡고 춥고 축축했다. 그리고 죽은 산양의 냄새가 났다. 문밖에서 자물쇠가 채워지고 한구석에는 용변을 위한 양동이가 놓여 있었다. 벽의 높은 곳에 달린 작은 창으로 햇빛이며 달빛이 들어왔다. 구름이 없으면 몇 개의 별을 볼 수도 있었다. 그 외에 불빛이라고는 없었다. 그녀는 마룻바닥에 깔린 딱딱한 매트리스에 몸을 누이고 두 장의 낡은 담요를 둘러쓰고 벌벌 떨며 밤을 지샜다. 4월이었지만, 산 속의 밤은 추웠다. 주위가 어두워지면 죽은 산양의 눈이 별빛을 받아 반짝 빛났다. 그게 너무나 무서워서 소녀는 좀체 잠들 수 없었다.

사흘째 되는 날 밤에 산양이 크게 입을 벌렸다. 입 안쪽에서 누군가 억지로 벌린 것이다. 그리고 거기에서 작은 사람들이 줄줄이 나왔다. 모두 여섯 명. 처음 나왔을 때는 키가 10센티미터밖에 되지 않았지만 땅바닥에 내려서자 마치 비 온 뒤에 버섯이 자라듯이 그들은 급속히 키가 커졌다. 하긴 그래봤자 60센티미터 정도였다. 그리고 자신들을 '리틀 피플'이라고 말했다.

『백설공주와 일곱 난쟁이』같아. 소녀는 생각했다. 어렸을 때 아버지가 그 동화를 읽어준 적이 있다. 하지만 그러기에는 한 사람이 모자란다.

"만일 일곱 명이 좋다면 일곱 명으로 할 수도 있어." 나지막한 목소리의 리틀 피플이 말했다. 그들은 소녀의 마음을 읽는 모양이었다. 그리고 다시 세어보니 그들은 여섯 명이 아니라 일곱 명이 되어 있었다. 하지만 소녀는 그것을 딱히 이상하다고는 생각하지 않았다. 리틀 피플이 산양의 입에서 나왔을 때, 세계의 룰은 이미 변경되어버린 것이다. 그 이후에는 무슨 일이 일어나도 이상할 건 없다.

"너희들은 어째서 죽은 양의 입에서 나왔어." 소녀는 물었다. 자신의 목소리가 기묘하게 울린다는 것을 그녀는 깨달았다. 말투도 평소와 다르다. 아마 사흘이나 아무와도 말을 하지 못한 탓이라고 생각했다.

"산양의 입이 통로였으니까." 컬컬한 목소리의 리틀 피플이 말했다. "우리도 여기로 나올 때까지는 그게 죽은 산양인 줄 몰랐어."

카랑카랑한 목소리의 리틀 피플이 말했다. "우리는 그런 건 요만큼도 상관 안 해. 산양이건 고래건 완두콩이건. 그게 통로이기만 하면 돼."

"네가 통로를 만들었어. 그래서 우리는 그걸 시험해본 거야. 어디로 통하나 하고." 나지막한 목소리의 리틀 피플이 말했다.

"내가 통로를 만들었어." 소녀는 말했다. 역시 자신의 목소리 같지 않았다.

"우리한테 좋은 일을 해줬어." 작은 목소리의 리틀 피플이 말했다.

몇 명의 리틀 피플이 그래, 그래, 하고 소리 높여 동의했다.

"공기 번데기를 만들면서 놀지 않을래." 테너 목소리의 리틀 피플이 말했다.

"그래, 모처럼 여기까지 나왔으니까." 바리톤 목소리가 말했다.

"공기 번데기." 소녀는 물었다.

"공기 속에서 실을 뽑아 그걸로 둥지를 만드는 거야. 그걸 자꾸자꾸 키워간단다." 저음의 목소리가 말했다.

"그건 누구를 위한 둥지인데." 소녀는 물었다.

"두고 보면 알게 돼." 바리톤이 말했다.

"나와보면 알지." 저음이 말했다.

"호우호우." 다른 리틀 피플이 장단을 맞췄다.

"내가 그걸 거들어도 돼." 소녀는 물었다.

"물론이지." 컬컬한 목소리가 말했다.

"너는 우리를 위해 좋은 일을 해줬어. 함께 해보자." 테너 리틀 피플이 말했다.

공기 속에서 실을 뽑아내는 건 일단 익숙해지면 그다지 어려운 일이 아니었다. 소녀는 손재주가 좋은 편이었기 때문에 곧 그 작업을 재빠르게 해낼 수 있었다. 자세히 보니 공기 속에는 온갖 실이 떠 있었다. 보려고만 하면 그건 보인다.

"그래, 그렇게 하는 거야. 잘했어." 작은 목소리의 리틀 피플이 말했다.

"너는 아주 영리한 아이구나. 금세 배우네." 카랑카랑한 목소리가 말했다. 그들은 모두 비슷비슷한 옷을 입고 비슷비슷한 얼굴이었지만 목소리만은 저마다 뚜렷이 달랐다.

리틀 피플이 입고 있는 옷은 어디에서나 볼 수 있는 평범한 옷이었다. 기묘한 표현이지만 그것 말고는 달리 형용할 말이 없었다. 일단 눈을 돌리면 그들이 어떤 옷을 입고 있었는지, 그만 전혀 생각나지 않는다. 그들의 얼굴 생김새도 그렇다. 그 얼굴들은 좋지도 나쁘지도 않다. 어디에서나 볼 수 있는 평범한 얼굴이다. 그리고 일단 눈을 돌리면 그들이 어떤 얼굴이었는지, 전혀 생각해낼 수 없다. 머리칼도 마찬가지다. 길지도 않고 짧지도 않다. 그건 그냥 머리칼이다. 그리고 그들에게는 냄새가 없었다.

새벽이 다가와 닭이 울고 동쪽 하늘이 환해지자, 일곱 명의 리틀 피플은 일을 멈추고 저마다 기지개를 켰다. 그리고 그때까지 만든 하얀 공기 번데기를—그 크기는 아직 아기 토끼 정도였지만—방 한쪽에 감추었다. 식사를 가져오는 사람이 발견하지 못하도록 한 것이리라.

"아침이야." 작은 목소리의 리틀 피플이 말했다.

"밤은 끝났어." 저음이 말했다.

이렇게 다양한 목소리를 가진 사람들이 한자리에 모였으니 합창단을 만들면 좋을 텐데, 하고 소녀는 생각했다.

"우리에게 노래는 없어." 테너 리틀 피플이 말했다.

"호우호우." 리듬을 맞추는 역할의 리틀 피플이 말했다.

리틀 피플은 원래 왔을 때와 똑같이 10센티미터 정도로 작아지더니 줄지어, 죽은 산양의 입 속으로 들어갔다.

"오늘 밤에 또 올게." 작은 목소리 리틀 피플이 산양의 입을 안쪽에서 닫기 전에 소녀에게 작은 소리로 말했다. "우리 얘기는 아무한테도 하면 안 돼."

"우리 일을 누군가에게 말하면 아주 좋지 않은 일이 일어나." 컬컬한 목소리가 다짐하듯이 덧붙였다.

"호우호우." 리듬을 맞추는 역할이 말했다.

"아무한테도 말 안 해." 소녀는 대답했다.

게다가 그런 말을 해본들 어느 누구도 믿어주지 않으리라. 소녀는 머릿속에 떠오른 생각을 그대로 말해버리는 것 때문에 곧잘 주위 어른들에게서 꾸지람을 들었다. 현실과 상상을 구별하지 못한다, 고 사람들은 말했다. 그녀가 하는 생각의 모양새나 색감은 다른 사람들의 그것과는 상당히 다른 것 같았다. 자신의 어디가 잘못되었는지, 소녀는 잘 이해할 수 없었다. 하지만 어쨌든 리틀 피플 이야기는 아무에게도 하지 않는 게 좋다고 생각했다.

리틀 피플이 사라지고 산양의 입이 다시 닫힌 뒤, 소녀는 그들이 공기 번데기를 감춰놓고 간 곳을 한참이나 찾았지만 아무래도 그것을 찾을 수가 없었다. 감춰놓는 기술이 아주 뛰어나다. 이렇게 좁은 곳에서 아무리 찾아도 눈에 띄지 않다니. 대체 어디에 감춰둔 걸까.

소녀는 담요를 둘러쓰고 잠을 잤다. 오랜만에 찾아온 편안한 잠이었다. 꿈도 꾸지 않았고 중간에 깨지도 않았다. 그녀는 그 깊은 잠을 즐겼다.

낮 동안 내내 산양은 죽어 있었다. 몸은 딱딱하게 굳고, 탁한 눈은 유리구슬 같았다. 하지만 해가 저물고 광에 어둠이 찾아들자 그 눈은 별빛을 받아 반짝 빛났다. 그리고 그 빛에 이끌리듯이 산양의 입이 빼끔 열리고 거기에서 리틀 피플이 나왔다. 이번에는 처음부터 일곱 명이었다.

"어젯밤 하던 일을 계속하자." 컬컬한 목소리의 리틀 피플이 말했다.

나머지 여섯 명은 좋다고 저마다 환호성을 질렀다.

일곱 명의 리틀 피플과 소녀는 번데기 주위에 동그랗게 둘러앉아 그 작업을 계속했다. 공기 속에서 하얀 실을 뽑아 그걸로 번데기를 만들어나갔다. 그들은 거의 말도 없이, 그저 묵묵히 작업에 힘을 기울였다. 열중해서 손을 놀리고 있으려니 밤의 추위도 느껴지지 않았다. 시간은 모르는 사이에 지나갔다. 따분하지도 않았고 졸음이 오지도 않았다. 번데기는 조금씩, 하지만 눈에 띄게 커져갔다.

"얼마나 크게 만들어." 새벽녘이 가까워졌을 때, 소녀는 물었다. 자신이 광에 갇혀 있는 열흘 동안에 그 작업이 과연 끝날지 알고 싶었다.

"가능한 한 크게 만들 거야." 카랑카랑한 목소리의 리틀 피플이 대답했다.

"어느 정도까지 커지면 저절로 터져." 테너가 신이 난 목소리로 말했다.

"그리고 뭔가가 나와." 바리톤이 활기찬 목소리로 말했다.

"뭐가 나오는데." 소녀는 물었다.

"뭐가 나올지." 작은 목소리가 말했다.

"기대해봐." 저음의 리틀 피플이 말했다.

"호우호우." 리듬을 맞추는 역할의 리틀 피플이 말했다.

"호우호우." 나머지 여섯 명이 합창했다.

소설의 문체에는 특유의 이상한 어둠이 감돌았다. 아오마메는 그것을 깨닫고 가만히 얼굴을 찌푸렸다. 환상 동화 같은 이야기다. 하지만 그 발밑에는 눈에 보이지 않는 어두운 기류가 도저하게 흐르고 있었다. 꾸밈없는 간결한 말투에서 아오마메는 그 불길한 울림을 들을 수 있었다. 거기에는 어떤 질병의 도래를 암시하는 듯한 암울함이 있었다. 인간의 정신을 저 깊은 안쪽에서부터 조용히 파먹는 치명적인 병이다. 그리고 그 병을 실어오는 것은 합창단 같은 일곱 명의 리틀 피플이다. 여기에는 틀림없이 뭔가 건전하지 않은 것이 포함되어 있다. 고 아오마메는 생각했다. 그런데도 왠지 모르게 아오마메는 그들의 바이러스에서 자신과 숙명적일 만큼 친근한 것을 알아볼 수 있었다.

아오마메는 책에서 눈을 들고, 리더가 죽기 전에 리틀 피플에 대해 했던 말을 떠올렸다.

"우리는 오랜 옛날부터 그들과 함께 살아왔어. 아직 선악 같은 것이 제대로 존재하지 않았던 무렵부터. 사람들의 의식이 아직 미명의 것이었을 무렵부터."

아오마메는 그다음 이야기를 읽어나갔다.

리틀 피플과 소녀는 계속 일을 해서 며칠 뒤에 공기 번데기는 거의 커다란 개만한 크기가 되었다.

"내일이면 벌이 끝나서 나는 이곳을 나가게 될 거야." 날이 서서히 밝아올 때, 소녀는 리틀 피플에게 말했다.

일곱 명의 리틀 피플은 침묵 속에서 그녀의 말에 귀를 기울였다.

"그러니까 이제 공기 번데기를 함께 만들 수 없어."

"몹시 유감이야." 테너 리틀 피플이 정말로 유감이라는 듯이 말했다.

"네가 있어서 우리에게 큰 도움이 되었는데." 바리톤 리틀 피플이 말했다.

카랑카랑한 목소리의 리틀 피플이 말했다. "하지만 번데기는 거의 다 만들어졌어. 이제 조금만 더 하면 돼."

리틀 피플들은 옆으로 늘어서서 크기를 가늠해보는 눈빛으로 그동안 만든 공기 번데기를 바라보았다.

"이제 조금만 더 하면 돼." 컬컬한 목소리의 리틀 피플이 단조로운 뱃노래를 선창하듯이 말했다.

"호우호우." 리듬을 맞추는 역할이 말했다.

"호우호우." 나머지 여섯 명이 합창했다.

열흘 동안의 격리 징벌이 끝나고 소녀는 '모임'으로 돌아갔다. 수많은 룰을 지켜야 하는 단체생활이 다시 시작되고 혼자 있는 시간은 없어졌다. 리틀 피플과 함께 공기 번데기를 만드는 일도 물론 할 수 없었다. 그녀는 매일 밤 잠들기 전에, 공기 번데기를 둘러싸고 앉아 그것을 크게 만들어가는 일곱 명의 리틀 피플의 모습을 상상한다. 이제 그것 이외의 일은 생각할 수 없게 되어버렸다. 그녀의 머릿속에 그 공기 번데기가 실제로 쏙 들어온 것만 같았다.

공기 번데기의 내부에는 대체 무엇이 담겨 있는 걸까, 때가 되어 번데기가 펑 갈라졌을 때, 무엇이 거기에서 모습을 드러낼까, 소녀는 그것이 알고 싶어 견딜 수 없었다. 그 장면을 자신의 눈으로 볼 수 없다는 것이 너무도 안타까웠다. 번데기 만드는 일을 그토록 열심히 거들었잖아, 그럼 나도 그 자리에 함께할 자격이 있을 텐데. 다시 한번 규칙을 어겨서 격리 징벌을 받고 또 그 광에 들어갈 수는 없을까, 하고 생각했을 정도였다. 하지만 일부러 그렇게 해봐도 이제 리틀 피플은 그 광에 다시는 나타나지 않을지도 모른다. 죽은 산양도 실려나가 어딘가에 묻혀버렸다. 그 눈이 별빛을 받아 반짝 빛나는 일도 없다.

커뮤니티 안에서 소녀의 일상생활에 대한 이야기가 이어진다. 규칙적인 일과 정해진 노동. 그녀는 가장 나이 많은 어린이로서 손아래 아이들을 지도하고 돌봐준다. 소박한 식사. 잠들기 전 아버지와 어머니가 읽어주는 이야기. 어렵게 틈을 내어 듣는 고전음악. 오염 없는 생활.

리틀 피플이 그녀의 꿈에 찾아온다. 그들은 자기들이 들어가고 싶을 때마다 사람들의 꿈속에 들어갈 수 있다. 이제 슬슬 공기 번데기가 갈라질 때가 되었는데 보러 오지 않겠느냐고 그들은 말한다. 오늘 밤 날이 저물면 남의 눈에 띄지 않게 양초를 들고 광으로 와.

소녀는 호기심을 억누를 수가 없다. 잠자리를 빠져나와 준비해둔 양초를 들고 발소리를 죽여 광으로 간다. 그곳에는 아무도 없다. 공기 번데기가 바닥에 가만히 놓여 있을 뿐이다. 공기 번데기는 마지막으로 보았을 때보다 한층 커져 있다. 1미터 3, 40센티미터, 길이가 그쯤이었다. 그리고 전체에서 은은한 빛을 뿜어내고 있다. 윤곽은 아름다운 곡선을 그리며 가운데 부분이 오목하게 들어가 있다. 그 오목한 부분은 작았을 때는 없던 것이었다. 리틀 피플은 그뒤로 아주 열심히 일을 한 모양이었다. 그리고 번데기는 이미 갈라지기 시작하고 있었다. 세로로 반듯하게 금이 가 있다. 소녀는 쪼그리고 앉아 그 틈새로 안을 들여다본다.

번데기 안에 있는 것이 자기 자신이라는 것을 소녀는 발견한다. 그녀는 번데기 안에 알몸으로 누워 있는 자신의 모습을 바라본다. 그곳에 있는 그녀의 분신은 반듯하게 누운 자세로 눈을 감고 있다. 의식은 없는 듯했다. 숨도 쉬지 않는다. 마치 인형처럼.

"그 안에 있는 건 너의 도터야." 컬컬한 목소리의 리틀 피플이 말했다. 그리고 한 차례 헛기침을 했다.

뒤를 돌아보니 어느새 일곱 명의 리틀 피플이 그곳에 부채꼴 모양으로 줄을 서 있었다.

"도터." 소녀는 자동적으로 반복한다.

"그리고 너는 마더야." 저음이 말했다.

"마더와 도터." 소녀는 반복한다.

"도터는 마더의 대리 역할을 해." 카랑카랑한 목소리의 리틀 피플이 말한다.

"나는 두 사람으로 나뉘는 거야." 소녀는 묻는다.

"그런 게 아니야." 테너 리틀 피플이 말한다. "너는 두 개로 나뉘지 않아. 너는 처음부터 끝까지 원래 그대로의 너야. 걱정할 거 없어. 도터는 어디까지나 마더의 마음의 그림자에 지나지 않아. 그게 형태를 이룬 것이야."

"이 사람은 언제 눈을 떠."

"이제 곧. 때가 되면." 바리톤 리틀 피플이 말한다.

"이 도터는 내 마음의 그림자로서 무슨 일을 해." 소녀는 물었다.

"퍼시버 역할을 해." 작은 목소리가 살그머니 말한다.

"퍼시버." 소녀는 말한다.

"지각(知覺)하는 자." 컬컬한 목소리가 말한다.

"지각한 것을 리시버에게 전달해." 카랑카랑한 목소리가 말한다.

"도터는 우리의 통로가 될 거야." 테너 리틀 피플이 말한다.

"양 대신에." 소녀는 물었다.

"죽은 산양은 임시 통로였을 뿐이야." 저음의 리틀 피플이 말한다. "우리가 사는 장소와 이곳을 연결하기 위해서는 살아 있는 도터가 필요해. 퍼시버로서."

"마더는 무슨 일을 해." 소녀는 묻는다.

"마더는 도터 가까이에 있어." 카랑카랑한 목소리가 말한다.

"도터는 언제 눈을 떠." 소녀는 묻는다.

"이틀 뒤, 혹은 사흘 뒤." 테너가 말한다.

"그 둘 중 하루." 작은 목소리의 리틀 피플이 말한다.

"도터를 잘 돌봐줘야 해." 바리톤이 말한다. "너의 도터니까."

"마더가 돌봐주지 않으면 도터는 완전하지 못해. 오래 살기 어려워져." 카랑카랑한 목소리가 말한다.

"도터를 잃으면 마더는 마음의 그림자를 잃어버리게 돼." 테너가 말한다.

"마음의 그림자를 잃어버린 마더는 어떻게 돼." 소녀는 묻는다.

그들은 서로 얼굴을 마주본다. 아무도 그 질문에는 대답하지 않는다.

"도터가 눈을 뜰 때, 하늘의 달이 두 개가 돼." 컬컬한 목소리가 말한다.

"두 개의 달이 마음의 그림자를 비추지." 바리톤이 말한다.

"달이 두 개가 돼." 소녀는 자동적으로 말을 반복한다.

"그게 징표야. 하늘을 주의해서 자주 보는 게 좋아." 작은 목소리가 살그머니 말한다.

"주의해서 하늘을 봐." 작은 목소리가 다짐하듯이 말한다. "달이 몇 개인지 꼭 세어봐."

"호우호우." 리듬을 맞추는 역할이 말한다.

"호우호우." 나머지 여섯 명이 합창했다.

소녀는 도망친다.

그곳에는 잘못된 것, 옳지 않은 것이 있다. 크게 일그러진 것이 있다. 그것은 자연에 반하는 것이다. 소녀는 그걸 안다. 리틀 피플이 무엇을 원하는지는 알지 못한다. 하지만 공기 번데기 안에 담긴 자신의 모습은 소녀를 전율시킨다. 살아서 움직이는 자신의 분신과 함께 살아야 하다니, 그럴 수는 없다. 여기서 도망쳐야 해. 그것도 최대한 빨리. 도터가 눈을 뜨기 전에. 하늘에 달이 두 개가 뜨기 전에.

'모임'에서는 개인이 현금을 소지하는 건 금지되어 있다. 하지만 아버지는 오래전에 그녀에게 몰래 1만 엔짜리 지폐와 동전 몇 개를 건네주었다. "들키지 않도록 감춰둬라." 아버지는 소녀에게 말했다. 그리고 주소와 이름과 전화번호가 적힌 종이쪽지를 건네주었다. "이곳을 도망쳐야 할 때가 되면 이 돈으로 차표를 사서 전철을 타고 이곳을 찾아가거라."

아버지는 언젠가 '모임' 안에서 좋지 않은 일이 일어날 가능성을 염두에 두고 있었는지도 모른다. 소녀는 망설이지 않았다. 행동은 신속했다. 부모에게 작별을 고할 시간 여유는 없었다.

소녀는 땅 속에 묻어두었던 병 속에서 1만 엔짜리 지폐와 동전과 종이쪽지를 꺼낸다. 학교 수업중에 몸이 좋지 않으니 양호실에 가게 해달라고 말하고 교실을 빠져나와 그길로 학교 밖으로 나온다. 마침

들어오는 버스를 타고 역까지 간다. 창구에서 만 엔 지폐를 내고 다카오 역까지 가는 차표를 산다. 거스름돈을 받는다. 차표를 사는 것도 거스름돈을 받는 것도 전철을 타는 것도 난생처음이었다. 하지만 방법을 아버지에게서 상세히 들었기 때문에 어떻게 행동해야 하는지는 소녀의 머릿속에 들어 있었다.

그녀는 종이쪽지에 적힌 대로 주오 선 다카오 역에서 전철을 내려 알려준 번호대로 공중전화에서 숫자를 눌렀다. 전화를 받은 사람은 오래전부터 아버지의 친구인 일본화가다. 아버지보다 열 살쯤 나이가 많은 그는 딸과 둘이서 다카오 근처 산 속에서 살고 있다. 부인은 한참 전에 세상을 떠났고 구루미라는 이름의, 소녀보다 한 살 어린 딸이 있다. 그는 연락을 받자 곧바로 역으로 나와 '모임'에서 도망쳐 나온 소녀를 따스하게 맞아주었다.

화가의 집에 들어간 그다음 날, 소녀는 방 창문으로 하늘을 올려다보고 달이 두 개로 늘어난 것을 발견한다. 여느 때와 같은 달 가까이에 그보다 작은 두번째 달이 바짝 말라가는 콩처럼 떠 있었다. 도터가 눈을 뜬 거야, 소녀는 생각한다. 두 개의 달이 마음의 그림자를 비춰내고 있었다. 소녀의 마음은 파르르 떨린다. 세계는 변화를 이룬 것이다. 그리고 뭔가가 일어나려 하고 있다.

부모에게서는 아무 연락도 없다. '모임'에서는 소녀가 탈주한 것을 알아채지 못했는지도 모른다. 왜냐하면 소녀의 분신인 도터가 남겨졌기 때문이다. 생김새가 똑같으니까 다른 사람들은 전혀 구분하지 못한다. 하지만 그녀의 부모는 도터가 자신들의 딸이 아니라 그

분신에 지나지 않는다는 것을 물론 알 터였다. 그것을 자신의 몸 대신 남겨두고 실체는 '모임'이라는 커뮤니티에서 도망쳤다는 것도. 딸이 갈 곳은 한 군데밖에 없다. 그런데도 부모는 단 한 번도 연락해오지 않았다. 그건 도망친 그곳에 계속 있으라는 무언의 메시지인지도 모른다.

그녀는 학교에 가기도 하고 가지 않기도 한다. 새로운 바깥세계는 소녀가 자라온 '모임'의 세계와는 너무도 다르다. 룰도 다르고 목적도 다르고 사용하는 말도 다르다. 그래서 좀체 그곳에서 친구를 만들 수가 없다. 학교 생활에 익숙해질 수가 없다.

하지만 중학교 때에 한 남자애와 친해진다. 그의 이름은 도오루였다. 도오루는 작고 말랐다. 얼굴에는 원숭이 같은 깊은 주름이 몇 개 잡혀 있다. 어렸을 때 뭔가 큰병을 앓았다고 해서, 과격한 운동에는 참가하지 않는다. 등뼈도 약간 휘었다. 쉬는 시간에는 아이들과 떨어져 항상 혼자서 책을 읽는다. 그에게도 친구가 없다. 너무 작고 너무 못생겼다. 소녀는 점심시간에 그의 곁에 앉아 말을 건넨다. 읽고 있는 책에 대해 묻는다. 그는 읽던 책을 소리 내어 읽어준다. 소녀는 그의 목소리가 좋다. 작고 쉰 듯한 목소리지만 그녀는 똑똑히 들을 수 있다. 그의 목소리로 듣는 이야기는 소녀를 황홀하게 한다. 도오루는 마치 시를 읽듯이 산문을 아름답게 낭독한다. 그녀는 점심시간을 항상 그와 함께 보낸다. 그가 읽는 이야기에 가만히, 깊이 귀를 기울인다.

하지만 얼마 안 되어 도오루는 상실된다. 리틀 피플이 그를 소녀에게서 낚아채간다.

어느 날 밤 도오루의 방에 공기 번데기가 나타난다. 도오루가 잠들어 있는 동안 리틀 피플들이 그의 번데기를 매일 크게 만들어간다. 리틀 피플은 꿈을 통해 밤마다 그 광경을 소녀에게 보여준다. 하지만 소녀는 그 작업을 막을 수가 없다. 번데기는 이윽고 충분한 크기로 커져서 세로로 갈라진다. 소녀의 경우와 똑같이. 하지만 그 번데기 안에 있는 것은 세 마리의 크고 검은 뱀이다. 세 마리의 뱀은 서로 단단히 뒤얽혀 있어서 어느 누구도―어쩌면 그들 자신도―그것을 도저히 풀어낼 수 없을 것 같다. 그들은 머리가 셋 달린 미끌미끌한, 영원의 뒤엉킴처럼 보인다. 뱀들은 자신들이 자유로워지지 못하는 것에 신경이 몹시 곤두서 있다. 그리고 그들은 서로에게서 몸을 풀어내려고 필사적으로 꿈틀거리지만, 꿈틀거리면 꿈틀거릴수록 상황은 점점 더 악화되어간다. 리틀 피플은 그 생물을 소녀에게 보여준다. 도오루라는 소년은 그 곁에서 아무것도 모른 채 계속 자고 있다. 그것은 소녀의 눈에만 보이는 것이다.

며칠 뒤, 소년은 갑자기 병이 나서 먼 요양소로 보내진다. 그것이 어떤 병인지는 알려지지 않는다. 어떻든 도오루가 학교에 돌아오는 일은 이제 없을 것이다. 그는 상실되어버린 것이다.

그것은 리틀 피플이 보내온 메시지라고 소녀는 깨닫는다. 그들은 마더인 소녀에게는 직접 손을 댈 수 없다. 그 대신 주위에 있는 사람들에게 해를 끼치고 파멸시킬 수 있다. 누구에게나 그렇게 할 수 있는 것은 아니다. 소녀의 보호자인 일본화가나 그 딸 구루미에게는 그들이 손을 대지 못하는 것을 보면 그걸 알 수 있다. 그들은 가장 취약한 부분을 먹잇감으로 선택한다. 그들은 소년의 의식의 깊은 밑바닥에서 세 마리의 검은 뱀을 끌어내고 잠에서 깨웠던 것이다. 소년을 파멸시키는 것으로 그들은 소녀에게 경고를 보내고, 그녀를 어떻게든 도터의 곁으로 다시 데려가려고 한다. 이렇게 된 것도 따지고 보면 다 네 탓이야, 하고 그들은 경고한 것이다.

소녀는 다시 고독해진다. 더이상 학교에도 가지 않는다. 누군가와 친해지는 것은 상대에게 위험을 가져다주는 일이다. 그것이 두 개의 달 아래서 살아간다는 것의 의미다. 그녀는 그것을 알게 된다.

소녀는 이윽고 결심을 하고 자신의 공기 번데기를 만들기 시작한다. 그녀는 그걸 할 수 있다. 리틀 피플들은 통로를 더듬어 그들의 장소에서 찾아왔다고 말했다. 그렇다면 자신 역시 통로를 역방향으로 더듬어 그 장소에 갈 수 있을 것이다. 그곳에 가면 왜 자신이 이곳에 있는지, 마더와 도터가 무엇을 의미하는지, 비밀이 밝혀질 것이다. 어쩌면 상실되어버린 도오루를 구해낼 수 있을지도 모른다. 소녀는 통로를 만들기 시작한다. 공기 속에서 실을 뽑아 번데기 고치를 짜면 된다. 시간은 오래 걸린다. 하지만 시간만 들이면 할 수 있는 일이다.

그래도 이따금 그녀는 뭐가 뭔지 알 수 없다. 혼란이 그녀를 사로잡는다. 나는 정말로 마더인 걸까. 나는 어딘가에서 도터와 바뀌어버린 게 아닐까. 생각하면 할수록 그녀는 확신을 가질 수 없다. 내가 나의 실체라는 것을 어떻게 증명할 수 있는 것일까.

이야기는 그녀가 그 통로의 문을 열려고 하는 장면에서 상징적으로 끝이 난다. 그 문 너머에서 무슨 일이 일어나는지, 거기까지는 이야기가 이어지지 않는다. 아마도 그건 아직 일어나지 않은 일이리라.

도터. 아오마메는 생각했다. 리더는 죽기 전에 그 말을 입에 올렸다. 딸은 반 리틀 피플의 모멘트를 구축하기 위해 자신의 도터를 남기고 도망쳤다고 그는 말했다. 그건 아마도 실제로 일어난 일이었으리라. 그리고 두 개의 달을 바라보는 건 아오마메 한 사람만이 아니었다.

그건 그렇고, 아오마메는 이 소설이 사람들에게 받아들여지고 널리 읽히는 이유를 알 것 같았다. 물론 저자가 아름다운 열일곱 살 소녀라는 것도 어느 정도는 작용했을 것이다. 하지만 그것만으로 베스트셀러가 탄생되는 것은 아니다. 생생하고도 적확한 묘사가 의심의 여지 없이 이 소설의 매력이었다. 독자는 소녀를 둘러싼 세계를 소녀의 시선을 통해 선명하게 느낄 수 있었다. 그것은 특수한 환경에 처한 소녀의 비현실적인 체험에 대한 이야기이기는 했지만, 거기에는 사람들의 자연스러운 공감을 불러일으키는 데가 있었다. 아마도 의식의 저변에 있는 뭔가를 환기하는 것이리라. 그래서 독자는 자기도 모르게 빨려들어 차례차례 책장을 넘기고 만다.

그러한 문학적인 장점에는 아마도 덴고가 공헌한 바가 컸을 것이다. 하지만 아오마메는 언제까지고 거기에 감탄하고 있을 수는 없었다. 그녀는 리틀 피플이 등장하는 부분에 초점을 맞추어 그 이야기를 다시 읽지 않으면 안 된다. 그건 아오마메에게는 사람의 생사가 걸린 지극히 실제적인 이야기인 것이다. 매뉴얼 북 같은 것이다. 그녀는 거기에서 필요한 지식과 노하우를 얻어야만 한다. 그녀가 어느샌지 옮겨오게 된 세계의 의미를 조금이라도 상세하게, 구체적으로 파악하지 않으면 안 된다.

「공기 번데기」는 세상 사람들이 생각하듯이 열일곱 살 소녀가 머릿속에서 지어낸 자유분방한 판타지가 아니다. 이름들이 바뀌기는 했지만, 그곳에 묘사된 일들의 대부분은 소녀가 몸소 뚫고 나온 틀림없는 현실이다…… 아오마메는 그렇게 확신했다. 후카에리는 자신이 체험한 일을 가능한 한 정확하게 기록으로 남겼던 것이다. 그 감춰진 비밀을 세상을 향해 널리 알리기 위해. 리틀 피플의 존재를, 그들이 하고 있는 일을 수많은 사람들에게 알리기 위해.

소녀가 남기고 온 도터는 아마도 리틀 피플을 위한 통로가 되어 그들을 리더인 소녀의 아버지에게로 인도했고, 그 남자를 리시버=받아들이는 자로 만들었다. 그리고 불필요한 존재가 된 '여명'을 피비린내 나는 자멸로 몰아넣고, 그뒤에 남겨진 '선구'를 명민하고도 첨예한, 그리고 배타적인 종교단체로 변모시켜갔다. 그것이 리틀 피플에게는 가장 쾌적하고 편리한 환경이었던 것이리라.

후카에리의 도터는 마더 없이 무사히 오래도록 살아남을 수 있었던 것일까. 마더 없이 도터가 오래도록 살아남는 건 어렵다고 리틀 피플은 말했다. 그리고 마더도 그렇다. 마음의 그림자를 잃은 채 살아간다는 건 어떤 것일까.

소녀가 탈출한 뒤에도 리틀 피플의 손에 의해 똑같은 절차로 몇 명의 새로운 도터가 '선구' 안에서 만들어진 것이리라. 리틀 피플이 드나드는 통로를 보다 넓고 안정된 것으로 확보하는 것이 그 목적이었을 터였다. 도로의 차선을 늘리는 것과 똑같은 일이다. 그렇게 해서 복수의 도터들이 리틀 피플을 위해 퍼시버=지각하는 자가 되어 무녀의 역할을 맡게 되었다. 쓰바사도 그중 한 사람이다. 리더가 성적인 관계를 맺은 것은 소녀들의 실체(마더)가 아니라 그녀들의 분신(도터)이라고 생각하면 "다의적으로 교접했다"고 했던 리더의 표현도 이해가 된다. 쓰바사의 눈이 그야말로 밋밋하고 깊이가 없었던 것도, 거의 입을 열지 않았던 것도, 그걸로 설명이 된다. 어째서, 어떤 경로로, 도터인 쓰바사가 교단에서 빠져나왔는지 그 사정까지는 알 수 없다. 하지만 어쨌든 쓰바사는 아마도 공기 번데기에 담겨 마더에게로 회수된 것이리라. 개가 피투성이로 살해된 것은 리틀 피플이 보낸 경고였다. 도오루의 경우와 마찬가지로.

도터들은 리더의 아이를 수태하기를 원하지만, 실체가 아닌 그녀들에게 생리는 없다. 그래도 리더의 말에 의하면 그녀들은 수태하기를 간절히 원하고 있다. 왜일까.

아오마메는 고개를 저었다. 알지 못하는 것들이 아직 너무나 많다.

아오마메는 그 일을 당장이라도 노부인에게 전하고 싶었다. 그 남자가 성폭행한 것은 어쩌면 소녀들의 그림자에 지나지 않았는지도 모른다고. 우리는 그 남자를 살해할 필요가 없었는지도 모른다고.

하지만 그런 설명을 해도, 물론 쉽게 믿어주지 않을 것이다. 그 마음은 아오마메도 잘 안다. 노부인은, 아니, 정상적인 머리를 가진 인간이라면 누구라도 리틀 피플이라느니 마더라느니 도터라느니 공기 번데기라느니 하는 걸 사실이라고 널름 받아들일 수는 없을 것이다. 정상적인 머리를 가진 사람들에게 그런 건 소설에나 나오는 그저 지어낸 이야기일 뿐이므로. 『이상한 나라의 앨리스』의 하트의 여왕이나 회중시계를 든 토끼가 실재한다는 것을 믿을 수 없는 것과 똑같이.

하지만 아오마메는 하늘에 나란히 뜬 새 달과 예전의 달을 실제로 목도해왔다. 실제로 그녀는 두 개의 달빛 아래서 살아가고 있다. 그 일그러진 인력을 피부로 느꼈다. 그리고 리더라 불리는 인물을 호텔의 어두운 방에서 바로 자신의 손으로 살해했다. 그 목덜미 뒤편의 포인트에 날카롭게 벼린 바늘침을 꽂아넣은 순간에 자신의 손에 불길하게 와 닿은 반응이 아직도 손바닥에 생생하게 남아 있다. 그 감촉으로 인해 그녀의 살갗은 지금도 강하게 소름이 돋는다. 그리고 그 전에 리더가 무거운 탁상시계를 허공에 5센티미터쯤 떠오르게 하는 것을 그녀는 목격했다. 그것은 착각도 아니고 마술도 아니다. 그것은 그저 그대로 받아들일 수밖에 없는 냉엄한 사실이다.

그리고 리틀 피플은 '선구'라는 커뮤니티를 실질적으로 지배하고 있다. 그들이 그 지배를 통해 최종적으로 무엇을 손에 넣으려고 하는지, 아오마메는 알지 못한다. 그것은 어쩌면 선악을 뛰어넘은 어떤 것인지도 모른다. 하지만 「공기 번데기」의 주인공인 소녀는 직감적으로 그것을 옳지 않은 일로 인식하고 그녀 나름대로 반격을 시도한다. 자신의 도터를 버리고 그 커뮤니티에서 도망쳐나와, 리더의 표현을 빌리자면 세계의 균형을 유지하기 위해 '반 리틀 피플 모멘트'를 일으켜세우려 한다. 그녀는 리틀 피플이 건너온 통로를 거슬러 올라가 그들이 나온 곳으로 들어가려고 한다. 이야기가 그녀의 탈것이 된다. 그리고 덴고가 파트너가 되어 그 이야기를 만드는 것을 돕는다. 덴고는 그때 아마도 자신이 하고 있는 일의 의미를 이해하지 못했을 것이다. 어쩌면 지금도 아직 이해하지 못하고 있는지도 모른다.

어쨌든 「공기 번데기」라는 이야기가 중요한 열쇠인 셈이다.

모든 일은 이 이야기에서 시작되었다.

하지만 나는 대체 이 이야기의 어디에 끼워맞춰진 것일까.

교통이 정체되었던 저 수도고속도로의 비상계단을 야나체크의 〈신포니에타〉를 들으며 내려왔던 시점부터, 나는 크고 작은 두 개의 달이 하늘에 떠 있는 이 세계로, 수수께끼 가득한 이 '1Q84년'으로 들어오고 말았다. 그것은 무엇을 의미하는 것일까.

그녀는 눈을 감고 생각에 잠겼다.

나는 아마도 후카에리와 덴고가 만들어낸 '반 리틀 피플 모멘트'의 통로에 빨려든 것이리라. 그 모멘트가 나를 이쪽 편으로 옮겨놓았다. 아오마메는 그렇게 생각했다. 그것 말고는 달리 생각할 도리가 없는 게 아닐까. 그리고 나는 이 이야기 속에서 결코 작지 않은 역할을 맡게 되었다. 아니, 주요 인물의 하나라고 해도 무방할 것이다.

아오마메는 주위를 둘러보았다. 나는 덴고가 만들어낸 이야기 속에 있는 거야, 아오마메는 생각했다. 어떤 의미에서는 나는 그의 몸 안에 있어. 그녀는 그것을 깨달았다. 나는 그의 신전 안에 있는 것이다.

옛날에 텔레비전에서 오래된 SF영화를 본 적이 있다. 제목은 잊었다. 과학자들이 스스로의 몸을 현미경 없이는 볼 수 없는 크기까지 축소해서 잠수정 같은 탈것(그것도 똑같이 축소되었다)을 이용해 환자의 혈관 속에 들어가고, 그 혈관을 통해 뇌 속으로 들어가 보통 방법으로는 불가능한 복잡한 외과수술을 행하려 한다는 스토리였다.

상황은 그것과 비슷한지도 모른다. 나는 덴고의 혈액 속에 있고 그 몸속을 돌고 있다. 침입해들어온 이물(그건 바로 나다)을 퇴치하고자 공격해오는 백혈구들과 격렬한 싸움을 벌이며 목표한 병근(病根)으로 향한다. 그리고 나는 호텔 오쿠라의 한 방에서 '리더'를 살해하는 것으로 아마도 그 병근을 '삭제'하는 데 성공한 것이다.

그렇게 생각하니 아오마메는 조금은 마음이 따스해지는 게 느껴졌다. 나는 내게 주어진 사명을 다했다. 그건 의문의 여지 없이 힘겨운 사명이었다. 정말 무서운 순간도 겪었다. 하지만 나는 천둥 소리가 울리는 속에서 쿨하게, 그리고 실수 없이 내 일을 성공적으로 수행했다. 아마도 덴고가 보고 있는 앞에서. 그녀는 그것을 자랑스럽게 생각했다.

그리고 혈액의 아날로지를 좀더 더듬어간다면, 나는 역할을 마친 노폐물로서 이제 곧 정맥으로 보내지고 머지않아 몸 밖으로 배출될 것이다. 그것이 신체 시스템의 룰이다. 그 운명을 피해갈 도리는 없다. 하지만 그래도 괜찮아, 아오마메는 생각했다. 나는 지금 덴고 안에 있어. 그의 체온에 감싸여 그의 심장 박동에 이끌리고 있다. 그의 논리와 그의 룰에 따라 이끌려간다. 그리고 아마도 그의 문체에 이끌려간다. 얼마나 멋진 일인가. 그 안에 이렇게 포함되어 있다는 것이.

아오마메는 바닥에 앉은 채 눈을 감았다. 책장에 코를 대고 그곳에 있는 냄새를 들이마셨다. 종이 냄새, 잉크 냄새. 그곳에 있는 흐름에 조용히 몸을 맡겼다. 덴고의 심장 박동에 귀를 기울였다.

이게 왕국인 거야, 그녀는 생각했다.

나는 죽을 준비가 되었어. 언제라도.

제20장 덴고
Q
바다코끼리와 미치광이 모자 장수

　틀림없다. 달은 두 개다.

　하나는 옛날부터 있던 원래의 달이고, 또 하나는 훨씬 자그마한 초록색 달이다. 그것은 원래의 달보다 모양이 삐뚜름하고 밝기도 덜했다. 얼결에 떠맡은, 아무에게도 환영받지 못하는 가난하고 못생긴 먼 친척아이처럼 보였다. 하지만 그건 부정할 수 없이 그곳에 분명히 존재했다. 환영도 아니고 착시도 아니다. 실체와 윤곽을 가진 천체로서 확실하게 그곳에 떠 있었다. 비행기도 아니고 비행선도 아니고 인공위성도 아니다. 누군가 장난 삼아 종이로 만든 연극 소품도 아니다. 의심의 여지 없이 바윗덩어리다. 오랜 숙고 끝에 찍은 구두점처럼, 혹은 숙명이 내려준 몸의 점처럼, 그것은 말없는 가운데 흔들림 없이 밤하늘 한곳에 자신의 자리를 잡고 있었다.

　덴고는 대들듯이 그 새로운 달을 오랫동안 쳐다보았다. 시선을 돌리지 않았다. 눈조차 거의 깜박이지 않았다. 하지만 아무리 뚫어져라 쳐다봐도 달은 미동도 하지 않았다. 한없이 과묵하게, 고집스런 돌의 마음을 품고 천공의 그 자리에 버티고 있었다.

덴고는 움켜쥐었던 오른손 주먹을 풀고 거의 무의식중에 가만히 머리를 저었다. 이건 「공기 번데기」하고 똑같잖아, 그는 생각했다. 하늘에 달이 두 개 나란히 떠 있는 세계. 도터가 태어났을 때, 달은 두 개가 된다.

"그게 징표야. 하늘을 주의해서 자주 보는 게 좋아." 리틀 피플은 소녀에게 그렇게 말했다.

그 문장을 쓴 것은 덴고였다. 고마쓰의 충고에 따라 새로운 달을 최대한 상세하고도 구체적으로 묘사했다. 그가 가장 힘들여 쓴 부분 이다. 그리고 새로운 달의 형상은 거의 덴고 자신이 생각해낸 바로 그 모습이었다.

고마쓰는 말했다. "덴고, 이렇게 생각해봐. 독자는 달이 하나 떠 있는 하늘은 지금까지 수없이 봤어. 그렇지? 하지만 하늘에 달이 두 개가 나란히 떠 있는 장면을 목격한 적은 없을 거라고. 대부분의 독 자가 지금까지 본 적 없는 것을 소설에 끌어들일 때는 되도록 상세하 고도 적확한 묘사가 필요해."

맞는 말이다.

덴고는 하늘을 올려다본 채로 다시 한번 짧게 고개를 저었다. 새로 생긴 그 달은 덴고가 순간적으로 떠올려 묘사했던 그대로의 크기와 모양을 갖고 있었다. 비유의 문맥까지 거의 그대로 체화되어 있다.

그런 일은 있을 리 없다고 덴고는 생각했다. 어떤 현실이 소설 문장의 비유를 그대로 모방한단 말인가. "그런 일은 있을 수 없어" 하고 실제로 소리내어 말해보았다. 목소리가 제대로 나오지 않았다. 그의 목구멍은 장거리를 달려온 것처럼 바짝 말라 있었다. 아무리 생각해도 그런 일은 있을 수 없다. 그건 픽션의 세계다. 현실에는 존재하지 않는 세계. 후카에리가 아자미에게 밤마다 이야기하고, 덴고가 거기에 문장이라는 살집을 붙인 환상의 이야기 세계다.

그렇다면—덴고는 자신에게 물었다—이곳은 소설의 세계라는 건가? 나는 무슨 겨를엔가 현실세계를 떠나「공기 번데기」의 세계로 흘러들어온 걸까. 토끼 굴에 떨어진 앨리스처럼? 그게 아니면 현실세계가「공기 번데기」라는 이야기에 맞춰 통째로 바뀌었다는 것일까. 원래 있었던 세계는—하나의 달밖에 없는 그 익숙한 세계는—이제 어디에도 존재하지 않는 것일까. 그리고 이 일에는 리틀 피플의 힘이 어떤 형태로든 얽혀 있는 걸까.

그는 대답을 찾아 주위를 둘러보았다. 하지만 눈에 비치는 것은 지극히 당연하게도 여느 때의 도시 주택가 풍경이었다. 특이한 점, 보통 때와 다른 점은 단 한 가지도 보이지 않았다. 하트의 여왕도, 바다코끼리도, 미치광이 모자 장수도, 어디에도 없다. 그를 둘러싸고 있는 것은 사람 없는 모래터와 그네, 무기질적인 빛을 흩뿌리는 수은등, 가지를 넓게 뻗친 느티나무, 자물쇠로 잠근 공중화장실, 6층짜리 새 맨션(네 집의 창문에만 불이 켜져 있다), 구청 게시판, 코카콜라 마크가 그려진 빨간 자동판매기, 불법 주차한 구형 초록색 폭스바겐 골프, 전봇대와 전깃줄, 멀리 보이는 원색 네온사인, 그런 것뿐이었다. 늘 듣던 소음, 늘 보던 불빛. 덴고는 칠 년 동안 이곳 고엔지에서 살아왔다. 딱히 마음에 들어서 살기 시작한 건 아니다. 역에서 그리 멀지 않은 곳에서 우연히 집세가 싼 아파트를 찾아냈기 때문에 이사를 왔다. 출퇴근하기에도 편리하고, 이사 가기 귀찮아 그대로 계속 살고 있을 뿐이다. 하지만 그동안 풍경만은 확실하게 눈에 익었다. 어딘가에 변화가 있다면 금세 알아본다.

대체 언제부터 달의 수가 늘어난 것일까. 그건 덴고로서는 판단하기 어려운 일이었다. 벌써 몇 년 전부터 달은 이미 두 개가 되었는데 덴고가 내내 그걸 알아보지 못했던 것인지도 모른다. 그가 그런 식으로 놓쳐버린 것이라면 그밖에도 아주 많다. 신문도 제대로 보지 않고 텔레비전도 안 본다. 다들 아는데 그 자신만 모르는 일은 일일이 헤아릴 수 없을 만큼 많다. 어쩌면 바로 얼마 전에 무슨 일인가 일어나 달이 두 개가 되었는지도 모른다. 주위의 누군가에게 물어보는 것도 좋다. 실례합니다. 이상한 질문입니다만, 달이 언제부터 두 개가 되었는지 혹시 아십니까? 하지만 덴고 주위에는 아무도 없었다. 말 그대로 고양이 한 마리 눈에 띄지 않는다.

아니, 아무도 없는 건 아니다. 누군가가 바로 가까이에서 망치로 벽에 못을 박고 있었다. 탕탕탕탕 하는 끊임없는 소리가 들렸다. 상당히 단단한 벽, 그리고 상당히 단단한 못이다. 이런 시간에 대체 누가 못 같은 걸 박고 있는 걸까. 덴고는 의아해서 주위를 둘러보았다. 하지만 어디에도 그런 벽은 보이지 않았다. 그리고 못을 박는 사람의 모습도 없었다.

잠시 뒤에야 그것이 자신의 심장이 내는 소리라는 것을 알았다. 그의 심장이 아드레날린의 자극을 받아 급속히 양이 늘어난 혈액을 귀에 거슬리는 소리를 내며 체내에 내보내고 있는 것이다.

두 개의 달의 모습은 덴고에게 현기증과도 같은 어지러움을 몰고 왔다. 신경의 균형이 손상된 것 같다. 그는 미끄럼틀 위에 앉아 난간에 몸을 기댄 채 눈을 감고 그것을 지그시 견뎠다. 주위의 인력이 미묘하게 변화하는 듯한 감촉이 있었다. 어디선가 바닷물이 차오르고 어디선가는 바닷물이 빠지고 있다. 인간은 insane과 lunatic 사이를 무표정하게 오락가락하고 있다.

덴고는 그 현기증 속에서 자신이 꽤 오랫동안 어머니의 환영의 습격을 받지 않았다는 것을 깨달았다. 아기였던 그가 잠든 곁에서 하얀 슬립 차림의 어머니가 젊은 남자에게 젖꼭지를 빨리고 있는 그 영상을 그는 벌써 한참 동안 본 일이 없다. 그런 환영에 오랜 세월 시달려왔다는 것조차 까맣게 잊었을 정도다. 마지막으로 그 환영을 본 게 언제였던가. 정확히 생각나지 않는다. 아마도 새 소설을 쓰기 시작했을 때쯤부터 그 환영은 사라졌다. 왠지는 모르지만 어머니의 망령은 아무래도 그즈음을 경계로 그의 주위를 어슬렁거리는 것을 멈춘 모양이다.

하지만 그 대신 지금 덴고는 고엔지의 어린이공원 미끄럼틀 위에 앉아 하늘에 뜬 한 쌍의 달을 보고 있다. 영문을 알 수 없는 새로운 세계가 넘실넘실 밀려드는 컴컴한 물처럼 그의 주위를 소리 없이 에워싸고 있다. 아마도 하나의 새로운 트러블이 또다른 오래된 트러블을 몰아냈다는 얘기이리라. 하나의 오래되고 낯익은 수수께끼가 새로 등장한 신선한 수수께끼로 바뀐 것이다. 덴고는 그렇게 생각했다.

하지만 딱히 비아냥거림을 담아 그런 생각을 한 건 아니다. 또한 그런 상황에 대해 이의를 제기하고픈 마음도 없었다. 지금 이곳에 있는 새로운 세계가 어떤 구조를 가진 곳이건 아마도 자신은 그것을 말 없이 받아들일 수밖에 없을 것이다. 내 마음대로 선택할 여지가 있을 리 없다. 지금까지 있었던 세계 역시 선택할 여지는 없었던 것이다. 똑같은 일이다. 첫째, 하고 그는 자문했다. 만일 이의가 있다 해도 대체 누구에게 그것을 제기해야 하지?

심장은 여전히 건조하고 딱딱한 소리를 내고 있었다. 하지만 현기증은 조금씩 풀려갔다. 덴고는 그 심장 소리를 귓속에서 들으며 미끄럼틀 난간에 머리를 기대고 앉아 하늘에 뜬 두 개의 달을 올려다보았다. 지독히 기묘한 풍경이다. 새로운 달이 더해진 새로운 세계. 모든 것은 불확실하고 한없이 다의적이다. 하지만 단 한 가지 단언할 수 있는 일이 있다. 고 덴고는 생각했다. 앞으로 나에게 어떤 일이 일어나건 두 개의 달이 나란히 이 풍경을 눈에 익은 당연한 것으로 바라보는 일은 아마도 없으리라는 것이다. 그런 일은 아마 영원히 없을 것이다.

아오마메는 그때 달과 어떤 밀약을 맺었던 걸까, 덴고는 생각했다. 그리고 낮달을 바라보던 아오마메의 한없이 진지한 눈을 생각했다. 그녀는 그때 달에게 대체 무엇을 내놓았던 것일까.

그리고 나는 이제부터 대체 어떻게 되는 걸까.

그것은 방과후 교실에서 아오마메에게 손을 잡힌 채 열 살의 덴고가 내내 생각했던 것이었다. 커다란 문 앞에 선, 겁에 질린 한 소년.

그리고 지금도 여전히 그때와 똑같은 생각을 하고 있다. 똑같은 불안, 똑같은 두려움, 똑같은 떨림. 좀더 커다란 새로운 문. 그리고 그의 눈앞에는 역시 달이 떠 있다. 다만 그 수는 두 개로 늘어났다.

아오마메는 어디에 있을까.

그는 미끄럼틀 위에서 다시 주위를 둘러보았다. 하지만 그가 찾으려는 건 어디에도 보이지 않았다. 그는 왼손을 눈앞에 펼치고 그곳에서 어떤 암시를 찾아보려고 노력했다. 하지만 손바닥에는 평소와 똑같이 몇 줄기 깊은 손금이 새겨져 있을 뿐이다. 그것은 은근한 맛이라고는 전혀 없는 수은등 불빛 아래에서 화성 표면에 남은 물줄기의 흔적처럼 보였다. 하지만 그 물줄기는 그에게 어떤 것도 가르쳐주지 않는다. 그 큰 손이 그에게 보여주는 것은 덴고가 열 살 때부터 머나먼 길을 걸어 여기까지 왔다는 것 정도였다. 이 고엔지의 작은 어린이공원의 미끄럼틀 위까지. 그리고 그 하늘에는 두 개의 달이 나란히 떠 있다.

아오마메는 어디에 있을까, 덴고는 다시 한번 자신에게 물었다. 그녀는 대체 어디에 몸을 숨기고 있을까.

"그 사람, 바로 가까이에 있을지도." 후카에리는 말했다. "여기서 걸어서 갈 수 있는 곳."

바로 근처에 있을 아오마메에게도 저 두 개의 달이 보일까.

틀림없이 그녀에게도 보일 것이다. 덴고는 그렇게 생각했다. 물론 근거는 없다. 하지만 그는 신기할 만큼 강한 확신이 들었다. 그가 지금 바라보는 것과 똑같은 풍경이 그녀에게도 틀림없이 보인다. 덴고는 왼손을 꽉 움켜쥐고, 그것으로 미끄럼틀 바닥을 몇 차례 내리쳤다. 손등이 아프도록.

　그러니까 더더욱 우리는 만나지 않으면 안 돼, 덴고는 생각했다. 여기서 걸어서 갈 수 있을 만큼 가까운 어딘가에서. 아오마메는 누군 가에게 쫓겨 상처입은 고양이처럼 몸을 숨기고 있으리라. 그리고 그 녀를 찾기 위한 시간은 한정되어 있다. 하지만 그곳이 어디인지, 덴 고는 전혀 알지 못한다.

　"호우호우." 리듬을 맞추는 역할의 리틀 피플이 말했다.

　"호우호우." 나머지 여섯 명이 합창했다.

제21장 아오마메

Q

어떡하지?

그날 밤, 아오마메는 달을 보기 위해 위아래 회색 저지 운동복에 슬리퍼 차림으로 베란다에 나갔다. 손에는 코코아 잔을 들고 있었다. 코코아 같은 걸 마시고 싶다니, 정말 꽤 오랜만의 일이다. 찬장 안에서 반 호텐의 코코아 캔을 발견하고 갑작스레 코코아가 마시고 싶어졌던 것이다. 구름 하나 없이 맑은 남서쪽 하늘에 두 개의 달이 또렷하게 떠 있었다. 큰 달과 작은 달. 그녀는 한숨을 내쉬는 대신 목구멍에서 나지막한 신음 소리를 냈다. 공기 번데기에서 도터가 태어나고 달은 두 개가 되었다. 그리고 1984년은 1Q84년으로 바뀌었다. 옛세계는 사라져 이제 그곳에 돌아갈 수 없다.

베란다에 놓인 가든체어에 앉아 뜨거운 코코아를 짧게 한 모금씩 마시고 눈을 가늘게 뜬 채 그 두 개의 달을 바라보며 아오마메는 옛세계의 일을 떠올리려고 노력했다. 하지만 지금 그녀의 머릿속에 떠오르는 생각은 집에 두고 온 고무나무 화분뿐이었다. 그 화분은 지금 어디에 있을까. 다마루는 전화로 약속한 대로 그 화분을 잘 돌봐주고 있을까. 괜찮아. 걱정할 거 없어. 아오마메는 스스로에게 말했다. 다마루는 약속을 지키는 남자야. 만일 필요하다면 그는 망설임 없이 너를 죽일지도 몰라. 하지만 설혹 그렇게 된다 해도 그는 남겨진 너의 고무나무만은 끝까지 돌봐줄 거야.

하지만 어째서 이렇게도 그 고무나무가 마음에 걸리는 걸까.

그걸 두고 방을 나설 때까지 아오마메는 고무나무 같은 건 별로 생각하지도 않았다. 그건 정말로 추레한 고무나무였다. 색깔도 별로고 한눈에 보기에도 시들시들 생기가 없었다. 가격은 바겐세일로 천팔백 엔이었지만 계산대에 들고 갔더니, 아무 말도 안 했는데 천오백 엔으로 깎아주었다. 흥정을 했더라면 한참 더 싸게 해줬을지도 모른다. 분명 오래도록 팔리지 않은 애물단지였을 것이다. 그 화분을 안고 집에 오는 동안, 그녀는 그런 걸 충동적으로 사들인 것을 내내 후회했다. 보기에도 시원찮은 고무나무 주제에 부피는 너무 커서 들기도 힘들었지만. 무엇보다 하나의 생명을 가진 것이었기 때문이다.

생명이 있는 뭔가를 가져본 건 그 고무나무가 처음이었다. 애완동물이건 화분이건, 그런 종류는 사본 일도 없고 받아본 일도 없고 길에서 주워본 일도 없다. 그 고무나무가 그녀에게는 생명 있는 것과 생활을 함께한 최초의 경험이었다.

노부인의 저택 거실에서, 야시장에 나가 쓰바사에게 사줬다는 작고 붉은 금붕어를 보면서 아오마메는 자신도 그런 금붕어를 갖고 싶다고 생각했다. 아주 강하게 그렇게 생각했다. 그 금붕어에서 쉽게 눈을 뗄 수 없을 정도였다. 왜 갑자기 그런 욕심이 났던 것일까. 쓰바사가 부러웠기 때문인지도 모른다. 야시장에서 누가 자신에게 뭔가를 사준 일 따위, 단 한 번도 없었다. 야시장에 데려가준 일조차 없었다. 성서의 가르침에 한없이 충실한 '증인회'의 열성적인 신자인 아버지와 어머니는 속세의 모든 축제를 경멸하고 기피했다.

그래서 아오마메는 지유가오카 역 근처의 디스카운트 숍에 들어가 자신이 직접 금붕어를 사기로 했다. 아무도 나를 위해 금붕어와 어항을 사주지 않는다면 내가 직접 나가서 사는 수밖에 없다. 그러면 되잖아, 그녀는 생각했다. 벌써 서른 살이나 된 어른이고 내 집에서 나 혼자 잘살고 있다. 은행 대여금고에는 돈다발이 단단한 벽돌처럼 쌓여 있다. 금붕어를 사는 것쯤이야, 누구 눈치를 볼 것도 없다.

하지만 애완동물 매장에 들어가 수조 안에서 레이스 같은 지느러미를 살랑살랑 흔들며 헤엄치는 진짜 금붕어를 바라보는 사이에 아오마메는 그것을 도저히 살 수 없게 되었다. 금붕어는 너무도 작고 자아나 성찰이 결여된 생각 없는 물고기처럼 보였지만, 누가 뭐라 해도 그건 완전한 하나의 생명체였다. 거기에 존재하는 생명을 돈을 내고 나 개인의 것으로 만든다는 건 적절하지 않은 행위처럼 생각되었다. 그것은 어린 시절의 아오마메의 모습을 떠올리게 했다. 좁은 유리 어항에 갇힌 채, 어디에도 갈 수 없는 무력한 존재. 금붕어는 그런 건 전혀 신경도 쓰지 않는 것처럼 보였다. 아마 실제로 신경도 쓰지 않을지 모른다. 딱히 어디에 가고 싶은 마음도 없을지 모른다. 하지만 아오마메는 그것이 아무래도 마음에 걸렸다.

노부인의 저택 거실에서 봤을 때는 그런 건 전혀 느끼지 못했다. 금붕어는 매우 우아하게, 매우 즐겁게 유리 어항 속을 헤엄치고 있었다. 여름 햇살이 물 속에서 일렁이고 있었다. 금붕어와 함께 생활하는 건 멋진 아이디어처럼 느껴졌다. 그녀의 생활에 조금은 윤기를 가져다줄 거라고 생각했다. 하지만 역 앞 디스카운트 숍의 애완동물 매장에서 바라본 금붕어의 모습은 아오마메를 숨 막히게 할 뿐이었다. 아오마메는 수조 안의 작은 물고기들을 잠시 바라본 뒤 입술을 앙다물었다. 안 돼. 나는 금붕어 같은 건 기를 수 없어.

그때 가게 구석에 놓인 고무나무가 눈에 들어왔다. 그것은 가장 눈에 띄지 않는 자리로 밀려나 버림받은 고아처럼 몸을 웅크리고 있었다. 적어도 아오마메의 눈에는 그렇게 비쳤다. 색깔도 칙칙하고 전체적인 모양새도 좋지 않았다. 하지만 그녀는 제대로 생각해보지도 않고 그것을 사들였다. 마음에 들어서 산 게 아니다. 사지 않을 수 없어서 샀을 뿐이다. 실제로 그걸 들고 돌아와 방에 놓아둔 뒤에도 어쩌다 물을 줄 때 외에는 거의 눈길도 주지 않았다.

그런데 일단 남겨두고 떠나오자, 이제 더이상 그걸 두 번 다시 볼 수 없다고 생각하자, 아오마메는 왠지 그 고무나무가 자꾸만 마음에 걸렸다. 혼란스럽고 고함을 내지르고 싶을 때 곧잘 하듯이 그녀는 크게 얼굴을 찌푸렸다. 온 얼굴의 근육이 극한 가까이까지 당겨졌다. 그리고 그녀의 얼굴은 딴 사람처럼 변해버렸다. 더이상 찡그릴 수 없을 때까지 얼굴을 찡그리고 그것을 다양한 각도로 뒤틀어본 뒤에야 아오마메는 겨우 원래의 얼굴로 되돌아왔다.

왜 이렇게 그 고무나무가 마음에 걸리는 걸까.

어쨌거나 다마루는 틀림없이 그 고무나무를 귀하게 돌봐줄 것이다. 나보다는 훨씬 더 꼼꼼하게 책임지고 돌봐줄 것이다. 그는 생명 있는 것을 돌보고 아껴주는 데 익숙하다. 나하곤 다르다. 그는 개를 자신의 분신처럼 아낀다. 틈만 나면 정원을 돌며 노부인의 저택 나무들도 세심하게 점검한다. 고아원에 있을 때는 매사 서투른 손아래 소년을 자신의 몸을 던져 보호했다. 나는 도저히 그렇게 못 해, 아오마메는 생각했다. 나 아닌 다른 생명을 맡아서 돌볼 만한 여유는 내게 없어. 나 하나의 생명의 무게를 견디고 나 하나의 고독을 견뎌내는 데도 이토록 허덕이는데.

고독이라는 말은 문득 아유미를 생각나게 했다.

아유미는 누군지 모를 남자의 손에 의해 러브호텔 침대에 수갑이 채워진 채 폭력적으로 성폭행을 당하고 목욕가운 끈에 목이 졸려 죽었다. 범인은 아오마메가 아는 한, 아직 체포되지 않았다. 아유미에게는 가족도 있고 동료도 있었다. 하지만 그녀는 고독했다. 그렇게 비참한 죽음을 맞아야 했을 만큼 고독했다. 그리고 나는 그녀의 바람에 응해줄 수 없었다. 그녀는 나를 향해 뭔가를 원하고 있었다. 틀림없이. 하지만 내게는 지키지 않으면 안 될 나만의 비밀이 있었고 고독이 있었다. 아유미와는 아무래도 함께 나눌 수 없는 비밀이고 고독이었다. 그녀는 왜 하필 나 같은 사람에게 마음의 교류를 원했을까. 나 말고도 이 세상에는 사람들이 얼마든지 많은데.

눈을 감자 휑뎅그렁한 방에 남겨두고 온 고무나무의 모습이 떠올랐다.

왜 이렇게 그 고무나무가 마음에 걸리는 걸까.

그러고는 한동안 아오마메는 울었다. 대체 왜 이러는 걸까, 아오마메는 가만히 고개를 저으면서 생각했다. 요즘 나는 너무 울어대. 그녀는 우는 짓 따위 하고 싶지 않았다. 그 칠칠치 못한 고무나무를 생각하면서 내가 왜 눈물을 흘려야 하느냐 말이다. 하지만 흐르는 눈물을 억누를 수가 없었다. 그녀는 어깨를 떨며 울었다. 내게는 이미 아무것도 남아 있지 않다. 추레한 고무나무 하나 남아 있지 않다. 조금이라도 가치 있는 것은 차례차례 사라져갔다. 모든 것이 다 내게서 떠나갔다. 덴고에 대한 기억의 온기 외에는.

이제 더이상 울지 말자, 그녀는 자신을 타일렀다. 나는 지금 이렇게 덴고 안에 있는 거야. 〈마이크로 결사단〉에 나오는 그 과학자들처럼—그래 맞아, 〈마이크로 결사단〉이라는 게 그 영화의 제목이었어. 영화 제목이 퍼뜩 생각난 덕분에 아오마메는 기분을 약간 추스를 수 있었다. 그녀는 울음을 그쳤다. 아무리 눈물을 흘려본들 그걸로 뭔가 해결되는 것도 아니다. 다시 쿨하고 터프한 아오마메로 돌아가야 해.

누가 그걸 원하느냐고?

내가 원해.

그리고 그녀는 주위를 둘러보았다. 하늘에는 아직 두 개의 달이 떠 있었다.

"그게 징표야. 하늘을 주의해서 자주 보는 게 좋아." 리틀 피플이 말했다. 작은 목소리의 리틀 피플이다.

"호우호우." 리듬을 맞추는 역할이 말했다.

그때 아오마메는 문득 깨달았다. 지금 달을 쳐다보는 사람이 자기

한 사람이 아니라는 것을. 도로 건너편 어린이공원에 한 젊은 남자의 모습이 보였다. 그는 미끄럼틀 위에 앉아 그녀와 같은 방향을 응시하고 있었다. 저 남자는 나와 똑같이 두 개의 달을 보고 있다. 아오마메는 직감적으로 그것을 알았다. 틀림없다. 그는 나와 똑같은 것을 보고 있다. 그에게는 그것이 보이는 것이다. 이 세계에는 두 개의 달이 있다. 하지만 이 세계에 사는 모든 인간에게 두 개의 달이 보이는 건 아니다, 라고 리더는 말했다.

하지만 그 젊고 덩치 큰 남자가 하늘에 뜬 한 쌍의 달을 보고 있다는 건 의심의 여지가 없었다. 무엇을 걸어도 좋다. 나는 알 수 있다. 그는 그곳에 앉아 노랗고 큼직한 달과 이끼가 낀 듯한 초록색의 작고 일그러진 달을 보고 있다. 그리고 그는 두 개의 달이 그곳에 나란히 존재하는 것의 의미에 대해 생각하고 있는 것처럼 보였다. 그 남자도 본의 아니게 이 1Q84년이라는 새로운 세계에 표류해온 사람들 중 하나일까. 그리고 그 세계의 의미를 미처 파악하지 못해 당황하고 있는지도 모른다. 틀림없다. 그래서 밤에 공원 미끄럼틀 위에 홀로 올라 달을 바라보며 온갖 가능성이며 온갖 가설을 머릿속에 늘어놓고 면밀히 검증하지 않으면 안 되는 것이다.

아니, 그게 아닐지도 모른다. 저 남자는 어쩌면 나를 찾아 여기까지 쫓아온 '선구'의 추적자 중 한 사람인지도 모른다.

그 순간 심장 박동이 빨라지고 지잉 하는 이명이 울렸다. 아오마메의 오른손은 무의식중에 허리 밴드에 꽂힌 자동권총을 더듬었다. 그녀의 손은 그 딱딱한 그립을 힘껏 움켜쥐었다.

하지만 아무리 봐도 남자의 기척에서는 그런 긴박한 분위기는 느껴지지 않았다. 폭력의 기미도 찾아볼 수 없다. 그는 혼자서 미끄럼틀 위에 앉아 난간에 머리를 기대고 하늘에 뜬 두 개의 달을 똑바로 바라보며 기나긴 성찰에 빠져 있을 뿐이다. 아오마메는 3층 베란다에 있고 그는 그 아래에 있다. 아오마메는 가든체어에 앉은 채 금속 난간 틈새로 그 남자를 내려다보았다. 혹시 남자가 이쪽을 쳐다보더라도 그쪽에서는 아오마메의 모습이 보이지 않을 것이다. 게다가 남자는 하늘을 바라보는 데 정신이 팔려 누군가가 자신을 지켜보리라는 생각은 머릿속을 스치지도 않는 모양이었다.

그녀는 마음을 진정시키고 가슴에 고인 숨을 조용히 토해냈다. 그리고 손가락의 힘을 빼며 권총 그립에서 손을 떼고 똑같은 자세로 그 남자를 계속 관찰했다. 아오마메의 위치에서는 그의 옆얼굴밖에 보이지 않는다. 공원의 수은등이 높직한 곳에서 그의 모습을 환하게 비추고 있다. 키가 큰 남자다. 어깨폭도 넓다. 뻣뻣해 보이는 머리칼은 짧게 잘랐고 긴소매 티셔츠를 입고 있다. 그 소매를 팔꿈치쯤까지 걷어올렸다. 핸섬하다고 할 정도는 아니지만 느낌이 좋은 뚜렷한 얼굴 생김새다. 두상도 나쁘지 않다. 좀더 나이를 먹고 머리숱이 적어져도 분명 멋있을 것이다.

그리고 아오마메는 갑자기 깨달았다.

덴고다.

그럴 리가 없다고 아오마메는 생각한다. 그녀는 짧고 단호하게 몇 차례 고개를 젓는다. 어처구니없는 착각일 게 뻔하다. 아무리 그래도 그렇지, 이런 일이 마침맞게 일어날 리 없어. 그녀는 정상적으로 숨을 쉴 수가 없다. 신체 시스템이 혼란에 빠졌다. 의지와 행동이 제대로 맞물리지 않는다. 다시 한번 남자를 잘 봐야 해. 하지만 왠지 눈의 초점을 맞출 수가 없다. 어떤 힘이 작용해 좌우의 시력이 돌연 크게 달라진 것만 같았다. 그녀는 무의식중에 얼굴을 크게 일그러뜨린다.

어떡하지?

그녀는 가든체어에서 일어나 별 의미도 없이 주위를 둘러보았다. 그리고 거실 사이드보드 안에 소형 니콘 쌍안경이 있었던 게 퍼뜩 생각나 그것을 가지러 간다. 쌍안경을 들고 서둘러 베란다로 돌아와 미끄럼틀 위를 본다. 젊은 남자는 아직 그곳에 있었다. 아까와 똑같은 자세다. 이쪽으로 옆얼굴을 향하고 하늘을 올려다보고 있다. 그녀는 떨리는 손으로 쌍안경의 초점을 맞춰 남자의 옆얼굴을 보았다. 숨을 멈추고 정신을 집중했다. 틀림없다. 덴고다. 이십 년이라는 세월이 흘렀지만 아오마메는 알 수 있었다. 덴고가 아닌 다른 누구도 아니다.

아오마메가 가장 놀란 것은 덴고의 모습이 열 살 때에서 거의 변하지 않았다는 것이었다. 열 살 소년이 그대로 서른 살이 된 것 같았다. 어린 티가 난다는 게 아니다. 물론 몸은 훨씬 큼직해졌고 목도 굵어졌고 얼굴 생김새도 어른스러워졌다. 표정에서도 깊이가 묻어났다. 무릎에 놓인 손은 큼직하고 힘차 보였다. 이십 년 전에 초등학교 교실에서 그녀가 잡았던 손과는 한참 다르다. 하지만 그래도 그 체구가 빚어내는 분위기는 열 살 때의 덴고 그대로였다. 탄탄하고 두툼한 몸은 그녀에게 자연스러운 따스함과 깊은 안도감을 가져다주었다. 그녀는 그 가슴에 얼굴을 묻고 싶다고 생각했다. 아주 강하게 그렇게 생각했다. 아오마메는 그런 바람이 가슴속에 이는 게 기뻤다. 그리고 그는 어린이공원의 미끄럼틀 위에 앉아 하늘을 향해 고개를 쳐들고 그녀가 보는 것과 똑같은 것을 열심히 보고 있다. 두 개의 달이다. 그래, 우리는 똑같은 것을 볼 수 있는 것이다.

어떡하지?

어떻게 해야 할지 아오마메는 알 수 없었다. 그녀는 쌍안경을 무릎 위에 놓고, 두 손을 힘껏 움켜쥐었다. 손톱이 파고들어 그 흔적이 또렷이 남을 만큼. 움켜쥔 주먹은 파들파들 떨리고 있었다.

어떡하지?

그녀는 자신의 거친 숨소리를 듣고 있었다. 그녀의 몸이 어느 결에 한가운데서 둘로 나누어진 것만 같았다. 한쪽은 덴고가 눈앞에 있다는 사실을 기꺼이 받아들이려 한다. 그리고 또 한쪽은 그 사실을 받아들이기를 거부하고 어딘가 보이지 않는 먼 곳으로 밀쳐내려 한다. 그런 일은 일어나지도 않았어, 하고. 정반대 방향으로 나아가려는 그 두 개의 힘이 그녀 안에서 격렬히 다투고 있었다. 두 가지 다 각자가 향하는 곳으로 힘껏 그녀를 잡아당기고 있었다. 곳곳에서 살이 찢기고 관절이 조각나고 뼈가 부서지는 것 같다.

아오마메는 그대로 공원으로 달려가 미끄럼틀 위의 덴고에게 말을 건네고 싶었다. 하지만 뭐라고 말해야 할까. 입을 어떻게 움직여야 말이 나오는지도 모르겠다. 그래도 그녀는 어떻게든 말을 짜낼 것이다. 내 이름은 아오마메, 이십 년 전에 이치카와 초등학교 교실에서 당신의 손을 잡았어. 나를 기억해?

그렇게 말하면 될까?

그것 말고 좀더 괜찮은 말이 있을 텐데.

또 한 명의 그녀는 "이대로 베란다에 가만히 숨어 있어"라고 명령하고 있었다. 네가 할 수 있는 건 이제 아무것도 없어. 그렇잖아? 너는 어젯밤에 리더와 거래를 했어. 너는 네 목숨을 버리는 것으로 덴고를 구할 거야. 그를 이 세계에서 계속 살게 할 거야. 그것이 거래의 내용이야. 계약은 이미 맺어졌어. 리더를 저쪽 세계로 보내고, 그 대신 자신의 목숨을 내놓기로 너는 동의했어. 지금 여기서 덴고를 만나 옛날 얘기를 하고, 그래서 뭐가 어떻게 된다는 거지? 게다가 만일 그가 너 따위는 기억도 못 하고 있다면, 혹은 '재수 없는 기도를 올리는 꾀죄죄한 여자애'로만 기억하고 있다면, 그때는 어떻게 할 거야? 만일 그렇다면 너는 어떤 심정으로 죽어가게 될까?

그렇게 생각하자 그녀의 몸은 딱딱하게 굳어 파르르 떨려왔다. 그녀는 그 떨림을 억제할 수 없었다. 심한 감기에 걸렸을 때의 오한과도 같다. 몸의 심지까지 꽁꽁 얼어붙는 것 같다. 그녀는 자신의 몸을 두 팔로 끌어안은 채 한참을 그 차가움에 떨고 있었다. 하지만 그동안에도 미끄럼틀 위에 앉아 하늘을 올려다보는 덴고에게서 눈을 떼지 않았다. 눈을 떼면 그 즉시 그가 어딘가로 사라질 것만 같았다.

덴고의 품에 안기고 싶다고 그녀는 생각했다. 그의 저 큰 손으로 내 몸을 애무해주었으면. 그리고 그의 온기를 온몸으로 느끼고 싶었다. 몸을 구석구석 쓰다듬어주었으면. 그리고 따스하게 해주었으면. 내 몸의 심지에 박힌 이 한기를 없애주었으면. 그러고는 내 속에 들어와 마음껏 휘저어주었으면. 스푼으로 코코아를 섞는 것처럼 천천히 밑바닥까지. 만일 그렇게 해준다면 이 자리에서 당장 죽어도 괜찮아. 정말이야.

아니, 정말 그럴까, 아오마메는 생각한다. 그렇게 되면 나는 이제는 죽고 싶지 않다고 생각할지 모른다. 언제까지나, 언제까지나 그와 함께 있고 싶다고 생각할지도 모른다. 죽을 결심 따위는 아침 햇살을 받은 이슬처럼 깨끗이 증발해버릴지도 모른다. 혹은 그를 죽이고 싶다고 생각할지 모른다. 헤클러&코흐로 우선 그를 쏘아 죽이고 그다음에 자신의 뇌수를 날려버릴지도 모른다. 거기서 무슨 일이 벌어질지, 자신이 무슨 짓을 저지를지, 전혀 예측할 수가 없다.

어떡하지?

어떻게 해야 할지, 그녀는 판단이 되지 않았다. 숨소리가 거칠어졌다. 온갖 생각이 드나들고 넘나들었다. 생각을 하나로 정리할 수가 없다. 무엇이 옳고 무엇이 옳지 않은가. 그녀가 알고 있는 건 단 한 가지밖에 없다. 지금 당장 여기서 그의 굵은 팔 안에 안기고 싶다는 것. 그다음 일은 그다음 일이다. 그다음 일은 신이건 악마건 마음대로 정하시라지.

아오마메는 결심했다. 세면실로 뛰어가 타월로 얼굴에 남은 눈물 자국을 훔쳐낸다. 거울을 향해 머리칼을 재빨리 다듬는다. 두서없는 엉터리 같은 얼굴을 하고 있다. 눈은 붉게 핏발이 섰다. 옷 입은 꼬락서니도 지독하다. 위아래 색 바랜 저지에 허리 밴드에는 9밀리 자동 권총을 찔러넣어 허리춤이 기묘하게 불룩 튀어나왔다. 이십 년 동안 만나고 싶어 애태워온 사람 앞에 나설 만한 꼴이 아니다. 어쩌서 좀 더 괜찮은 옷을 입지 못했을까. 하지만 이제 와서 어쩔 수도 없다. 옷을 갈아입을 여유는 없다. 그녀는 맨발에 운동화를 꿰신고 문도 잠그지 않은 채 맨션 비상계단을 세 칸씩 뛰어내려간다. 그리고 도로를 가로질러 인기척 없는 공원의 미끄럼틀 앞으로 달려간다. 하지만 그곳에 이미 덴고의 모습은 없다. 수은등의 인공적인 빛을 받은 미끄럼틀 위에는 아무도 없다. 달의 뒷면보다 더 어둡고 차갑게 텅 비어 있다.

그건 착각이었던 걸까.

아니, 아니야. 착각 같은 게 아니야. 그녀는 숨을 헐떡이며 그렇게 생각한다. 덴고는 바로 조금 전까지 이 자리에 있었다. 틀림없이. 그녀는 미끄럼틀 위에 올라가 그곳에 서서 주위를 둘러본다. 어디에도 사람의 자취는 보이지 않는다. 하지만 아직 그리 멀리는 가지 못했을 것이다. 바로 몇 분 전까지 그는 이곳에 있었다. 4분이나 5분, 그 이상은 걸리지 않았다. 지금 달려가면 따라잡을 수 있는 거리다.

하지만 아오마메는 마음을 접었다. 그녀는 거의 온 힘을 다해 자신을 붙잡아세웠다. 아니 안 돼, 그건 불가능해. 그가 어느 방향으로 갔는지, 그것도 모른다. 밤의 고엔지 거리를 정처 없이 돌아다니며 덴고의 행방을 찾는 짓은 하고 싶지 않다. 그건 내가 취해야 할 행동이 아니다. 아오마메가 베란다 가든체어에서 어떻게 해야 하나 망설이는 사이에 덴고는 미끄럼틀을 내려와 어딘가로 가버렸다. 생각해보면 그것이 내게 주어진 운명이다. 나는 망설이고, 계속 망설이고, 판단능력을 일시적으로 상실하고, 그사이에 덴고는 떠나갔다. 그것이 내게 일어난 일이다.

결과적으로는 잘된 거야. 아오마메는 자신을 타일렀다. 아마도 그것이 가장 옳은 일이었으리라. 적어도 나는 덴고를 볼 수 있었다. 길 하나 건너에 있는 그의 모습을 보고 그의 팔에 안긴다는 가능성에 몸을 떨 수 있었다. 겨우 몇 분 동안이었다 해도 나는 그 격한 기쁨과 기대를 온몸으로 맛볼 수 있었다. 그녀는 눈을 감고 미끄럼틀의 난간을 움켜쥔 채 입술을 깨물었다.

아오마메는 아까 덴고가 했던 것과 똑같은 자세로 미끄럼틀 위에 앉아 남서쪽 하늘을 올려다보았다. 그곳에는 크고 작은 두 개의 달이 나란히 떠 있었다. 그러고는 맨션 3층 베란다로 시선을 던졌다. 방의 불이 켜져 있다. 그녀는 방금 전까지 그 방 베란다에서 이곳에 있는 덴고를 바라보았다. 그 베란다에는 그녀의 깊은 망설임이 아직도 남아서 떠돌고 있는 것 같았다.

1Q84년, 그것이 이 세계에 주어진 명칭이다. 나는 반년쯤 전에 이 세계에 들어왔고, 그리고 지금 나가려 하고 있다. 의도하지 않은 채 이곳에 들어왔고 이제 내 의지에 따라 이곳에서 나가려 하고 있다. 내가 떠난 뒤에도 덴고는 이곳에 머문다. 덴고에게 그것이 어떤 세계가 될지, 나는 물론 알지 못한다. 곁에서 지켜볼 수도 없다. 하지만 그래도 괜찮다. 나는 그를 위해 죽어가려 한다. 나 자신을 위해 살지는 못했다. 그런 가능성은 처음부터 내게 없었다. 하지만 그 대신, 그 사람을 위해 죽을 수 있다. 그러면 돼. 나는 미소 지으며 죽을 수 있어.

거짓말이 아니야.

아오마메는 미끄럼틀 위에 남겨진 덴고의 기척을 조금이라도 감지해보려 했다. 하지만 그곳에는 어떤 온기도 남아 있지 않았다. 가을의 예감을 가득 품은 밤바람이 느티나무 잎사귀 사이를 빠져나와 그곳에 있는 모든 흔적을 지워가고 있었다. 그래도 아오마메는 언제까지고 그곳에 앉아 나란히 뜬 두 개의 달을 올려다보았다. 감정이 결여된 그 기묘한 빛을 온몸에 받았다. 다양한 소리들이 하나로 뒤섞인 도회지의 소음이 통주저음(basso continuo)이 되어 그녀를 둘러쌌다. 그녀는 수도고속도로의 비상계단에 집을 짓고 있던 조그마한 거미를 떠올렸다. 그 거미는 아직도 살아서 거미줄을 치고 있을까.

그녀는 미소 지었다.

나는 준비가 되어 있어. 그녀는 그렇게 생각했다.

하지만 그전에, 꼭 찾아가야 할 곳이 있다.

제22장 텐고
Q
두 개의 달이 하늘에 떠 있는 한

미끄럼틀에서 내려와 어린이공원을 나온 텐고는 정처 없이 거리를 걸었다. 이 길에서 저 길로 헤매고 다녔다. 자신이 어디를 걸어가는지, 거의 마음에 두지 않았다. 걸으면서 머릿속의 두서없는 생각을 조금이라도 명확한 윤곽을 가진 것으로 만들어보려고 노력했다. 하지만 아무리 애를 써도 이제는 제대로 된 사고를 할 수 없었다. 너무도 많은 것을 미끄럼틀 위에서 한꺼번에 생각해버린 탓이다. 두 개로 늘어난 달에 대해, 핏줄이라는 것에 대해, 인생의 새로운 출발점에 대해, 어지럼증을 동반하는 리얼한 백일몽에 대해, 후카에리와 「공기 번데기」에 대해, 그리고 이 근처 어딘가에 숨어 있을 아오마메에 대해. 그의 머릿속은 수많은 생각으로 혼잡하고 집중력은 거의 한계에 이르렀다. 할 수만 있다면 이대로 침대에 들어 푹 자고 싶었다. 그다음은 내일 아침, 눈을 뜬 후에 생각하면 된다. 더이상 뭔가를 고민해봤자 의미 있는 지점에 가 닿을 것 같지 않다.

덴고가 아파트에 돌아가니 후카에리는 덴고의 책상 앞에 앉아 작은 주머니칼로 열심히 연필을 깎고 있었다. 덴고는 항상 열 자루 정도의 연필을 연필꽂이에 꽂아두는데, 이제 그 수가 이십 자루쯤으로 불어나 있었다. 그녀는 감탄스러울 만큼 깨끗하게 그 연필들을 깎고 있었다. 그토록 아름답게 깎인 연필을 덴고는 지금까지 본 적이 없다. 그 끝은 바느질하는 바늘처럼 날카롭고 뾰족했다.

　"전화가 왔어요." 그녀는 연필의 뾰족한 상태를 손끝으로 확인하며 말했다. "지쿠라에서."

　"전화를 받지 말라고 했었는데."

　"중요한 전화여서."

　벨소리만 듣고도 중요한 전화인 줄 알았던 것이리라.

　"용건이 뭐였어?" 덴고는 물었다.

　"용건은 말 안 했어요."

　"지쿠라 요양소에서 온 전화였다고?"

　"전화하면 좋겠어요."

　"그쪽에서 전화를 달라고 했다는 거지?"

　"늦은 시간이라도 좋으니 오늘중으로."

　덴고는 한숨을 내쉬었다. "그쪽 전화번호를 모르는데."

　"나는 알아요."

　그녀는 번호를 기억하고 있었다. 덴고는 그 번호를 메모지에 적었다. 그리고 시계를 보았다. 여덟시 반이다.

　"전화가 몇시쯤 왔었지?" 덴고는 물었다.

　"조금 전에."

덴고는 주방에 나가 물을 한 잔 마셨다. 싱크대 가장자리에 두 손을 짚고 눈을 감은 채, 두뇌가 어쨌든 남들 비슷하게나마 회전하는 것을 확인한 뒤에 전화 앞으로 다가가 그 번호를 돌렸다. 어쩌면 아버지가 돌아가셨는지도 모른다. 적어도 그건 생사가 걸린 일일 것이다. 어지간한 일이 아니고서는 그들이 이런 밤 시간에 덴고에게 전화를 걸지는 않는다.

전화는 여자가 받았다. 덴고는 자신의 이름을 밝히고, 조금 전에 그쪽의 연락을 받아서 전화하는 거라고 말했다.

"가와나 씨의 아드님이죠?" 상대는 말했다.

"그렇습니다." 덴고는 말했다.

"지난번에 여기서 만났던 간호사예요." 여자는 말했다.

금속 테 안경을 쓴 중년 간호사의 얼굴이 머릿속에 떠올랐다. 이름은 생각나지 않는다.

그는 간단한 인사를 건넸다. "조금 전에 전화를 하셨다던데요."

"네, 그래요. 지금 담당 선생님께 전화를 돌려드릴 테니까 직접 이야기해주세요."

덴고는 수화기를 귀에 댄 채, 전화가 연결되기를 기다렸다. 그 의사는 좀체 전화를 받지 않았다. 〈언덕 위의 나의 집〉의 단조로운 멜로디가 영원처럼 흐르고 있었다. 덴고는 눈을 감고 보소 해안의 요양소 풍경을 떠올렸다. 겹겹이 우거진 무성한 소나무 숲, 그 사이를 뚫고 불어오는 바닷바람. 쉴새없이 밀려오는 태평양의 파도. 문병객의 모습도 없이 한산한 현관 로비. 복도를 굴러가는 이동식 침대의 바퀴 소리. 햇볕에 바랜 커튼. 깨끗이 다림질한 간호사의 흰 유니폼. 맛없고 싱거운 식당 커피.

이윽고 의사가 전화를 받았다.

"아, 기다리게 해서 미안합니다. 방금 전에 다른 병실에서 긴급 호출이 들어오는 바람에요."

"괜찮습니다." 덴고는 말했다. 그리고 담당 의사의 얼굴을 떠올려보려고 했다. 하지만 생각해보니 그 의사를 만난 적이 없었다. 머리가 아직 제대로 움직여주지 않는다. "아버지에게 혹시 무슨 일이 있었습니까?"

의사는 잠시 틈을 둔 뒤에 말했다. "딱히 오늘 무슨 일이 있었다는 건 아니지만, 얼마 전부터 만성적으로 별로 양호한 상태가 아니에요. 말씀드리기 어렵지만, 아버님은 지금 혼수상태입니다."

"혼수상태." 덴고는 말했다.

"계속 깊이 잠들어 계세요."

"그러니까, 의식이 없다는 건가요?"

"그렇습니다."

덴고는 생각을 굴렸다. 어떻게든 두뇌를 작동시켜야 한다. "아버지는 뭔가 병에 걸렸고, 그래서 혼수상태에 빠졌다는 얘기인가요?"

"정확히는 그런 게 아니에요." 의사는 난처한 듯이 말했다.

덴고는 기다렸다.

"전화로 설명하기는 좀 어려운데, 어디가 딱히 안 좋다는 것도 아니에요. 이를테면 암이라든가 폐렴이라든가 그런 분명한 이름이 붙는 병을 앓고 계신 건 아닙니다. 의학적으로 말하자면 이렇다 하게 식별할 만한 증세는 보이지 않아요. 단지 무엇이 원인인지는 잘 모르겠지만, 아버님의 경우, 신체 생명을 유지하고자 하는 자연스러운 힘이 눈에 띄게 그 수위가 떨어지고 있어요. 하지만 원인을 알지 못하니 치료법도 찾을 수가 없군요. 링거로 계속 영양 보급은 하고 있지만, 그건 어디까지나 대증적인 것이에요. 근본적인 치료가 아닙니다."

"솔직히 여쭤봐도 될까요?" 덴고는 말했다.

"물론입니다." 의사는 말했다.

"아버지가 그리 오래갈 수는 없을 것 같다는 말씀인가요?"

"이 상태가 계속된다면 그럴 가능성이 높아요."

"노쇠 같은 걸까요?"

의사는 전화기에 대고 애매한 신음 소리를 냈다. "아버님은 아직 육십대예요. 노쇠할 만한 연령이 아니죠. 게다가 기본적으로는 건강한 편이에요. 치매 이외에는 이렇다 할 지병도 보이지 않아요. 정기적으로 실시하는 체력 측정에서는 상당히 좋은 결과가 나왔죠. 문제랄 것은 한 가지도 없었습니다."

의사는 거기에서 입을 다물었다. 그러고는 이야기를 계속했다.

"하지만…… 글쎄, 최근 며칠의 상태를 보면 당신 말대로 노쇠 비슷한 점이 있을지도 모르겠군요. 신체 기능이 전체적으로 저하되어서 살아가기 위한 의지 같은 것이 미약해지는 것 같아요. 그건 보통 팔십대 후반에나 나타나는 증상이에요. 그 정도 나이가 되면 더이상 살아가기에 지쳐 생명을 유지하기 위한 자구노력을 포기하는 경우가 종종 있습니다. 하지만 그것과 똑같은 일이 어째서 육십대인 가와나 씨에게 일어났는지, 지금으로서는 나도 잘 모르겠어요."

덴고는 입술을 깨물고 잠시 생각했다.

"혼수상태는 언제쯤부터 시작되었습니까?" 덴고는 물었다.

"사흘 전입니다." 의사는 말했다.

"사흘 동안 전혀 눈을 뜨지 않았어요?"

"한 번도요."

"그리고 생명의 징후는 점점 약해지고 있고요."

의사는 말했다. "급격하달 건 없지만, 방금 말한 대로 생명력의 수위는 조금씩, 하지만 눈에 띄게 떨어지고 있어요. 마치 열차가 조금씩 속도를 늦추며 정지를 향할 때처럼."

"앞으로 어느 정도 여유가 있을까요?"

"정확히 어느 정도라고 말할 수는 없어요. 다만 이대로 혼수상태가 계속된다면 최악의 경우, 앞으로 일주일쯤이 될지도 모릅니다." 의사는 말했다.

덴고는 수화기를 바꿔 들고 입술을 깨물었다.

"내일 그쪽으로 가겠습니다." 덴고는 말했다. "오늘 전화가 없었어도 가까운 시일 내에 가보려던 참이었어요. 하지만 연락해주셔서 다행입니다. 고맙습니다."

의사는 그 말을 듣고 안도한 듯했다. "그렇게 해줘요. 되도록 빨리 만나는 게 좋다고 생각합니다. 이야기를 나눌 수는 없을지 모르지만, 아드님이 와준다면 분명 기뻐하실 거예요."

"하지만 의식은 없는 거죠?"

"의식은 없어요."

"통증은 있을까요?"

"지금으로서는 통증도 없습니다. 아마 없을 거예요. 그건 불행 중

다행입니다. 그저 푹 주무시고 계세요."

"정말 고마웠습니다." 덴고는 인사를 건넸다.

"가와나 씨." 의사가 말했다. "아버님은, 뭐랄까, 정말 남을 번거롭게 하지 않는 분이었어요. 아무에게도 폐를 끼치지 않는 분이었죠."

"옛날부터 그런 분이에요." 덴고는 말했다. 그리고 다시 한번 의사에게 감사하다는 인사를 하고 전화를 끊었다.

덴고는 커피를 데워 테이블의 후카에리 앞에 앉아 마셨다.

"내일 나가요." 후카에리는 덴고에게 물었다.

덴고는 고개를 끄덕였다. "아침에 전철 타고 다시 고양이 마을에 가야 해."

"고양이 마을에 가요." 후카에리는 무표정하게 말했다.

"너는 여기서 기다리고 있을 거야." 덴고는 물었다. 후카에리와 함께 살다보니 물음표 없이 질문하는 데 익숙해져버렸다.

"나는 여기서 기다려요."

"나는 혼자서 고양이 마을에 가고." 덴고는 말했다. 그리고 커피를 한 모금 마셨다. 문득 생각이 나서 그녀에게 물었다. "뭐 좀 마실래?"

"화이트와인 있어요."

덴고는 냉장고를 열고 차가운 화이트와인이 있는지 찾아보았다. 한참 전 바겐세일 때 사온 샤르도네가 안쪽에 있는 게 눈에 들어왔다. 라벨에는 야생 멧돼지 그림이 그려져 있다. 코르크 마개를 열고 와인 잔에 따라 후카에리 앞에 놓아주었다. 그러고는 잠시 망설인 끝에 자신의 잔에도 따랐다. 분명 커피보다는 와인을 마시고 싶은 기분이다. 와인은 약간 지나치다 싶게 차가웠고 단맛이 앞섰지만, 알코올은 덴고의 기분을 얼마간 가라앉혀주었다.

"당신은 내일 고양이 마을에 가요." 소녀는 다시 한번 말했다.

"아침 일찍 전철을 타고." 덴고는 대답했다.

화이트와인 잔을 기울이고 있을 때, 덴고는 테이블을 끼고 마주한 그 열일곱 살 아름다운 소녀의 몸 안에 자신이 정액을 방출했던 일이 떠올랐다. 바로 어젯밤의 일인데 한참 먼 과거에 일어난 일처럼 생각되었다. 역사 속의 사건으로 생각될 만큼. 하지만 그때의 감각은 아직 그의 몸 안에 생생하게 남아 있다.

"달의 수가 늘어났어." 덴고는 잔을 손 안에서 천천히 돌리며 고백하듯이 말했다. "아까 하늘을 봤더니 달이 두 개가 있었어. 크고 노란 달과 작고 초록빛이 나는 달. 오래전부터 그렇게 되었는지 모르지. 하지만 나는 알아보지 못했었어. 아까서야 겨우 그걸 알았어."

달의 수가 늘어난 것에 대해 후카에리는 딱히 자신의 느낌을 말하지 않았다. 그 소식을 듣고 그녀가 놀랐다는 느낌은 어디에서도 찾아볼 수 없었다. 표정에는 아무런 변화도 없었다. 어깨를 움츠리지도 않았다. 그건 그녀에게는 특별히 새로운 뉴스도 아닌 모양이었다.

"굳이 말할 것도 없지만, 하늘에 달이 두 개 떠 있는 건「공기 번데기」에 나오는 세계하고 똑같아." 덴고는 말했다. "그리고 새로운 달은 내가 묘사했던 것과 똑같은 모양을 하고 있어. 크기도 색깔도 똑같아."

후카에리는 그저 침묵하고 있었다. 대답할 필요가 없는 질문에 대해 그녀가 대답하는 일은 없다.

"어떻게 이런 일이 일어났을까. 어떻게 이런 일이 일어날 수 있지?"

역시 대답은 없었다.

덴고는 마음먹고 솔직하게 질문했다. "우리가 「공기 번데기」에 묘사된 세계에 들어와버린 걸까."

후카에리는 잠시 양쪽 손의 손톱 모양을 주의 깊게 살펴보았다. 그러고는 말했다. "우리는 둘이서 책을 썼으니까."

덴고는 잔을 테이블 위에 내려놓았다. 그리고 후카에리에게 물었다. "나와 너는 둘이서 「공기 번데기」를 썼고 그걸 출판했어. 공동 작업을 했지. 그리고 그 책은 베스트셀러가 되었고 리틀 피플과 마더와 도터에 대한 정보가 세상에 널리 퍼졌어. 그 결과, 우리는 새롭게 바뀐 이 세계로 함께 들어와버렸다. 그런 얘기니?"

"당신은 리시버 역할을 하고 있어요."

"내가 리시버 역할을 하고 있다." 덴고는 반복했다. "분명 나는 「공기 번데기」 안에서 리시버에 대해 썼어. 하지만 그게 어떤 것인지, 나는 거의 알지 못해. 리시버는 대체 구체적으로 어떤 역할을 하는 거지?"

후카에리는 슬쩍 고개를 저었다. 그 설명은 못 한다는 뜻이다.

설명해주지 않으면 모른다는 건 설명해줘도 모르는 거야. 아버지가 어딘가에서 말했다.

"우리는 함께 있는 게 좋아요." 후카에리는 말했다. "그 사람을 찾을 때까지는."

덴고는 잠시 말없이 후카에리의 얼굴을 바라보았다. 그 얼굴이 표현하는 것을 읽어내려고 했다. 하지만 거기에는 어떤 표정도 떠올라 있지 않았다. 늘 그렇듯이. 그리고 그는 무의식중에 고개를 옆으로 돌려 창밖으로 시선을 던졌다. 하지만 달은 보이지 않았다. 전봇대와 보기 싫게 뒤엉킨 전깃줄이 보일 뿐이다.

덴고는 말했다. "리시버의 역할을 맡는 데는 뭔가 특수한 자질이 필요한 거야?"

후카에리는 턱을 위아래로 살짝 움직였다. 그렇다는 뜻이다.

"하지만 「공기 번데기」는 원래 네 이야기야. 네가 제로에서부터 만들어낸 이야기지. 너의 내면에서 나온 이야기야. 나는 우연히 의뢰를 받고 문장을 다듬었을 뿐이야. 그저 기술자에 지나지 않아."

"우리는 둘이서 책을 썼으니까." 후카에리는 앞서와 똑같은 말을 되풀이했다.

덴고는 무의식중에 손끝을 관자놀이에 댔다. "그때부터 나도 모르는 사이에 리시버 역할을 하고 있었다는 거야?"

"그전부터." 후카에리는 말했다. 그리고 오른손 검지로 자신을 가리키고, 그러고는 덴고를 가리켰다. "내가 퍼시버고 당신은 리시버."

"perceiver와 receiver." 덴고는 정확한 발음으로 말했다. "너는 지각하고 나는 그걸 받아들인다. 그런 얘기지?"

후카에리는 짧게 고개를 끄덕였다.

덴고는 얼굴을 살짝 일그러뜨렸다. "그러니까 너는 내가 리시버라는 것을 알고 있었고, 혹은 리시버의 자질을 가진 것을 알고 있었고, 그래서 내게 「공기 번데기」를 고쳐 쓰는 일을 맡겼다. 네가 지각한 것을 나를 통해 책의 형태로 만들게 했다. 그런 얘기야?"

대답은 없었다.

덴고는 일그러진 얼굴을 원래대로 되돌렸다. 그리고 후카에리의 눈을 보며 말했다. "구체적인 포인트는 아직 집어낼 수 없지만, 아마 그때를 전후로 나는 달이 두 개가 있는 이쪽 세계로 들어왔겠지. 지금까지 그걸 못 보고 지나쳤을 뿐이야. 밤중에 하늘을 올려다본 일이 한 번도 없어서 달의 수가 늘어났다는 것도 알아보지 못했어. 분명 그런 거지?"

후카에리는 그저 침묵을 지키고 있었다. 그 침묵은 고운 가루처럼 공중에 은밀히 떠돌고 있었다. 그것은 특수한 공간에서 출현한 모기 떼가 방금 전에 흩뿌리고 간 가루 같았다. 그 가루가 공중에 그려내는 형상을 덴고는 한참 동안 바라보았다. 덴고는 자신이 마치 이틀 전의 석간신문이 된 것 같았다. 정보는 나날이 갱신되고 있다. 나 혼자서만 아무 소식도 듣지 못한다.

"원인과 결과가 어떻게 해볼 도리도 없이 뒤섞여버린 것 같아." 덴고는 마음을 고쳐먹고 그렇게 말했다. "어느 쪽이 먼저고 어느 쪽이 나중인지 갈피를 못 잡겠어. 하지만 어쨌든 우리는 이 새로운 세계에 깊숙이 들어와 있어."

후카에리는 얼굴을 들어 덴고의 눈을 보았다. 그렇게 생각해서 그런지는 모르지만 그 눈동자 속에는 다정한 빛 같은 것이 희미하게 엿보였다.

"어쨌거나 이제 원래 세계는 없어." 덴고는 말했다.

후카에리는 가만히 어깨를 움츠렸다. "우리는 여기에서 살아가요."

"달이 두 개 있는 세계에서?"

후카에리는 대답하지 않았다. 아름다운 열일곱 살 소녀는 입술을 꾹 다물고 덴고의 눈을 똑바로 응시하고 있었다. 아오마메가 방과후 교실에서 열 살의 덴고의 눈을 들여다보았던 것과 똑같이. 그곳에는 강하고 깊은 의식의 집중이 있었다. 후카에리가 그렇게 빤히 쳐다보자 덴고는 자신이 그대로 돌이 되어버릴 것만 같았다. 돌이 되어 그대로 새로운 달로 바뀌어버릴 것 같은 마음이 들었다. 비뚤어진 모양의 작은 달로. 한참 뒤에 후카에리는 겨우 시선을 누그러뜨렸다. 그리고 오른손을 들어 손끝을 가만히 관자놀이에 댔다. 마치 자기 자신 속에 있는 비밀스런 생각을 읽어내려는 것처럼.

"당신은 사람을 찾고 있었어요." 소녀는 물었다.

"응."

"하지만 찾지 못했어요."

"찾지 못했어." 덴고는 말했다.

아오마메를 찾지 못했다. 하지만 그 대신 달이 두 개가 되어 있다는 것을 발견했다. 그 발견은 후카에리가 암시한 말에 따라 그가 기억의 밑바닥을 퍼올렸고, 그 결과 달을 보려고 생각했기 때문이었다.

소녀는 시선을 조금 누그러뜨리며 와인 잔을 손에 들었다. 입 안에 와인을 머금고, 이슬을 빨아먹는 벌레처럼 소중하게 그것을 삼켰다.

덴고는 말했다. "그녀는 어딘가에 몸을 숨기고 있다고 너는 말했어. 그렇다면 그리 간단히는 찾을 수 없겠지."

"걱정하지 않아도 돼요." 소녀는 말했다.

"나는 걱정하지 않아도 된다." 덴고는 그저 그녀의 말을 반복했다.

후카에리는 깊이 고개를 끄덕였다.

"내가 그녀를 찾아낼 수 있다는 거니?"

"그 사람이 당신을 찾아내요." 소녀는 조용한 목소리로 말했다. 부드러운 초원을 건너는 바람 같은 목소리였다.

"여기 고엔지에서?"

후카에리는 고개를 갸웃했다. 그건 모르겠다, 는 뜻이다. "어딘가에서." 그녀는 말했다.

"이 세계의 어딘가에서." 덴고는 말했다.

후카에리는 가만히 고개를 끄덕였다. "두 개의 달이 하늘에 떠 있는 한."

"아무래도 네 말을 믿어야겠지." 잠시 생각해본 뒤 덴고는 포기하고서 말했다.

"나는 지각하고 당신은 받아들여요." 후카에리는 사려 깊게 말했다.

"너는 지각하고 나는 받아들인다." 덴고는 인칭을 바꾸어 다시 말했다.

후카에리는 고개를 끄덕였다.

그래서 우리는 교접하게 된 것이냐고 덴고는 후카에리에게 묻고 싶었다. 어젯밤의 그 격렬한 뇌우 속에서. 그건 대체 무엇을 의미하는 거였지? 하지만 묻지 않았다. 그건 아마도 부적절한 질문일 터였다. 그리고 어차피 대답은 돌아오지 않는다. 덴고는 그걸 알고 있었다.

설명해주지 않으면 모른다는 건 설명해줘도 모르는 거야, 아버지가 어딘가에서 말했다.

"너는 지각하고 나는 받아들인다." 덴고는 다시 한번 반복했다. "「공기 번데기」를 고쳐 썼을 때처럼."

후카에리는 고개를 가로저었다. 그리고 머리칼을 뒤로 젖혀 작고 아름다운 귀를 하나 드러냈다. 발신기의 안테나를 올리듯이.

"똑같지 않아요." 후카에리는 말했다. "당신은 변했어요."

"나는 변했다." 덴고는 반복했다.

후카에리는 고개를 끄덕였다.

"나는 어떻게 변했을까?"

후카에리는 손에 든 와인 잔을 오랫동안 들여다보았다. 그 안에서 중요한 무언가를 보는 것처럼.

"고양이 마을에 가면 알아요." 그 아름다운 소녀는 말했다. 그리고 귀를 드러낸 채 화이트와인을 한 모금 마셨다.

제23장 아오마메
Q
타이거를 당신 차에

아침 여섯시 지나서 아오마메는 눈을 떴다. 아름답고 맑은 아침이
었다. 커피메이커로 커피를 내리고 토스트를 구웠다. 달걀도 삶았다.
텔레비전 뉴스를 보고 아직 '선구' 리더의 죽음이 보도되지 않은 것
을 확인했다. 경찰에 신고하지 않고, 사람들에게 알리지도 않고 그들
은 그의 사체를 은밀히 처분해버린 것이리라. 그렇다면 그걸로 상관
없다. 그다지 중요한 문제도 아니다. 죽은 사람은 어떻게 처리되건
역시 죽은 사람이다. 죽었다는 사실은 달라지지 않는다.

여덟시에 샤워를 하고, 세면실 거울 앞에서 정성껏 머리를 빗고,
보일락 말락 하는 정도로만 립스틱을 발랐다. 스타킹을 신었다. 옷장
에 걸어두었던 하얀 실크 블라우스를 입고 준코 시마다의 스타일리
시한 정장을 입었다. 몇 차례 몸을 이리저리 돌리며 와이어와 패드
가 든 브래지어를 조정하면서 가슴이 조금만 더 컸으면 좋겠다고 생
각했다. 지금까지 거울 앞에서 똑같은 생각을 칠만이천 번쯤은 했을

것이다. 하지만 뭐, 상관없다. 무엇을 몇 번 생각하든 그건 어디까지나 내 마음이다. 이걸로 칠만이천일번째가 된다고 해도 그게 뭐가 나빠? 나는 적어도 살아가는 동안 내가 생각하고 싶은 것을, 내가 생각하고 싶을 때, 내 마음 가는 대로, 내가 원하는 만큼, 생각할 수 있다. 누구도 그걸 불평할 수 없다. 그리고 그녀는 찰스 주르당 하이힐을 신었다.

아오마메는 현관에 걸린 전신거울 앞에서 옷차림에 빈틈이 없는지 확인했다. 그녀는 거울을 마주하고 한쪽 어깨를 가볍게 위로 쳐들며 〈화려한 패배자〉에 나온 페이 더너웨이처럼 보이지 않으려나, 하고 생각했다. 그녀는 그 영화 속에서 차가운 나이프처럼 냉철한 보험회사 조사원으로 나온다. 쿨하고 섹시하고, 비즈니스 정장이 매우 잘 어울린다. 물론 아오마메는 페이 더너웨이처럼은 보이지 않지만, 약간은 거기에 가까운 분위기는 있다. 적어도 없지는 않았다. 일류 프로페셔널만이 풍길 수 있는 특별한 분위기. 게다가 숄더백 안에는 딱딱하고 차가운 자동권총이 들어 있다.

그녀는 작은 레이밴 선글라스를 끼고 방을 나섰다. 그리고 맨션 맞은편에 있는 어린이공원에 들어가 어젯밤 덴고가 앉았던 미끄럼틀 앞에 서서 그때의 정경을 머릿속에 재현했다. 지금부터 약 열두 시간쯤 전에 그곳에 현실의 덴고가 있었다…… 내가 있던 곳에서 길 하나 건넌 곳에. 거기 혼자 조용히 앉아 오래도록 달을 올려다보고 있었다. 그녀가 보는 것과 똑같은 두 개의 달을.

그렇게 덴고와 해후할 수 있었다는 것이 아오마메에게는 거의 기적으로 생각되었다. 그것은 어떤 종류의 계시이기도 했다. 뭔가가 덴고를 그녀 앞에 데려온 것이다. 그리고 그 일은 그녀의 몸의 구조를 크게 바꿔버린 듯했다. 아침에 눈을 떴을 때부터 아오마메는 그런 삐걱거림을 온몸으로 쉴새없이 느꼈다. 그는 내 앞에 모습을 드러냈고 그리고 사라져갔다. 말을 나누지도, 서로의 몸을 만져주지도 못했다. 하지만 그 짧은 시간 동안 그는 내 안의 많은 것을 변화시키고 떠나갔다. 말 그대로 스푼으로 코코아를 휘젓듯이 내 마음과 몸을 크게 휘젓고 갔다. 내장이며 자궁 깊숙한 곳까지.

아오마메는 그곳에 오 분쯤 우두커니 서서 한 손을 미끄럼틀 계단에 얹고 얼굴을 찡그리며 하이힐의 가느다란 굽으로 땅바닥을 가볍게 툭툭 걸어차찼다. 마음과 몸이 휘저어진 상태를 확인하고 그 감촉을 맛보았다. 그러고는 마음을 정하고 공원을 떠나 큰길에서 택시를 잡았다.

"우선 요가로 가서, 수도고속도로 3호선을 타고 이케지리 출구 앞까지 가주세요." 그녀는 운전기사에게 말했다.

당연히 운전기사는 혼란에 빠졌다.

"그런데 손님, 최종 목적지가 대체 어딘가요?" 그는 느긋한 편에 속하는 목소리로 말했다.

"이케지리 출구. 일단은요."

"그렇다면 여기서 이케지리까지 직접 가는 게 훨씬 빨라요. 요가로 나가면 한참 돌아가는 거고, 더구나 아침 이 시간에 3호선 상행은 엄청 막혀요. 거의 달리지를 못합니다. 그건 오늘이 수요일이라는 것과 똑같은 만큼 틀림없는 사실이에요."

"막혀도 괜찮아요. 오늘이 목요일이든 금요일이든 천황의 생일이든 뭐든 상관없어요. 아무튼 요가로 가서 수도고속도로를 타주세요. 시간이라면 얼마든지 있으니까."

운전기사의 나이는 삼십대 초반이었다. 마른 편에 피부가 하얗고 긴 얼굴이었다. 매사에 조심스러운 초식동물처럼 보였다. 이스터 섬의 석상처럼 턱이 앞으로 튀어나왔다. 그는 룸미러로 아오마메의 얼굴을 살피고 있었다. 자신이 상대하는 사람이 그저 단순히 머릿속 나사가 풀려버린 사람인지, 아니면 뭔가 복잡한 사연을 안고 있는 보통 사람인지, 표정을 통해 읽어내려 하고 있다. 하지만 그런 건 쉽게 읽어낼 수 없다. 특히 작은 거울에 비친 모습으로는.

아오마메는 숄더백에서 지갑을 꺼내 방금 인쇄한 듯한 빳빳한 만 엔짜리 지폐 한 장을 운전기사의 코앞에 내밀었다.

"거스름돈은 필요 없어요. 영수증도 필요 없고." 아오마메는 짧게 말했다. "그러니 쓸데없는 소리 말고 내 말대로 해줘요. 우선 요가로 가고 거기서 수도고속도로를 타고 이케지리까지 가요. 길이 막혀도 이 정도면 요금은 충분하겠죠?"

"그야 물론 충분하긴 한데요." 운전기사는 그래도 미심쩍은 듯이 말했다. "하지만 손님, 수도고속도로에 무슨 특별한 볼일이라도 있는 거예요?"

아오마메는 만 엔 지폐를 바람에 휘날리는 깃발처럼 팔랑팔랑 흔들었다. "혹시 못 가겠다면 내려서 다른 택시 탈 거니까, 갈지 말지 되도록 빨리 결정해줘요."

운전기사는 십 초쯤 미간을 좁히고 그 만 엔 지폐를 바라보았다. 그러고는 마음을 정하고 지폐를 받았다. 빛에 비춰 진짜인지를 확인한 뒤에 영업용 가방에 넣었다.

"알았어요, 가죠, 수도고속도로 3호선. 하지만 정말 지겨울 만큼 막힐 겁니다. 그리고 요가하고 이케지리 사이에는 출구가 없어요. 공중화장실도 없죠. 그러니 혹시 화장실에 가고 싶을 것 같으면 지금 해결해주세요."

"됐어요. 그냥 곧장 가줘요."

운전기사는 복잡한 주택가 도로를 빠져나가 간조 8호선으로 들어섰다. 그리고 북적거리는 도로를 달려 요가 쪽으로 향했다. 그동안 두 사람은 한 마디도 하지 않았다. 운전기사는 내내 라디오 뉴스를 들었다. 아오마메는 자신의 생각에 빠져 있었다. 수도고속도로 입구를 앞둔 곳에서 운전기사는 라디오 볼륨을 줄인 뒤 아오마메에게 물었다.

"괜한 소리인지도 모르지만, 손님, 무슨 특수한 일을 하세요?"

"보험회사 조사원." 아오마메는 망설임 없이 말했다.

"보험회사 조사원?" 운전기사는 지금껏 먹어본 적이 없는 요리를 맛볼 때처럼 입 속에서 조심스럽게 그 말을 반복했다.

"보험금 사기 사건을 조사하는 일이에요." 아오마메는 말했다.

"호오." 운전기사는 감탄한 듯이 말했다. "그 보험금 사기인지 뭔지에 수도고속도로 3호선이 관계가 있는 거군요?"

"그렇죠."

"꼭 그 영화 같네요."

"무슨 영화?"

"한참 오래된 영화예요. 스티브 매퀸이 나오는 거. 근데 제목은 잊어버렸네요."

"〈화려한 패배자〉." 아오마메는 말했다.

"아, 맞아요. 그거. 페이 더너웨이가 보험회사 조사원으로 나와요. 도난 보험 전문가죠. 근데 스티브 매퀸이 엄청난 부자면서 취미로 범죄를 저질러요. 재미있는 영화였죠. 고등학생 때 봤어요. 그 음악을 아주 좋아했는데. 멋있어서."

"미셸 르그랑."

운전기사는 처음 네 소절을 콧노래로 작게 흥얼거렸다. 그리고 그는 룸미러에 시선을 던져 그곳에 비친 아오마메의 얼굴을 다시 한번 찬찬히 점검했다.

"손님, 그리고 보니 어딘지 모르게 그 무렵의 페이 더너웨이와 분위기가 비슷하신데요."

"고마워요." 아오마메는 말했다. 입가에 미소가 번지는 것을 감추기 위해 약간의 노력이 필요했다.

수도고속도로 3호선 상행은 운전기사가 예측했던 대로 지독하게 정체되고 있었다. 입구로 들어가 채 백 미터도 가지 않은 참에 벌써 정체가 시작되었다. 정체의 유형을 보여주는 견본 책에 싣고 싶을 만큼 대단한 정체였다. 하지만 바로 그것이 아오마메가 바라던 것이었다. 똑같은 옷차림, 똑같은 도로, 똑같은 정체. 택시 라디오에서 야나

체크의 〈신포니에타〉가 흐르지 않는 게 유감이고, 카스테레오의 음질이 그 도요타 크라운 로열살롱만큼 고품질이 아니라는 것도 유감이었지만, 거기까지 바라는 건 지나친 기대일 것이다.

택시는 트럭 사이에 끼어 꾸물꾸물 전진했다. 오래도록 한자리에 멈춰 서 있다가 문득 생각난 듯 다시 조금 앞으로 나아갔다. 옆 차선의 냉동수송 트럭의 젊은 운전기사는 정지해 있는 동안 만화잡지를 열심히 읽고 있었다. 크림색 도요타 코로나 마크II에 탄 중년부부는 뚱한 얼굴로 앞만 쳐다본 채 한 번도 서로 말을 나누지 않았다. 아마둘 다 할말이 없는 것이리라. 혹은 어떤 말을 한 탓에 그렇게 되었는지도 모른다. 아오마메는 좌석 깊숙이 몸을 묻고 생각에 잠겼고, 택시 운전기사는 라디오 방송에 귀를 기울이고 있었다.

가까스로 '고마자와'라는 표지판이 있는 곳까지 도착해 달팽이가 기어가듯이 산겐자야로 향했다. 아오마메는 이따금 얼굴을 들어 창밖의 풍경을 바라보았다. 이 거리를 보는 것도 이제 마지막이다. 나는 어딘가 먼 곳으로 가버린다. 하지만 그렇다 해도 도쿄 거리에 애틋한 마음은 전혀 들지 않았다. 고속도로변의 건물은 하나같이 추하고, 자동차 배기가스로 거무스레하게 더럽고, 여기저기 몹시도 요란한 광고간판이 내걸려 있다. 그런 광경을 보고 있으려니 마음이 무거워졌다. 어째서 사람들은 이렇게 우울한 곳을 일부러 만들어내는 걸까. 세계가 구석구석까지 아름다워야 한다고는 말하지 않겠다. 하지만 아무리 그래도 이렇게까지 보기 사나울 필요는 없지 않은가.

잠시 후에 드디어 눈에 익은 장소가 아오마메의 시야에 들어왔다. 그때 택시에서 내렸던 자리다. 뭔가 내막이 있을 듯한 중년의 운전기사가 거기에 비상계단이 있다는 것을 아오마메에게 가르쳐주었다. 도로 저 끝에 에소 석유의 큼직한 광고판이 보였다. 싱긋 웃는 호랑이가 급유호스를 손에 들고 있다. 그때와 똑같은 간판이다.

타이거를 당신 차에.

아오마메는 문득 목이 마르다는 것을 깨달았다. 그녀는 한 차례 기침을 하고 숄더백 안에 손을 넣어 레몬맛 목캔디통을 꺼냈다. 입 안에 한 알을 넣고 통을 다시 숄더백에 넣었다. 그 참에 백 속에서 헤클러&코흐의 총신을 세게 움켜쥐었다. 그 단단함과 무게를 손 안에서 확인했다. 그래 됐어, 아오마메는 생각했다. 그리고 차는 다시 조금 앞으로 나아갔다.

"왼편 차선으로 옮겨주세요." 아오마메는 운전기사에게 말했다.

"하지만 오른쪽이 그나마 좀 잘 풀리는데요." 운전기사는 부드럽게 항의했다. "게다가 이케지리 출구는 우측이라서 지금 여기서 좌측으로 옮기면 나중에 아주 복잡해져요."

아오마메는 항의를 받아들이지 않았다. "됐으니까 왼쪽으로 들어가요."

"뭐, 정 그러시다면." 운전기사는 체념한 듯이 말했다.

그는 창문으로 손을 내밀어 뒤쪽 냉동수송 트럭에 신호를 보냈다. 상대가 그 신호를 알아본 것을 확인하고는 코끝을 밀어넣듯이 좌측 차선으로 들어갔다. 거기서 50미터쯤 나아간 곳에서 차들은 다시 일제히 정지했다.

"여기서 내릴 거니까 문 열어줘요."

"내린다고요?" 택시 운전기사는 어안이 벙벙해서 말했다. "내리다니, 여기서요?"

"네, 여기서 내려요. 이곳에 볼일이 있어서."

"하지만 손님, 여긴 수도고속도로 한복판이에요. 위험하기도 하고, 내려봤자 어디로 갈 데도 없어요."

"저쪽에 비상계단이 있으니까 괜찮아요."

"비상계단?" 운전기사는 고개를 저었다. "그런 게 있는지 어떤지 나는 모르겠습니다. 하지만 이런 데서 손님을 내려줬다는 걸 알면 나는 회사에서 엄청 혼납니다. 수도고속도로 관리회사한테도 혼나요. 내 사정도 좀 봐주시죠."

"하지만 사정이 있어서 꼭 여기서 내려야 해요." 아오마메는 그렇게 말하고 지갑에서 만 엔 지폐를 한 장 더 꺼내 손끝으로 탁 퉁긴 뒤에 운전기사에게 내밀었다. "억지를 부려서 미안하지만, 여기 수고료 드릴게요. 그러니 아무 말 말고 나를 여기서 내려줘요, 제발."

운전기사는 그 만 엔 지폐를 받지 않았다. 어쩔 수 없다는 듯 손맡의 레버를 당겨 뒷문 왼편의 자동도어를 열어주었다.

"돈은 됐어요. 처음에 받은 것으로도 충분합니다. 하지만 정말로 조심해야 돼요. 수도고속도로에는 갓길도 없어요. 그런 곳을 걸어가는 건 아무리 차들이 서 있다고 해도 상당히 위험하니까요."

"고마워요." 아오마메는 말했다. 차에서 내린 뒤, 조수석 창문을 톡톡 쳐서 유리창을 내리게 했다. 그리고 몸을 들이밀면서 그 만 엔 지폐를 운전기사의 손에 쥐여주었다.

"괜찮으니까 받아요. 걱정하지 않아도 돼요. 돈은 남아돌 만큼 많으니까."

운전기사는 그 지폐와 아오마메의 얼굴을 번갈아 바라보았다.

아오마메는 말했다. "혹시 내 일로 경찰이나 회사에서 잔소리를 하면 피스톨을 들이대고 위협했다고 하세요. 그래서 어쩔 수 없었다구요. 그러면 혼날 것도 없겠죠."

운전기사는 그녀가 하는 말을 제대로 이해하지 못한 듯했다. 돈이 남아돌 만큼 많다고? 피스톨로 위협을 했다고? 그래도 만 엔은 받았다. 안 받는다고 버텼다가 뜻하지 않은 봉변을 당할까봐 두려웠던 것이리라.

지난번과 마찬가지로 그녀는 측벽과 좌측 차선에 선 자동차 사이를 빠져나가듯이 시부야 방향으로 걸었다. 그 거리는 50미터쯤이었다. 사람들은 차 안에서 믿을 수 없다는 눈빛으로 그녀의 모습을 지켜보고 있었다. 하지만 아오마메는 그런 시선은 아랑곳하지 않고 파리 컬렉션 무대에 선 패션모델처럼 등을 꼿꼿이 세우고 큰 걸음으로 당당히 걸어갔다. 바람이 그녀의 머리칼을 흔들었다. 반대편 빈 차선을 빠른 속도로 지나가는 대형 차량이 노면을 몰아치듯이 흔들었다. 에소 간판이 점점 큼직하게 다가오고 이윽고 눈에 익은 긴급 대피 공간에 아오마메는 도착했다.

주위 풍경은 전에 왔을 때와 전혀 다름이 없었다. 철책이 있고 그 곁에 비상용 전화가 든 노란 박스가 있었다.

여기가 1Q84년의 출발점이었어, 아오마메는 생각했다.

이 비상계단을 타고 아래의 246번 도로에 내려갔을 때부터 내 세계가 바뀌어버렸다. 그래서 나는 다시 한번 이 계단을 내려가보려고 한다. 지난번 이 계단을 내려갔던 건 4월 초여서 그때는 베이지색 코트를 입고 있었다. 지금은 9월 초여서 코트를 입기에는 아직 너무 덥다. 하지만 코트를 제외하면 나는 그때와 똑같은 차림이다. 시부야의 호텔에서 석유 관련 일을 하는 그 하찮은 사내를 살해했을 때와 똑같다. 준코 시마다 정장에 찰스 주르당 하이힐. 하얀 블라우스. 스타킹, 와이어가 들어간 하얀 브래지어. 나는 미니스커트가 말려올라가건 말건 개의치 않고 철책을 넘어 여기서부터 비상계단을 내려갔다.

다시 한번 똑같은 일을 해볼 것이다. 이건 어디까지나 순수한 호기심에서 나온 일이다. 그때와 똑같은 장소에서 똑같은 차림으로 똑같은 짓을 하면 과연 어떤 일이 일어날지, 나는 그저 그것이 알고 싶다. 살고 싶다는 생각 때문이 아니다. 죽는 건 별로 두렵지 않다. 그때가 되면 머뭇거리지 않을 것이다. 나는 미소를 지으며 죽을 수 있으리라. 하지만 아오마메는 어떻게 된 일인지 이해하지도 못한 채, 무지한 인간으로 죽고 싶지는 않았다. 스스로 시도해볼 수 있는 만큼은 시도해보고 싶다. 만일 안 된다면 거기서 포기하면 된다. 하지만 마지막 순간까지 할 만큼은 해본다. 그게 내가 사는 방식이다.

아오마메는 철책 위로 몸을 내밀어 비상계단을 찾았다. 하지만 그곳에 비상계단은 없었다.

몇 번을 봐도 마찬가지였다. 비상계단은 사라지고 없었다.

아오마메는 입술을 깨물며 얼굴을 찌푸렸다.

장소를 착각한 게 아니다. 분명히 이 긴급 대피 공간이었다. 주위 풍경도 똑같고 에소 광고판이 바로 눈앞에 있다. 1984년의 세계에서는 비상계단이 그곳에 존재했었다. 그 기묘한 택시 운전기사가 알려준 대로 아오마메는 그 계단을 쉽게 찾아낼 수 있었다. 그리고 철책을 넘어 그 계단을 내려갈 수 있었다. 하지만 1Q84년의 세계에는 비상계단이 더이상 존재하지 않는다.

출구는 막혀버린 것이다.

아오마메는 찌푸린 얼굴을 원래대로 되돌리고, 주의 깊게 주위를 둘러보고 다시 한번 에소 광고판을 올려다보았다. 급유호스를 손에 들고 꼬리를 위로 쳐든 호랑이도 이쪽을 곁눈질하며 즐거운 듯 미소 짓고 있었다. 최고로 행복해, 이보다 더 만족스러운 일은 결코 없어, 라는 듯이.

당연한 일이야, 아오마메는 생각했다.

그래, 처음부터 알고 있었다. 호텔 오쿠라의 스위트룸에서 그녀의 손에 죽어가기 전에 리더도 분명히 그렇게 말했다. 1Q84년에서 1984년으로 되돌아가는 길은 없다. 이 세계에 들어오는 문은 한쪽 방향으로밖에는 열리지 않는다, 고.

그래도 아오마메는 자신의 두 눈으로 그 사실을 확인하지 않을 수 없었다. 그것이 그녀의 본성이다. 그리고 그녀는 그 사실을 확인했다. 끝. 증명은 끝났다. Q. E. D.

아오마메는 철책에 기대어 서서 하늘을 올려다보았다. 두말 할 것 없이 맑은 날씨다. 깊은 청색을 배경으로 가늘고 곧은 구름이 몇 줄기 떠 있었다. 한참 저 멀리까지 하늘을 내다볼 수 있다. 도시의 하늘이 아닌 것 같다. 하지만 달은 어디에서도 보이지 않았다. 달은 어디로 가버렸을까. 뭐, 됐어. 달은 달이다. 나는 나다. 우리에게는 저마다의 삶이 있고 저마다의 예정이 있다.

페이 더너웨이라면 아마도 이 장면쯤에서 가느다란 담배를 꺼내 물고 라이터로 쿨하게 불을 붙일 것이다. 눈을 가늘게 뜨고 우아하게. 하지만 아오마메는 담배를 피우지 않아서 담배도 라이터도 없다. 그녀의 가방 속에 있는 것은 레몬맛 목캔디 정도다. 거기에 더하여 강철로 만든 9밀리 자동권총과 지금까지 몇몇 사내들의 목덜미를 찔러온 특제 아이스픽. 두 가지 모두 담배보다 약간 더 치명적인지도 모른다.

그녀는 정체에 발이 묶인 자동차 행렬에 시선을 던졌다. 사람들은 저마다의 차 안에서 열심히 아오마메를 쳐다보고 있었다. 당연하다. 수도고속도로를 유유히 걸어가는 일반시민의 모습을 목격하는 건 그리 자주 있는 일이 아니다. 그것이 젊은 여자이고 보면 더욱 그렇다. 게다가 이 여자는 미니스커트에 구두 굽이 날렵한 하이힐을 신고, 초록색 선글라스를 끼고, 입가에는 미소를 띠고 있다. 쳐다보지 않는 사람이 이상한 거다.

노상에 서 있는 차들의 대부분은 대형 수송트럭이었다. 많은 물자가 여러 곳에서 도쿄로 실려오고 있었다. 그들은 아마도 밤새 운전을 하고 왔을 터였다. 그리고 지금, 아침의 숙명적인 정체에 휘말렸다. 운전기사들은 따분하고 지겹고 지쳐 있었다. 목욕을 하고 수염을 밀고 어서 누워 자고 싶다고 생각하고 있었다. 그들이 원하는 것은 오직 그것뿐이다. 그들은 한 번도 본 적 없는 진기한 동물을 보듯이 그저 멍하니 아오마메의 모습을 바라보고 있었다. 적극적으로 어떤 일에 관여하기에는 그들은 너무도 지쳐 있었다.

수많은 수송트럭 사이에, 마치 투박한 코뿔소들 틈에 잘못 끼어든 날렵한 영양처럼 은색 메르세데스 벤츠 쿠페 한 대가 섞여 있었다. 막 뽑은 새 차인지 그 아름다운 차체는 떠오르는 아침 해를 눈부시게 반사하고 있었다. 허브캡도 차체의 색깔에 맞춰져 있었다. 운전석 창유리가 내려졌고 잘 차려입은 중년여자가 가만히 이쪽을 지켜보고 있었다. 지방시 선글라스. 핸들에 얹은 손도 보인다. 반지가 반짝이고 있다.

그녀는 언뜻 보기에도 매우 친절한 성품일 것 같다. 아무래도 아오마메를 몹시 걱정하는 눈치다. 고속도로 노상에서 말끔한 정장 차림의 젊은 여자가 혼자서 뭘 하려는 거지, 무슨 일이 있었나. 그녀는 그렇게 의아해하고 있다. 아오마메에게 어떻게든 말을 건네려고 하고 있다. 아마 부탁하면 어딘가까지 태워다줄지도 모른다.

아오마메는 끼고 있던 레이밴을 벗어 상의 가슴께의 주머니에 넣었다. 선명한 아침 햇살에 눈을 가늘게 뜨고 양쪽 콧날에 찍힌 안경 자국을 손끝으로 문질렀다. 혀로 마른 입술을 핥았다. 희미한 립스틱 맛이 났다. 맑게 갠 하늘을 올려다보고, 그리고 확인하듯 발 아래를 한번 더 내려다보았다.

그녀는 숄더백을 열고 천천히 헤클러&코흐를 꺼냈다. 숄더백을 발밑에 내려놓고 두 손을 자유롭게 했다. 왼손으로 총의 안전장치를 풀고 슬라이드를 당기고 탄환을 약실에 보냈다. 그 일련의 동작은 재빠르고 정확했다. 경쾌한 소리가 주위에 퍼졌다. 그녀는 총을 손 안에서 슬쩍 흔들어 그 무게를 확인했다. 총 자체의 무게가 480그램,

거기에 탄환 일곱 발의 무게가 플러스된다. 괜찮아, 탄환은 틀림없이 장전되어 있어. 그녀는 그 무게의 차이를 감지할 수 있었다.

아오마메는 일자로 다문 입가에 아직 미소를 머금고 있었다. 사람들은 아오마메의 그런 동작을 멍하니 지켜보았다. 그녀가 가방에서 총을 꺼내는 것을 보고도 아무도 놀라지 않았다. 적어도 놀랐다는 표정을 얼굴에 드러내지는 않았다. 그게 진짜 총이라고는 생각하지 않는지도 모른다. 하지만 이건 진짜 총이야, 아오마메는 생각했다.

그리고 아오마메는 총목을 위로 해서 총구를 입 안에 넣었다. 총구는 똑바로 대뇌를 겨냥했다. 의식이 깃들어 있는 회색 미궁을.

기도문은 굳이 생각할 필요도 없이 자동적으로 흘러나왔다. 총구를 입에 찔러넣은 채 그녀는 빠른 어조로 그것을 읊었다. 무슨 말을 하는지 아무도 알아듣지 못하리라. 하지만 상관없다. 신에게만 들리면 된다. 자신이 입에 올린 그 기도문의 내용을 어린 시절의 아오마메는 거의 이해하지 못했다. 하지만 그 일련의 말들은 그녀의 뼛속까지 스며 있었다. 학교에서 급식을 먹기 전에도 반드시 기도를 해야 했다. 혼자서, 하지만 큰 소리로. 주위 사람들의 호기심의 눈초리나 비웃음에 신경 쓸 것 없다. 중요한 건 신께서 너를 보고 있다는 것이다. 어느 누구도 그 눈에서 도망칠 수 없다.

빅 브라더는 너를 보고 있다.

하늘에 계신 주님이시여. 당신의 이름이 영원히 거룩한 여김을 받으시오며, 당신의 왕국이 우리에게 임하옵시며, 우리의 수많은 죄를 사하여주시옵소서. 우리의 보잘것없는 삶에 당신의 축복을 주시옵

소서. 아멘.

새 메르세데스 벤츠의 핸들을 잡은 고운 얼굴의 중년여자는 아직도 아오마메의 얼굴을 골똘히 쳐다보고 있었다. 그녀는—주위의 다른 사람들과 마찬가지로—아오마메가 손에 든 권총의 의미를 제대로 이해하지 못한 것 같았다. 제대로 이해했다면 그녀는 아마 내게서 시선을 거두었을 것이다. 아오마메는 그렇게 생각했다. 뇌수가 주위에 산산이 흩어지는 광경을 목격한다면 오늘 점심도 저녁도 아마 입에 넣지 못할 테니까. 그러니 내 말 들어요, 눈을 돌리라구요. 아오마메는 그녀를 향해 무언의 말을 건넸다. 나는 이를 닦고 있는 게 아니에요. 헤클러&코흐라는 독일제 자동권총을 입 속에 처넣고 있다구요. 기도도 다 올렸어. 그게 무슨 뜻인지 알잖아요?

내가 보내는 충고, 중요한 충고예요. 눈을 돌리고 아무것도 보지 말고 이제 막 뽑은 은색 메르세데스 쿠페를 운전해서 그대로 집에 돌아가요. 당신의 소중한 남편과 아이들이 기다리는 예쁜 집으로. 그리고 당신의 평온한 생활을 계속하라구요. 이건 당신 같은 사람이 볼 일이 아니에요. 이건 추한 진짜 권총이라구요. 일곱 발의 추한 9밀리 탄알이 장전되어 있죠. 그리고 안톤 체호프도 말했듯이, 이야기 속에 일단 권총이 등장했다면 그건 어딘가에서 발사되어야 한다구요. 그게 이야기라는 것이 가진 의미거든요.

하지만 중년여자는 어떻게 해도 아오마메에게서 눈을 돌리지 않았다. 아오마메는 포기하고 가만히 고개를 저었다. 미안하지만 더이상은 기다릴 수 없어. 타임 업. 슬슬 쇼를 시작하자.

타이거를 당신 차에.

"호우호우." 리듬을 맞추는 역할의 리틀 피플이 말했다.

"호우호우." 나머지 여섯 명이 합창했다.

"텐고." 아오마메는 말했다. 그리고 방아쇠에 건 손가락에 힘을 주었다.

제24장 덴고
Q
아직 온기가 남아 있는 동안에

　오전중에 도쿄 역을 떠나는 특급열차를 타고 덴고는 다테야마로 향했다. 거기서 역마다 정차하는 보통열차로 갈아타고 지쿠라까지 갔다. 깨끗하게 맑은 아침이다. 바람이 없고 바다에도 파도는 거의 보이지 않았다. 여름도 벌써 멀찌감치 물러가서, 반소매 셔츠 위에 얇은 면재킷 정도의 차림이 적당했다. 해수욕객이 빠져나간 바닷가 마을은 예상 외로 한산하고 인적이 없었다. 정말로 고양이 마을이 되어버린 것 같다고 덴고는 생각했다.

　역 앞에서 간단히 식사를 마치고 택시를 탔다. 요양소에 도착한 건 한시 넘어서였다. 지난번의 그 중년 간호사가 접수처에서 덴고를 맞아주었다. 간밤에 전화를 받은 여자다. 다무라 간호사. 그녀는 덴고의 얼굴을 기억하고 있어서 처음 왔을 때보다 더 상냥하게 대해주었다. 아주 조금이지만 미소까지 내보였다. 덴고가 이번에는 깔끔한 차림을 하고 온 것도 얼마간 영향이 있었는지도 모른다.

그녀는 우선 식당으로 덴고를 안내하고 커피를 내주었다. "여기서 잠깐만 기다려요. 선생님이 나오실 거예요." 그녀는 말했다. 십여 분 뒤에 담당 의사가 타월로 손을 닦으며 나왔다. 뻣뻣한 머리칼에 백발이 섞이기 시작한 걸 보면 나이는 오십 전후일 것이다. 뭔가 작업을 하던 중이었는지 흰 가운은 입고 있지 않았다. 회색 스웨트셔츠에 똑같이 스웨트바지, 오래 신어 낡은 조깅 슈즈 차림에 체격도 좋아서 요양소 의사라기보다 2부 리그에서 아무리 해도 올라가지 못하는 대학 운동부 코치처럼 보였다.

의사의 말은 간밤에 전화로 했던 것과 대강 똑같은 내용이었다. 유감스럽지만 지금으로서는 의학적으로 손쓸 만한 방법이 거의 없다고 의사는 안타깝다는 듯이 말했다. 표정이나 말투로 봐서 그의 심정은 진심인 것 같았다.

"아드님이 자꾸 말을 걸고 격려를 해드려서 살아야겠다는 의욕을 불어넣는 것밖에는 더이상 방법이 없을 거 같아요."

"제가 말하는 게 아버지에게 들릴까요?" 덴고는 물었다.

의사는 미지근한 녹차를 마시며 난처한 얼굴을 했다. "솔직히 그건 나도 모르겠어요. 아버님은 지금 혼수상태예요. 불러도 신체적인 반응은 전혀 없어요. 하지만 깊은 혼수상태라고 해도 사람에 따라서는 주위의 말소리가 들리는 경우가 있고, 그 내용을 어느 정도 이해하는 일도 있어요."

"하지만 겉으로 봐서는 그 차이를 알 수 없군요."

"그건 알 수 없지요."

"저녁 여섯시쯤까지 여기 있을 수 있습니다." 덴고는 말했다. "그

동안 아버지 곁에서 최대한 말을 걸어보겠습니다."

"만일 뭔가 반응이 보이면 알려주세요." 의사는 말했다. "나는 이 근처 어딘가에 있을 테니까."

젊은 간호사가 아버지가 누워 있는 방으로 덴고를 안내했다. 그녀는 '아다치(安達)'라는 이름표를 달고 있었다. 아버지는 새로운 병동의 일인실에 옮겨져 있었다. 좀더 중증의 환자를 위한 병동이다. 톱니바퀴가 한 칸 앞으로 나아간 것이다. 여기서 더 옮겨갈 곳은 없다. 좁고 길고 냉담한 병실이었다. 침대가 방 면적의 반 가까이를 차지하고 있었다. 창밖에는 방풍 역할을 하는 소나무 숲이 펼쳐졌다. 빽빽하게 들어찬 소나무 숲은 그 요양소를 활기 있는 현실세계와 갈라놓는 큰 칸막이벽처럼 보였다. 간호사가 나가자 덴고는 천장에 얼굴을 향하고 잠들어 있는 아버지와 둘만 남았다. 그는 침대 곁에 놓인 작은 목제 스툴에 앉아 아버지의 얼굴을 보았다.

침대 머리맡에는 링거액 스탠드가 있고 비닐팩 안의 액체가 튜브를 타고 팔의 혈관으로 들어가고 있다. 요도에도 배설을 위한 튜브가 삽입되었다. 하지만 살펴보니 배뇨량은 놀랄 만큼 적었다. 아버지는 그 전달에 왔을 때보다 다시 한 단계 작게 오그라든 것처럼 보였다. 완전히 살이 빠진 뺨과 턱에는 대략 이틀분의 흰 수염이 나 있다. 원래 눈은 우묵하게 들어간 편이었지만 그 우묵함이 전보다 한층 깊어졌다. 뭔가 전문적인 도구를 사용하여 안구를 그 웅덩이에서 끌어낼 필요가 있는 게 아닌가 싶을 정도였다. 양쪽 눈꺼풀은 그 깊은 웅덩이에 셔터라도 내린 것처럼 굳게 닫혔고 입은 아주 조금 벌어져 있었다. 숨소리는 들리지 않았지만 귀를 바로 옆에 갖다 대면 희미한 공기의 흔들림이 감지되었다. 최소한의 생명유지가 그곳에서 은밀히 이루어지는 것이다.

전날 밤 의사가 전화로 말했던 '마치 열차가 조금씩 속도를 늦추며 정지를 향할 때처럼'이라는 표현이 몹시 리얼하게 느껴졌다. 아버지라는 열차는 서서히 속도를 늦추고 타성의 힘이 다하기를 기다려 아무것도 없는 휑한 평원의 한복판에 조용히 정지하려 하고 있다. 단 하나의 위안이라면 차 안에 이미 한 사람의 승객도 남아 있지 않다는 것이다. 열차가 이대로 정지해도 그것 때문에 불만을 제기하고 나설 사람은 없다.

뭔가 말을 걸어야 한다고 덴고는 생각했다. 하지만 무엇을 어떻게, 어떤 목소리로 말해야 좋을지 덴고는 알지 못했다. 말을 하자고 생각하면서도 의미를 가진 단어는 전혀 머릿속에 떠오르지 않았다.

"아버지." 그는 우선 작은 목소리로 속삭이듯이 말해보았다. 하지만 그다음 말이 이어지지 않았다.

그는 스툴에서 몸을 일으켜 창가로 가서 손질이 잘된 잔디 정원과 소나무 숲 위로 펼쳐진 높은 하늘을 바라보았다. 커다란 안테나 위에 까마귀 한 마리가 앉아 햇빛을 몸에 받으며 사려 깊게 주위를 흘겨보고 있었다. 침대 베갯머리에는 자명종 시계가 달린 트랜지스터 라디오가 놓여 있었지만, 아버지는 그중 어떤 기능도 필요로 하지 않았다.

"덴고예요. 아까 도쿄에서 왔어요. 내 목소리 들려요?" 그는 창가에 선 채 아버지를 굽어보듯이 하고서 말했다. 반응은 전혀 없다. 그가 내보낸 목소리는 한순간 공기를 흔든 뒤, 방 안에 굳건히 자리잡은 공백 속으로 흔적도 없이 빨려들었다.

아버지는 죽으려 하고 있다. 고 덴고는 생각했다. 깊게 파인 눈을 보면 그걸 알 수 있다. 그는 이제 그만 생명을 마치자고 마음을 정한 것이다. 그리고 눈을 감고 깊이 잠들었다. 어떤 말을 건네도 어떻게 격려해도 그 결심을 뒤집는 건 불가능하리라. 의학적으로 보면 아직 살아 있다. 하지만 아버지에게 인생은 이미 종료되었다. 그리고 노력해서 그것을 연장할 이유도 의지도, 그 안에는 이미 남아 있지 않다. 덴고가 할 수 있는 일은 아버지의 희망을 존중하여 그대로 조용히, 편안히 죽게 해주는 것 정도다. 아버지는 매우 평온한 얼굴을 하고 있다. 지금으로서는 고통은 전혀 느끼지 않는 것 같다. 의사가 전화로 말했던 대로 그것이 유일한 위안이었다.

그래도 덴고는 아버지에게 뭔가 말을 건네야 했다. 첫째로는 그것이 의사와의 약속이기 때문이다. 의사는 아무래도 친 혈육 같은 마음으로 아버지를 돌봐주고 있는 모양이었다. 그리고 또 한 가지, 거기에는—딱 들어맞는 적당한 표현이 생각나지 않지만—예의의 문제가 있었다. 벌써 아주 오랫동안 덴고는 아버지와 한자리에서 긴 이야기를 나눠본 적이 없었다. 일상적인 대화조차 제대로 하지 않았다. 마지막으로 이야기다운 이야기를 해본 건 아마도 중학생 때다. 그뒤, 덴고는 기숙사에서 지내며 거의 집에 가지 않았고, 볼일이 있어서 들러도 아버지와 얼굴을 마주하는 건 되도록 피했다.

하지만 아버지는 지금 깊은 혼수상태에 빠진 채 그 앞에서 고요히 죽어가려 하고 있다. 자신이 친아버지가 아니라는 것을 덴고에게 사실상 털어놓고, 그걸로 마침내 어깨의 무거운 짐을 내려놓을 수 있어서 안도한 것처럼도 보였다. 우리는 각자 어깨의 무거운 짐을 내려놓을 수 있었던 것이다. 아슬아슬한 때에.

아마도 핏줄로 이어진 건 아니라 해도, 그래도 덴고를 호적상의 아들로 받아주고 자립할 수 있을 때까지 돌봐준 건 이 사람인 것이다. 그만큼의 은혜는 있다. 자신이 지금까지 어떻게 살아왔는지, 어떤 것을 생각하며 살아왔는지, 그것을 일단 보고해둘 의무는 있을 것이다. 덴고는 그렇게 생각했다. 아니, 의무라는 게 아니다. 그건 어디까지나 예의의 문제다. 내가 하는 말이 아버지의 귀에 들어가기나 할지, 그것이 뭔가 도움이 되기는 할지, 그런 것과는 관계없이.

덴고는 다시 침대 옆의 스툴에 앉아 자신이 지금까지 살아온 인생의 대략적인 줄거리를 말하기 시작했다. 고등학교에 입학하고 집을 나와 유도부 기숙사에서 살기 시작했을 무렵부터. 그때부터 그의 생활과 아버지의 생활은 거의 모든 접점을 잃고, 두 사람은 서로가 무엇을 하며 사는지 전혀 관여하지 않는 상태가 되었다. 그 거대한 공백을 최대한 채워놓는 게 좋을지도 모른다.

하지만 덴고의 고등학교 시절에 대해서는 말할 만한 것이 별로 없었다. 그는 유도부의 위세가 강하기로 소문난 지바 현의 사립고교에 입학했다. 좀더 점수가 높은 고등학교에 가는 것도 충분히 가능했지만, 그 고등학교에서 제시한 조건이 가장 좋았다. 학비 면제, 게다가 하루 세 끼가 나오는 기숙사도 마련되어 있었다. 덴고는 그 학교에서 유도부의 중심선수가 되어 연습 틈틈이 공부를 하고(딱히 열심히 공부하지 않아도 그 학교에서라면 톱클래스의 성적을 거뜬히 유지할 수 있었다), 휴가중에는 유도부 친구들과 육체노동 아르바이트를 해서 용돈을 벌었다. 아무튼 해야 할 일이 너무 많아서 아침부터 밤까지 시간에 쫓기는 나날이었다. 삼 년 동안의 고등학교 생활에 대해서는 바빴다는 것 말고는 이렇다 하게 이야기할 게 없었다. 특별히 즐거운 일도 없었고 친한 친구도 생기지 않았다. 학교도 이런저런 까다로운 규칙이 많아서 전혀 좋아할 수 없었다. 유도부 친구들과는 적당히 분위기를 맞춰가며 어울리기는 했지만, 기본적으로 그들과는 말이 통하지 않았다. 솔직히 말해 덴고는 유도라는 경기에 진심으로 몰두했던 적은 한 번도 없었다. 자립하기 위해서는 유도에서 좋은 성적을 거두는 게 필요했기 때문에, 주위의 기대를 저버리지 않도록 착실히 연습에 임했을 뿐이다. 덴고에게 그건 스포츠라기보다 살아남기위한 현실적인 방편이었다. 직업이라고 해도 무방할 것이다. 한시라도 빨리 이따위 학교는 졸업하고 싶다, 좀더 제대로 된 생활을 하고싶다고 생각하면서 그는 고교 삼 년을 보냈다.

하지만 대학에 들어가서도 유도는 계속했다. 기본적으로는 고등학교 시절과 똑같은 생활이었다. 유도부 활동을 하면 기숙사에 들어갈 수 있어서 잠자리와 먹을 것은(어디까지나 최소한의 수준이지만) 해결되었기 때문이다. 장학금은 받았지만 장학금만으로는 도저히 생활해나갈 수 없다. 그래서 유도를 계속할 필요가 있었다. 물론 전공은 수학이었다. 나름대로 공부도 착실히 했기 때문에 대학에서도 성적은 좋았고, 지도교수는 대학원에 진학하라고 권했다. 하지만 3학년, 4학년으로 올라가면서 학문으로서의 수학에 대한 열정 같은 것이 덴고 안에서 급속히 사라져갔다. 수학 그 자체는 변함없이 좋았다. 하지만 그 연구를 직업으로 하는 건 아무래도 내키지 않았다. 유도의 경우와 마찬가지다. 아마추어로서는 상당히 괜찮은 수준이지만, 거기에 평생을 걸 정도의 자질도 의욕도 갖고 있지 않았다. 스스로도 그것을 잘 알고 있었다.

수학에 대한 관심이 엷어지자, 그리고 대학 졸업이 코앞에 닥쳐 더이상 유도를 계속할 이유가 소멸되자, 앞으로 무엇을 해야 좋을지, 어떤 길로 나아가야 할지, 덴고는 도통 알 수가 없었다. 그의 인생은 중심을 잃어버린 것 같았다. 애초부터 중심이 없는 인생이기는 했지만, 그때까지는 그래도 남들이 그에게 뭔가를 기대하고 요구했었다. 거기에 응하는 것으로 그의 인생은 나름대로 바쁘게 돌아갔다. 하지만 그 요구나 기대가 사라져버리자 그다음에는 이렇다 할 게 아무것도 남지 않았다. 인생의 목적도 없다. 친구 하나 없다. 그는 잔잔한 물결 같은 정적 속에 홀로 남겨졌다. 어떤 일에도 신경을 제대로 집중할 수 없었다.

대학에 다니는 동안 걸프렌드도 몇 명 있었고, 성경험도 가졌다. 덴고는 일반적인 의미에서 핸섬한 편도 아니고, 사교적인 성격도 아니고, 딱히 말을 재미있게 하는 것도 아니다. 항상 돈에 허덕였고, 입고 다니는 옷도 볼품이 없었다. 하지만 어떤 종류의 식물의 냄새가 모기를 불러들이듯이 덴고는 어떤 부류의 여자를 끌어들일 수 있었다. 그것도 상당히 강하게.

스무 살이 되었을 무렵(학문으로서의 수학에 대한 열의를 잃기 시작했던 것과 거의 같은 시기다) 그는 그런 사실을 발견했다. 자기 자신은 가만히 있어도 관심을 갖고 다가오는 여자들이 언제나 주위에 있었다. 그녀들은 그의 굵은 팔에 안기고 싶어했다. 혹은 적어도 안기는 것을 거부하지는 않았다. 처음에는 그런 상황을 잘 이해하지 못해 상당히 당황스러웠지만, 이윽고 요령 같은 것을 터득해서 그 능력을 적절히 사용할 수 있었다. 그리고 그 이래로 여자가 아쉬웠던 일은 거의 없었다. 하지만 그 자신은 그같은 여자들에 대해 적극적인 연애감정을 가진 일이 없었다. 그저 그녀들과 어울리고 육체적인 관계를 가질 뿐이었다. 서로 공백을 메울 뿐이었다. 이상하다고 하면 물론 이상한 얘기지만, 그에게 끌리는 여자에게 그가 강하게 끌린 일은 단 한 번도 없었다.

덴고는 그런 저간의 사정을 의식이 없는 아버지를 향해 말했다. 처음에는 말을 골라가며 천천히, 그러다가 매끄럽게, 마지막에는 적잖이 열기를 담아. 성적인 문제에 대해서도 그는 할 수 있는 한 솔직하게 말했다. 지금 와서 새삼 부끄러워할 것도 없다고 덴고는 생각했다. 아버지는 자세를 흐트리는 일 없이, 반듯하게 누운 채 계속 깊은 잠을 자고 있었다. 숨소리도 바뀌지 않았다.

세시 조금 전에 간호사가 와서 링거액이 든 비닐팩을 교환하고 오줌이 찬 주머니를 새것으로 갈고 체온을 쟀다. 통통한 삼십대 중반의 간호사였다. 가슴도 큼직하다. 그녀의 이름표에는 '오무라(大村)'라고 새겨져 있었다. 머리를 단단히 묶고 거기에 볼펜을 꽂고 있었다.

"뭐 특이한 일은 없었어요?" 그녀는 그 볼펜으로 서류철 용지에 숫자를 기록하면서 덴고에게 물었다.

"아무 일도 없었어요. 계속 깊이 자고 있어요." 덴고는 말했다.

"무슨 일이 생기면 저 버튼을 눌러요." 그녀는 머리맡에 매달린 호출 스위치를 가리켰다. 그리고 볼펜을 다시 머리채 속에 꽂았다.

"예, 그렇게 할게요."

간호사가 나가고 잠시 뒤에 짧게 문을 두드리는 소리가 나고 안경을 쓴 다무라 간호사가 문틈으로 얼굴을 내밀었다.

"점심 드셔야죠? 식당에 가면 뭔가 먹을 수 있는데."

"고마워요. 하지만 아직 배고프지 않아요." 덴고는 말했다.

"아버님은 좀 어때요?"

덴고는 고개를 끄덕였다. "계속 이야기를 했어요. 들리는지 안 들리는지 잘 모르겠지만."

"말을 많이 걸어드리는 건 아주 좋아요." 그녀는 말했다. 그리고 격려해주듯이 미소 지었다. "괜찮아요. 틀림없이 아버님이 다 들으실 거니까."

그녀는 살그머니 문을 닫았다. 좁은 병실 안에서 덴고와 아버지는 다시 둘만 남았다.

덴고는 이야기를 계속했다.

대학을 졸업하고 도내 입시학원에 다니며 수학을 가르치게 되었다. 그는 더이상 장래가 촉망되는 수학 신동도 아니고, 유망한 유도선수도 아니었다. 그저 학원강사다. 하지만 그것이 덴고는 좋았다. 그는 거기서 겨우 한숨 돌릴 수 있었다. 태어나서 처음으로 어느 누구의 눈치도 보는 일 없이 자기 혼자 자유로운 생활을 보낼 수 있었다.

그는 이윽고 소설을 쓰기 시작했다. 몇 편의 작품을 써서 출판사 신인상에 응모했다. 그러다가 고마쓰라는 성깔 있는 편집자를 알게 되었고, 후카에리(후카다 에리코)라는 열일곱 살 소녀가 쓴 「공기 번데기」의 리라이팅 작업을 떠맡았다. 후카에리는 이야기는 만들어낼 수 있지만 문장을 쓰는 능력이 없었기 때문에 덴고가 그 역할을 담당했다. 그는 그 일을 잘해서 작품은 문예지의 신인상을 수상하고 책으로 출간되고 베스트셀러가 되었다. 「공기 번데기」는 지나치게 화제를 불러일으켜 심사위원들이 꺼리는 작품이 되는 바람에 아쿠타가와 상을 받는 데는 실패했지만, 고마쓰의 솔직한 표현을 빌리자면, "그딴 거 필요 없어"라고 할 정도로 책은 잘 팔렸다.

　자신이 하는 말이 아버지의 귀에 가 닿는지 어떤지, 덴고는 자신이 없었다. 만일 아버지가 듣고 있다고 해도, 과연 자신의 말을 이해했는지 어떤지 알 도리도 없었다. 반응도 없고 말할 맛도 안 났다. 그리고 만일 이해해주었다고 해도 아버지가 그런 이야기에 흥미가 있는지 어떤지도 알 수 없다. 그저 시끄럽다고 생각할지도 모른다. 남의 인생 이야기 따위 관심 없다. 이대로 조용히 자게 해달라, 그렇게 생각하는지도 모른다. 하지만 덴고는 어떻든 머릿속에 떠오른 것을 계속 이야기할 수밖에 없었다. 이 좁은 병실에서 얼굴을 바라보고 있으면서, 이야기하는 것 말고는 딱히 다른 할 일도 생각나지 않았다.

　아버지는 여전히 미동조차 하지 않는다. 그의 한 쌍의 눈은 어둡고 깊은 웅덩이에서 굳게 감겨 있었다. 눈이 내려 그 웅덩이를 하얗게 덮어주기를 그저 지그시 기다리고 있는 것처럼도 보였다.

"지금으로서는 아직 잘한다고 말할 수는 없지만, 나는 가능하면 글을 써서 생활을 꾸려가고 싶어요. 남의 작품을 리라이팅하는 게 아니라 내가 쓰고 싶은 것을 내가 쓰고 싶은 대로 쓰면서. 글을 쓰는 일은, 특히 소설을 쓰는 일은 내 성격에 잘 맞는 거 같아요. 하고 싶은 일이 있다는 건 좋은 거죠. 내 안에도 드디어 그런 것이 생겼어요. 내 글이 내 이름을 달고 활자화된 일은 아직 없지만, 아마 이제 곧 어떻게든 될 거예요. 내 입으로 이런 말을 하는 것도 우습지만, 작가로서의 내 능력은 결코 나쁘지 않다고 생각해요. 제법 좋게 평가해주는 편집자도 있어요. 그래서 그 점에 대해서는 별로 걱정하지 않아요."

게다가 내게는 아무래도 리시버로서의 자격이 갖춰져 있는 것 같다, 고 덧붙여야 할지도 모른다. 아무튼 자신이 쓰고 있는 픽션의 세계에 실제로 빨려들었을 정도다. 하지만 그런 복잡한 이야기를 여기서 시작할 수는 없다. 그건 또다른 이야기다. 그는 화제를 바꾸기로 했다.

"내게 가장 절실한 문제는 지금까지 누군가를 진지하게 사랑하지 못했다는 거예요. 태어나서 지금껏 나는 누구를 무조건 좋아해본 일이 없어요. 이 사람이라면 나를 던져도 좋다고 느낀 적이 없어요. 단 한 번도."

덴고는 그렇게 말하면서 눈앞에 있는 이 추레한 노인은 그 인생 여정에서 누군가를 진심으로 사랑한 경험이 있을까, 하고 생각했다. 어쩌면 그는 덴고의 어머니를 진심으로 사랑했었는지도 모른다. 그래서 자기 핏줄이 아닌 줄 알면서도 어린 덴고를 자신의 자식으로 키워줬는지도 모른다. 만일 그렇다면 그는 정신적으로는 덴고보다 훨

썬 충실한 인생을 보낸 셈이다.

"다만 예외라고 할까, 한 여자애를 아주 잘 기억하고 있어요. 이치카와 초등학교에서 3학년과 4학년 때 같은 반이었어요. 그래, 이십 년이나 지난 옛날 이야기죠. 나는 그 여자애에게 아주 강하게 마음이 끌렸어요. 내내 그 아이를 생각해왔고, 지금도 자주 생각해요. 하지만 그 아이하고 실제로는 거의 말을 해본 일도 없었어요. 그 아이가 전학을 가서 그 이후로는 만나본 적도 없었어요. 하지만 최근에 무슨 일이 있어서 그녀의 행방을 찾아보기로 마음먹었어요. 내가 그녀를 필요로 한다는 것을 이제야 겨우 깨달은 거죠. 그녀를 만나 여러 가지 이야기를 하고 싶었어요. 하지만 결국 그 여자애의 행방을 찾지 못했어요. 좀더 일찍 찾았어야 했을 거예요. 그랬으면 일이 간단했을지도 모르는데."

덴고는 거기서 잠시 침묵했다. 그리고 지금까지 이야기한 내용이 아버지의 머릿속에 자리잡기를 기다렸다. 아니, 그보다는 오히려 그것이 자신의 머릿속에 자리잡기를 기다렸다. 그리고 다시 이야기를 이어나갔다.

"그래요, 내가 그런 일에 대해서는 워낙 겁이 많아요. 이를테면 내 호적을 조사해보지 않았던 것도 똑같은 이유에서죠. 어머니가 정말로 돌아가셨는지, 조사해보려고 마음먹으면 간단히 조사해볼 수 있었어요. 구청에 가서 기록을 보면 당장 알 일이니까. 실제로 몇 번 알아보려고 했었어요. 구청까지 찾아갔던 일도 있고요. 하지만 나는 도저히 서류를 신청할 수가 없었어요. 사실이 내 눈앞에 들이밀어지는 게 두려웠어요. 그래서 언젠가 어떤 계기로 자연스럽게 밝혀지기만 기다렸죠."

덴고는 한숨을 내쉬었다.

"그건 어쨌거나, 그 여자애에 대해서는 좀더 일찌감치 찾아봤어야 했어요. 어지간히 먼 길을 돌아왔어요. 하지만 나로서는 아무래도 자리를 박차고 일어설 수가 없었어요. 나는, 뭐라고 해야 할까, 마음의 문제에 대해서는 정말 겁이 많아요. 그게 치명적인 문제점이죠."

덴고는 스툴에서 일어나 창가로 다가가서 소나무 숲을 바라보았다. 바람은 잠잠해져 있었다. 바다울음 소리도 들려오지 않았다. 한 마리 큰 고양이가 정원을 걸어가고 있었다. 배가 무겁게 처진 걸 보면 새끼를 가진 모양이다. 고양이는 나무 밑동쯤에 몸을 눕히고 다리를 벌려 배를 핥기 시작했다.

그는 창가에 몸을 기대고 선 채 아버지를 향해 말했다.

"하지만 그것과는 별도로 내 인생은 최근에 드디어 변화를 이룬 거 같아요. 그런 마음이 들어요. 솔직히 말해서 나는 오래도록 아버지를 원망해왔어요. 어렸을 때부터 나는 이런 비참하고 좁아터진 곳에 있을 사람이 아니다. 좀더 혜택받은 환경에 적합한 사람이다. 그렇게 생각했어요. 내가 이런 대우를 받는 건 너무나 불공평하다고 느꼈어요. 같은 반 애들은 모두 다 행복하고 죄다 만족스러운 생활을 하는 것처럼 보였어요. 나보다 능력도 자질도 떨어지는 애들이 나하고는 비교도 안 될 만큼 즐겁게 살고 있었어요. 당신이 내 아버지가 아니면 좋겠다고 그때는 진심으로 빌었어요. 이건 뭔가 잘못된 거고, 당신은 내 친아버지가 아닐 거라고, 항상 상상했어요. 절대 한 핏줄일 리가 없다고."

덴고는 다시 한번 창밖으로 눈을 던져 고양이의 모습을 보았다. 고양이는 누군가 자신을 쳐다본다는 것도 모른 채 무심히 그 불룩한 배를 핥고 있었다. 덴고는 고양이를 바라보며 이야기를 이어갔다.

"이제는 그런 생각은 안 해요. 그런 식으로는 생각하지 않아요. 나는 내게 걸맞은 환경에서 살았고 내게 걸맞은 아버지를 가졌었다고 생각해요. 거짓말이 아녜요. 있는 그대로를 말하자면, 나는 정말 한심한 인간이었어요. 가치 없는 인간이었죠. 어떤 의미에서는 나 스스로 나를 쓸모없는 인간으로 만들어왔어요. 이제야 그걸 알겠어요. 어렸을 때 나는 분명 수학 신동이었죠. 그건 상당한 재능이었다고 나도 생각해요. 다들 나를 주목했고 치켜세웠어요. 하지만 그건 결국 어딘가 의미 있는 곳으로 발전할 전망이 없는 재능이었어요. 그건 그냥 거기에 있었을 뿐이죠. 나는 어렸을 때부터 덩치가 크고 유도도 잘했어요. 현 대회에서는 항상 괜찮은 선까지 올라갔죠. 하지만 좀더 넓은 세계로 나가면 나보다 강한 유도선수는 수없이 많았어요. 대학에서는 전국대회 출전 선수로도 뽑히지 못했죠. 그것 때문에 충격을 받고 한동안 나는 대체 뭘까 하고 고민하기도 했어요. 하지만 그건 당연한 일이었죠. 실제로 나는 아무것도 아니었으니까."

덴고는 가져온 미네랄워터의 뚜껑을 열고 한 모금 마셨다. 그리고 다시 스툴에 자리를 잡았다.

"지난번에도 말했지만, 아버지에게는 감사해요. 나는 아버지의 친아들이 아니라고 생각해요. 거의 그렇게 확신하고 있어요. 그리고 핏줄도 아닌 나를 키워준 것에 대해 감사하고 있어요. 남자 혼자 어린 자식을 키운다는 건 간단한 일이 아니었을 거예요. NHK 수금에 나를 데리고 돌아다닌 일에 대해서는 지금 생각해도 정말 지겹고 가슴도 아파요. 안 좋은 기억밖에 없어요. 하지만 아마 아버지로서는 그거 말고는 나하고 커뮤니케이션을 취할 방법이 생각나지 않았던 거죠. 뭐랄까, 그게 아버지로서는 가장 잘하는 일이었어요. 아버지와 이 사회의 유일한 점점 같은 거였죠. 그래서 그 현장을 내게 보여주고 싶었겠죠. 이제야 나도 그걸 알겠어요. 물론 아이를 데리고 다니면 수금이 잘된다는 계산도 있었겠죠. 하지만 그냥 그것만은 아니었을 거예요."

덴고는 다시 잠깐 틈을 두어 자신이 한 이야기를 아버지의 머릿속에 스며들게 했다. 그리고 그동안 자신의 생각을 정리했다.

"하지만 어렸을 때는 그런 건 물론 몰랐죠. 그냥 창피하고 괴롭기만 했어요. 일요일에 반 친구들이 신나게 놀러 다닐 때 수금하는 데 따라다녀야 한다는 게. 일요일이 돌아오는 게 너무 싫어서 죽을 지경이었어요. 하지만 지금은 어느 정도 이해할 수 있어요. 아버지가 한 일이 올바른 것이었다는 말은 아니에요. 내 마음은 상처를 입었어요. 어린아이에게 그건 힘든 일이었어요. 하지만 이미 일어나버린 일이에요. 마음에 걸려할 거 없어요. 게다가 그 덕분에 나는 나름대로 터프해질 수 있었던 거 같아요. 이 세상을 살아간다는 건 쉬운 일이 아니에요. 나는 그걸 몸으로 배웠어요."

덴고는 양손을 펴고 손바닥을 한참이나 바라보았다.

"나는 앞으로도 어떻게든 살아갈 거예요. 지금까지보다는 아마 좀 더 잘, 그렇게 쓸데없이 길을 멀리 돌지 않고도 살아갈 수 있을 거 같아요. 아버지가 앞으로 어떻게 하고 싶은지, 나는 모르겠어요. 이대로 조용히, 거기서 계속 잠만 자고 싶을 수도 있겠죠. 두 번 다시 눈을 뜨지 않고서. 만일 그렇게 하고 싶다면 괜찮아요. 그렇게 해요. 만일 그러기를 원한다면, 그걸 방해하진 못해요. 그냥 푹 자게 해줄 수밖에 없어요. 하지만 그건 그렇다고 해도, 아버지한테 일단 이런 정도 얘기는 해두고 싶었어요. 내가 지금까지 해온 일. 내가 지금 생각하는 일. 이런 이야기, 아버지는 듣고 싶지 않았을지도 모르겠어요. 혹시 그렇다면 귀찮게 해서 미안해요. 하지만 어쨌든 더이상 이야기할 건 없어요. 말해두는 게 좋다고 생각하는 건 대강 다 말한 것 같아요. 이제 방해하지 않을게요. 이제는 편안하게 마음껏 푹 자도 돼요."

다섯시 넘어서 머리에 볼펜을 꽂은 오무라 간호사가 다시 찾아와 링거 양을 체크했다. 이번에는 체온은 재지 않았다.

"별일 없었어요?"

"네, 없었어요. 그냥 계속 자고 있어요." 덴고는 말했다.

간호사는 고개를 끄덕였다. "이제 곧 선생님이 나오실 거예요. 가와나 씨, 오늘은 몇시까지 여기 계실 수 있죠?"

덴고는 손목시계를 보았다. "저녁 일곱시 기차를 탈 거예요. 그러니까 여섯시 반쯤까지는 있을 거예요."

간호사는 표에 기입을 마치자 다시 볼펜을 머리에 꽂았다.

"점심쯤부터 내내 말을 걸었어요. 그런데 아무것도 안 들리는 거같네요." 덴고는 말했다.

간호사는 말했다. "간호사 교육을 받을 때 한 가지 배운 게 있어요. 명랑한 말은 사람의 고막을 밝게 흔든다는 거예요. 명랑한 말에는 밝은 진동이 있어요. 그 내용이 상대에게 이해되든 안 되든 고막이 물리적으로 밝게 떨린다는 점은 달라지지 않아요. 그래서 우리는 환자분께 들리건 들리지 않건, 아무튼 큰 소리로 명랑한 말을 건네라고 배웠어요. 뭐, 이론이야 어찌 됐건, 그건 틀림없이 도움이 되는 일이니까요. 경험적으로도 그렇게 생각해요."

텐고는 거기에 대해 잠시 생각했다. "고마워요." 텐고는 말했다. 오무라 간호사는 가볍게 고개를 끄덕이고 재빠른 걸음으로 방을 나갔다.

텐고와 아버지는 그후 오래도록 침묵을 지키고 있었다. 텐고에게는 이제 더이상 이야기해야 할 것이 없었다. 하지만 침묵은 딱히 불편하지 않았다. 오후의 햇살이 서서히 엷어지고 황혼의 기척이 주위에 감돌았다. 마지막 햇살이 방 안을, 소리 없는 가운데 살금살금 이동해갔다.

달이 두 개라는 건 아버지에게 말했던가, 텐고는 문득 생각했다. 아직 말을 하지 않은 것 같았다. 텐고는 지금, 두 개의 달이 하늘에 떠 있는 세계에 살고 있다. "그건 몇 번을 봐도 아주 신기한 풍경이야." 텐고는 그렇게 말하고 싶었다. 하지만 지금 여기서 그런 이야기를 꺼내봤자 별수 없을 거라는 마음이 들었다. 하늘에 달이 몇 개가 있건, 아버지에게는 이미 아무려나 상관없는 일이다. 그건 텐고가 앞으로 혼자서 대처해나가야 하는 문제다.

게다가 이 세계에 (혹은 그 세계에) 달이 한 개밖에 없건, 두 개가 있건 세 개가 있건, 결국 텐고라는 인간은 단 한 사람밖에 없다. 거기에 과연 어떤 차이가 있을까. 어디에 있더라도 덴고는 덴고일 뿐이다. 고유의 문제를 안고 있고, 고유의 자질을 가진 한 명의 똑같은 인간에 지나지 않는다. 그렇다, 이야기의 포인트는 달에 있는 게 아니다. 나 자신에 있는 것이다.

삼십 분쯤 뒤에 다시 오무라 간호사가 찾아왔다. 왜 그런지 그녀의 머리에는 이제 볼펜이 꽂혀 있지 않았다. 볼펜은 어디로 간 거지? 그것이 왠지 몹시 마음에 걸렸다. 두 명의 남자 직원이 이동용 침대를 굴리며 함께 들어왔다. 두 사람 모두 땅딸막하고 얼굴빛이 거무스레했다. 그리고 전혀 입을 열지 않았다. 외국인처럼도 보였다.

"가와나 씨, 아버님을 검사실로 모셔가야 해요. 그동안 여기서 좀 기다리실래요?" 간호사는 말했다.

덴고는 손목시계를 보았다. "어디 상태가 좋지 않아요?"

간호사는 고개를 저었다. "아뇨, 그런 게 아니에요. 이 방에는 검사용 기계가 없어서 그쪽까지 모셔가는 것뿐이에요. 특별한 일은 아니랍니다. 끝나고 선생님 말씀이 있으실 거예요."

"알겠습니다. 여기서 기다리죠."

"식당에 가면 따뜻한 차를 마실 수 있는데. 잠깐 쉬시는 게 좋아요."

"고마워요." 덴고는 말했다.

두 명의 남자는 링거액 튜브를 단 채로, 아버지의 여윈 몸을 가만히 안아올려 바퀴 달린 침대로 옮겼다. 두 사람은 링거 스탠드와 함께 침대를 복도로 밀고 나갔다. 몹시 잰 솜씨였다. 그리고 역시 말은 없었다.

"그렇게 오래 걸리지는 않아요." 간호사는 말했다.

하지만 아버지는 오래도록 돌아오지 않았다. 창문으로 들어오는 햇살은 점점 약해져갔다. 하지만 덴고는 방의 불을 켜지 않았다. 불을 켜면 그곳에 있는 뭔가 중요한 것이 손상되고 말 것 같았기 때문이다.

침대에는 아버지의 형태가 우묵하게 남아 있었다. 그다지 몸무게가 나가지도 않을 텐데, 그래도 아버지는 그 또렷한 형태를 뒤에 남기고 갔다. 그 우묵한 자리를 바라보는 사이에 덴고는 자신이 이 세계에 달랑 혼자 남겨진 듯한 마음이 들었다. 일단 오늘 해가 저물어버리면 두 번 다시 새벽이 오지 않는 게 아닐까 하는 마음마저 들었다.

스툴에 앉아 저녁 어스름에 물든 채 덴고는 똑같은 자세 그대로 오랫동안 생각에 빠져 있었다. 그리고 문득 자신이 사실은 아무것도 생각하지 않는다는 것을 깨달았다. 그저 한없는 공백 속에 몸을 담그고 있었을 뿐이다. 그는 천천히 의자에서 일어나 세면실로 가서 볼일을 봤다. 차가운 물로 얼굴도 씻었다. 손수건으로 얼굴을 훔치고 거울에 자신의 얼굴을 비춰보았다. 간호사가 했던 말이 생각나서 아래층 식당으로 내려가 따뜻한 녹차를 마셨다.

이십 분쯤 시간을 때우고 병실로 돌아왔을 때, 아버지는 아직 그곳에 돌아와 있지 않았다. 하지만 그 대신 아버지가 남기고 간 침대의 우묵한 자리 위에는 한 번도 본 적이 없는 하얀 물체가 놓여 있었다.

그것은 길이가 1미터 4, 50센티미터 정도이고, 아름답고 미끈한 곡선을 그리고 있었다. 언뜻 보면 땅콩 비슷한 모양이고, 표면은 부드럽고 짧은 깃털 같은 것으로 뒤덮여 있다. 그리고 그 깃털은 희미한, 하지만 빈틈없이 매끈한 광채를 발하고 있었다. 시시각각 어둠이 더해가는 방 안에서 엷은 청색이 섞인 빛이 은은하게 그 물체를 감싸고 있었다. 마치 아버지가 남기고 간 개인적인 잠깐의 빈 공간을 채우듯이, 그것은 침대 위에 아무도 모르게 누워 있었다. 덴고는 문 앞에서 발을 멈추고 손잡이를 잡은 채 그 신비한 물체를 한동안 찬찬히 바라보았다. 그의 입술은 움직임 비슷한 것을 보였지만 말은 나오지 않았다.

대체 이건 뭐지? 덴고는 그곳에 가만히 선 채 눈을 가늘게 뜨고 자신에게 물었다. 어째서 아버지 대신 여기에 이런 것이 놓여 있는 걸까. 의사나 간호사가 가져온 것이 아니라는 건 한눈에 알 수 있었다. 그 주위에는 현실의 위상에서 벗어난, 뭔가 특수한 공기가 떠돌고 있었다.

그리고 덴고는 퍼뜩 깨달았다. 공기 번데기다.

덴고가 공기 번데기를 본 것은 그게 처음이었다. 소설 「공기 번데기」에서 그는 그것을 문장으로 상세히 묘사했지만, 물론 실물을 목격했던 건 아니었다. 그것을 실재하는 것으로서 상정했던 것도 아니었다. 하지만 그곳에 있는 것은 그가 머릿속에서 상상하고 묘사했던 그대로의 공기 번데기였다. 위장을 날카로운 것으로 옥죄는 듯한 거센 기시감이 몰려왔다. 덴고는 어떻든 방 안으로 들어가 문을 잠갔다. 누군가 다른 사람의 눈에 띄지 않는 게 좋다. 그러고는 입 안에 고여 있던 침을 삼켰다. 목구멍에서 부자연스러운 소리가 났다.

덴고는 천천히 침대로 다가가 일 미터쯤의 거리를 두고 그 공기 번데기의 모습을 주의 깊게 관찰했다. 분명 그것은 소설을 쓸 때 덴고가 그림으로 그렸던 공기 번데기의 형태와 똑같았다. 그는 문장으로 「공기 번데기」의 모양을 묘사하기 전에 먼저 연필로 간단한 스케치를 했다. 자신 속에 있는 이미지를 시각적인 형태로 드러냈다. 그리고 그것을 문장으로 형상화했다. 「공기 번데기」 리라이팅 작업을 하는 내내 그 그림을 책상 앞 벽에 압핀으로 꽂아두었다. 그것은 형태적으로는 번데기가 아니라 누에고치에 가깝다. 하지만 후카에리에게는 (그리고 또한 덴고에게도) 그건 「공기 번데기」라는 이름으로밖에는 부를 수 없는 것이었다.

그때 덴고는 공기 번데기의 외양적인 특징 대부분은 스스로 창작하여 덧붙였다. 이를테면 가운데 부분의 우아한 굴곡이나 양쪽에 붙은 장식적인 볼록한 둥근 혹. 그건 어디까지나 덴고가 생각해낸 것이었다. 후카에리의 오리지널 '이야기'에는 그런 언급은 없었다. 후카에리에게 공기 번데기란 어디까지나 공기 번데기였다. 이른바 구상(具象)과 개념(概念)의 중간에 있는 것이고, 그것을 언어적으로 형용할 필요성을 거의 느끼지 못한 듯했다. 그래서 덴고가 직접 그 세세한 형상을 고안해야 했다. 그리고 덴고가 지금 눈앞에 보고 있는 그 공기 번데기에는 분명히 가운데 부분에 굴곡이 있고 양쪽으로 아름다운 혹이 있었다.

이건 내가 스케치하고 문장으로 형상화한 공기 번데기야, 덴고는 생각했다. 하늘에 뜬 두 개의 달과 마찬가지다. 그가 문장으로 쓴 형태가 세부까지 그대로 현실이 되었다. 원인과 결과가 뒤엉켜 있다.

신경이 뒤틀리는 듯한 기묘한 감각이 사지에 느껴지고 살갗에 소름이 돋았다. 이곳에 있는 세계의 어디까지가 현실이고 어디서부터 픽션인지 구분할 수 없었다. 대체 어디까지가 후카에리의 것이고 어디서부터 덴고의 것일까. 그리고 어디서부터가 '우리'의 것인가.

　공기 번데기의 가장 윗부분에는 세로로 반듯하게 금이 한 줄 가 있었다. 공기 번데기는 지금 막 두 개로 갈라지려 하고 있었다. 2센티미터쯤의 틈새가 거기에 나 있었다. 몸을 숙이고 들여다보면 안에 무엇이 있는지 알아볼 수 있을 것 같다. 하지만 그럴 용기는 덴고에게 없었다. 그는 침대 옆의 스툴에 앉아, 어깨를 조금씩 들먹이며 호흡을 가다듬고, 공기 번데기를 지켜보았다. 그 하얀 번데기는 어렴풋한 빛을 발하며 그곳에 가만히 있었다. 그것은 주어진 수학명제처럼 덴고가 다가가기를 조용히 기다리고 있었다.

　공기 번데기 안에는 대체 무엇이 있는 걸까.

　그건 그에게 무엇을 보여주려는 걸까.

　소설 「공기 번데기」에서 주인공 소녀는 자기 자신의 분신을 그곳에서 발견한다. 도터다. 그리고 소녀는 도터를 남겨두고 홀로 커뮤니티를 뛰어나온다. 하지만 덴고의 공기 번데기(아마도 그건 그 자신의 공기 번데기다. 덴고는 직감적으로 그렇게 판단했다) 안에는 대체 무엇이 들어 있을까. 그것은 선한 것인가 악한 것인가. 그를 어딘가로 이끌어가는 것일까. 아니면 그를 손상시키고 방해하는 것일까. 대체 누가 이 공기 번데기를 여기로 보내온 걸까.

　자신에게 행동이 요구되고 있다는 건 덴고도 잘 알고 있었다. 하지만 일어서서 번데기의 안쪽을 들여다볼 만한 용기를 도저히 끌어

낼 수 없었다. 덴고는 두려웠다. 그 번데기 안에 있는 무언가가 내게
상처를 입힐지도 모른다. 내 인생을 크게 바꿔버릴지도 모른다. 그렇
게 생각하니, 덴고의 몸은 작은 스툴 위에서 도망칠 곳을 잃은 사람
처럼 바짝 굳어버렸다. 그곳에 있는 것은 그에게 부모의 호적을 조사
하지 못하게 하고, 혹은 아오마메의 행방을 찾아나서지 못하게 한 것
과 똑같은 종류의 두려움이었다. 자신을 위해 준비된 공기 번데기 안
에 무엇이 들어 있는지, 그는 그것을 알고 싶지 않았다. 모르는 채 넘
어갈 수 있다면 이대로 모르고 싶었다. 할 수만 있다면 이 방에서 당
장 나가서 그대로 기차를 타고 도쿄로 돌아가고 싶었다. 그리고 눈을
감고 귀를 막고 자신만의 작은 세계로 도망쳐 들어가고 싶었다.

　하지만 그렇게 할 수 없다는 건 덴고도 알고 있었다. 만일 그 안에
있는 것을 들여다보지 않은 채 이곳을 떠난다면 분명 나는 평생 그것
을 후회하리라. 그 무언가에서 눈을 돌려버린 것에 대해 언제까지고
나 자신을 용서하지 못하리라.

　어떻게 해야 좋을지 알지 못한 채 덴고는 스툴에 오래도록 앉아
있었다. 앞으로 나아갈 수도 뒤로 물러설 수도 없었다. 무릎 위에서
두 손을 깍지 끼고, 침대 위의 공기 번데기를 바라보고, 이따금 도망
치듯이 창밖으로 시선을 던졌다. 해는 이미 떨어지고 엷은 저녁 어
스름이 천천히 소나무 숲을 휘감았다. 여전히 바람은 없다. 파도 소
리도 들리지 않는다. 신비로울 만큼 조용하다. 그리고 방 안에 어둠
이 더해가면서 그 하얀 물체가 발하는 빛은 좀더 깊고 좀더 선명해져
갔다. 덴고에게는 그것 자체가 살아 있는 것처럼 느껴졌다. 그곳에는

생명의 온화한 광채가 있었다. 고유의 온기가 있고 비밀스러운 어둠
이 있었다.

덴고는 마침내 마음을 정하고 스툴에서 일어나 침대 위로 몸을 숙
였다. 이대로 도망칠 수는 없다. 언제까지고 겁에 질린 어린애처럼
내 앞에 닥친 일들에서 눈을 돌리고 살아갈 수는 없다. 진실을 아는
것만이 인간에게 올바른 힘을 부여해준다. 그것이 설령 어떤 모습의
진실이라 해도.

공기 번데기의 터진 틈은 조금 전과 다름없이 그곳에 있었다. 그
틈새는 아까보다 커지지도 작아지지도 않았다. 눈을 가늘게 뜨고 그
틈새를 들여다봤지만 안에 무엇이 있는지 알아볼 수 없었다. 안은 어
둡고, 중간에 엷은 막이 끼어 있는 것 같았다. 덴고는 호흡을 가다듬
으며 자신의 손끝이 떨리지 않는 것을 확인했다. 그리고 그 2센티미
터쯤의 공간에 손가락을 넣어 양쪽으로 열리는 문을 열 때처럼 천천
히 좌우로 벌렸다. 별다른 저항도 없이, 소리도 없이, 그것은 쉽게 열
렸다. 마치 오래도록 그의 손이 열어주기를 기다렸던 것처럼.

이제는 공기 번데기가 발하는 빛이 흰 눈빛처럼 내부를 부드럽게
비춰내고 있었다. 충분한 양이라고는 말할 수 없어도 안에 있는 것의
모습을 알아볼 수는 있었다.

덴고가 그곳에서 발견한 것은 아름다운 열 살의 소녀였다.

소녀는 잠들어 있었다. 잠옷처럼 보이는 장식 없는 소박한 흰 원
피스를 입고 밋밋한 가슴 위에 작은 두 손을 포개어 올려놓았다. 그
게 누구인지, 덴고는 한눈에 알았다. 얼굴이 갸름하고 입술은 자로
그은 듯 한 줄 직선을 그리고 있다. 예쁘장하고 매끈한 이마에 반듯

하게 맞춰서 자른 앞머리가 드리워 있었다. 뭔가를 원하듯이 살짝 쳐들린 작은 코. 그 양 옆의 광대뼈는 가장자리가 약간 도드라졌다. 눈꺼풀은 감겨 있지만, 그것이 떴을 때 어떤 한 쌍의 눈동자가 나타날지, 그는 알고 있었다. 알지 못할 리가 없다. 그는 이십 년 동안 그 소녀의 모습을 내내 가슴에 품고 살아온 것이다.

아오마메, 덴고는 입 밖에 내어 말했다.

소녀는 깊이 잠들어 있었다. 한없이 깊고 자연스러운 잠 같다. 호흡도 아주 미약할 뿐이다. 그녀의 심장은 남의 귀에 들리지 않을 만큼 아련한 고동밖에 울리지 않았다. 그 눈꺼풀을 들어올릴 만한 힘은 그녀 안에는 없었다. 아직 그때가 오지 않은 것이다. 그녀의 의식은 이곳이 아닌 어딘가 먼 곳에 있었다. 하지만 그래도 덴고가 입에 올린 말은 그녀의 고막을 희미하게 떨리게 할 수 있었다. 그것은 그녀의 이름이었다.

아오마메는 그 부름을 먼 곳에서 듣는다. 덴고, 하고 그녀는 생각한다. 분명하게 그렇게 또렷이 소리내어 말하기도 한다. 하지만 그 말이 공기 번데기 안에 있는 소녀의 입술을 움직이게 하는 일은 없다. 그리고 덴고의 귀에 와 닿는 일도 없다.

덴고는 영혼을 빼앗긴 사람처럼, 그저 받은 숨을 내쉬며 지칠 줄도 모르고 소녀의 얼굴을 바라보았다. 소녀의 얼굴은 매우 편안해 보였다. 그곳에는 슬픔이나 고통이나 불안의 그림자는 조금도 엿보이지 않았다. 작고 얇은 입술은 지금이라도 살짝 움직여 뭔가 의미 있는 말을 만들어낼 것처럼 보였다. 그 눈꺼풀은 금세라도 뜰 것처럼 보였다. 덴고는 그렇게 되기를 진심으로 빌었다. 정확한 기도의 말은 알지 못했지만, 그의 마음은 형태 없는 기도를 허공에 자아내고 있었다. 하지만 소녀는 잠에서 깨어날 기미를 보이지 않았다.

아오마메, 덴고는 다시 한번 불렀다.

아오마메에게 말해야 할 것이 너무나 많았다. 전해야 할 마음도 있었다. 그는 그것을 오랜 세월 품에 안고 살아왔다. 하지만 지금 여기서 덴고가 할 수 있는 건 그저 이름을 부르는 것뿐이다.

아오마메, 그는 그 이름을 불렀다.

그러고는 마음을 굳게 먹고 손을 내밀어 공기 번데기 안에 드러누운 소녀의 손을 만졌다. 그 손에 자신의 커다란 손을 가만히 얹었다. 그 작은 손이 예전에 열 살 덴고의 손을 꼭 잡았었다. 그 손이 그를 숨김없이 원하고, 그를 격려해주었다. 담담한 빛에 감싸여 잠들어 있는 소녀의 손에는 분명하게 생명의 온기가 있었다. 아오마메는 그 온기를 여기까지 전하러 온 것이다. 덴고는 그렇게 생각했다. 그것이 그녀가 이십 년 전에, 그 교실에서 그에게 건네준 패키지의 의미였다. 그는 마침내 그 꾸러미를 열고 그 안에 든 것을 볼 수 있었다.

아오마메, 덴고는 말했다. 나는 반드시 너를 찾아낼 거야.

공기 번데기가 서서히 광채를 잃으면서 저녁 어스름 속에 스며들 듯이 사라지고, 소녀 아오마메가 사라져버린 뒤에도, 그리고 그것이 현실에서 일어난 일인지 아닌지 제대로 판단을 내릴 수 없게 된 뒤에도, 덴고의 손가락에는 아직 작은 손의 감촉과 친밀한 온기가 남아 있었다.

아마도 그것이 사라지는 일은 영원히 없을 것이다. 덴고는 도쿄로 향하는 특급열차 안에서 그렇게 생각했다. 지금까지의 이십 년 동안, 덴고는 그 소녀의 손이 남기고 간 감촉의 기억과 함께 살아왔다. 앞으로도 똑같이, 이 새로운 온기와 함께 살아갈 수 있으리라.

산이 바짝 다가드는 해안선을 따라 특급열차가 크게 커브를 그렸을 때, 하늘에 나란히 뜬 두 개의 달이 보였다. 조용한 바다 높은 곳에 그것은 또렷하게 떠 있었다. 크고 노란 달, 자그마한 초록색 달. 윤곽은 한없이 선명하지만 거리감을 파악하기가 어려웠다. 그 빛을 받아 바다의 잔물결은 흩어진 유리조각처럼 신비롭게 빛났다. 두 개의 달은 열차의 커브에 맞춰 창밖을 천천히 이동하면서 그 자잘한 파편을 무언의 암시로 남기고 이윽고 시야에서 사라져갔다.

달이 보이지 않게 되자 다시금 가슴에 온기가 돌아왔다. 그것은 여행자의 앞길에 보이는 작은 등불 같은, 아련하기는 하지만 약속을 전해주는 확실한 온기였다.

이제부터 이 세계에서 살아가는 거야, 덴고는 눈을 감고 생각했다. 그것이 어떤 구조를 가진 세계인지, 어떤 원리를 바탕으로 움직이는지, 그는 아직 알지 못한다. 그곳에서 앞으로 무슨 일이 일어나려는지 예측도 할 수 없다. 하지만 그래도 좋다. 두려워할 필요는 없다. 거기에 어떤 것이 기다리고 있건 그는 달이 두 개 있는 이 세계를 살아가고, 자신이 걸어야 할 길을 찾아낼 것이다. 이 온기를 잊지 않는다면, 이 마음을 잃지 않는다면.

그는 오랫동안 그대로 눈을 감고 있었다. 이윽고 눈을 뜨고 창밖에 있는 초가을 밤의 어둠을 응시했다. 바다는 이제 보이지 않았다.

아오마메를 찾자, 덴고는 새삼 마음먹었다. 무슨 일이 있건, 그곳이 어떤 세계이건, 그리고 그녀가 누구이건.

(BOOK3 상권으로 이어집니다)